だいわ文庫

源氏物語の作者を知っていますか

高木和子

大和書房

はじめに

――『源氏物語』成立のオモテを読み、ウラを読む

まずはこの本を手に取ってくださったことに御礼申し上げます。

紫式部《むらさきしきぶ》と『源氏物語』について、お話ししようと思いますが、この二つを同時にとりあげることは当たり前のことなのでしょうか。

『源氏物語』といえば、紫式部の作として知られています。なるほどそれは間違いではないのでしょう。しかし、『源氏物語』は「紫式部」という一人の個人の創作というには、かなり抵抗があります。

だからといって、「この物語は複数の人間が書いた」「女房《にょうぼう》たちの合作だ」「工房があったのだ」などといえば、それもまたどこか違う、と思うのです。この物語の末端のすべてまでが紫式部単独の執筆であったか、あるいはその指揮下にあったかどうかは定かではありませんが、一本明確に筋の通った骨太な物語であって、それは紫式部

という個人から生まれ出たようにも感じられるからです。

にもかかわらず、「**紫式部の作ではない**」、というのはどういうことなのでしょうか。古代の物語には伝統的な物語の書き方があって、この物語はまず、その様式にのっとっています。そこには書き手の個性以上に、物語の伝統的なスタイルが脈々と流れ込んでいて、ある意味、〈紫式部の創作物〉というよりは、〈物語史上の達成〉という意味合いのほうが大きいとも感じられるのです。

しかし、にもかかわらず、〈紫式部という個人〉が行間から透けて見えるような世界であることも否定しません。いわば作家と作品のへその緒が半分つながりながら、半分切れている状態、それが紫式部と『源氏物語』との関係です。

『源氏物語』は、時に神話かと見紛《みまが》うような話の型を引き受けながら、しかし、実に近代小説のような細やかな心理描写を兼ね備えています。そこには古代と近代とが絶妙に同居しているのです。その微妙なあわいに魅せられて、私はこの物語と付き合い始めました。

そういう私にとっては、平安中期の現実の政治や風俗から『源氏物語』を説明しようとする態度は、やや退屈に感じられるところがあります。極言すれば、『源氏物語』を楽しむために、必ずしも平安時代の風俗を知る必要はない、世界のどの国のどの言語の人でも、この物語に共感することができる、そうしたこの物語が抱えている巨大な普遍性のほうに、私の関心は向いていたのかもしれません。個人的にいえば、王朝のみやびな風俗、文化、装束に、およそ憧《あこが》れがないということとも関わっているかもしれません。

この本は、平安時代の諸状況から語り起こし、あまり多くは記録が残らない紫式部という個人の人生を『**紫式部集**』と『**紫式部日記**』からたどり直して、『源氏物語』に語りつなげようという設定で始まっています。しかし、そうした脈絡の上に『源氏物語』を乗せること自体に、本音をいうと、ざわざわとした拒否反応が起こって仕方がない、その意味で、この本を書くことは私にとっては、ある種の欺瞞《ぎまん》だと感じられるところも少なくなかったです。

結果的に、私は、**『源氏物語』というフィルターを通して**、平安時代の歴史や文化や風俗を説明することになりました。それは、かれこれ四十年近く、『源氏物語』とそれなりに真面目に向き合ってきた私にとっての、平安時代であり、平安文学史なのです。なぜ『源氏物語』ではこのような場面があり、このような展開になっているのか、なぜ『源氏物語』の人々はこのように考えるのか……。

この本は、第1章で平安時代の諸状況を簡単に語り、第2章と第3章で紫式部の姿を誕生から死去するまでのおおよその時間の流れに従って掘り起こし、第4章で紫式部が『源氏物語』を書いた経緯や、『源氏物語』とはどういう物語なのかを考え、第5章で『源氏物語』の作中世界を解きほぐしていきます。しかし実のところ全編で、最後の『源氏物語』の作中世界から遡上《そじょう》する眼で、平安時代や紫式部を眺めている、そこがこの本の最大の特徴でしょう。

要するに、『源氏物語』を生み出すに至った、平安文学史を語る本、それが本書です。その意味で、中立的で教科書的な平安時代史を求める読者の方には何かもの足りないかもしれません。また、平均的な歴史を学ぶ本としては、適切でないと思われるかもしれません。しかし、むしろそうありたいと願って、私はこの本を書きました。

歴史家が書く平安時代史からはこぼれ落ちるような観点や、通常の紫式部のプロフィールから逸脱する部分に気づいて、こんな考え方もあるんだな、なんだか面白そうな世界だな、と感じていただけたらとても嬉しく思います。

歴史、それも一つの〈物語〉です。何を軸にして、何に主眼を置いて、いかに語りなすか、それによって炙《あぶ》り出される世界の姿は、根本的に変わってくるものなのです。

この本を読んだのち、『源氏物語』を現代語訳で、さらに欲をいえば原文で読んでほしい、などといった陳腐《ちんぷ》なお願いは、いったん控えておきましょう。まずは、ご自身が常識として鵜呑《うの》みにしていること、これが真実だ、などと思ってきたことを、根本から疑う眼を持ってほしいと思います。この本を読み、『源氏物語』に内在する価値観に触れながら、これまで呪縛《じゅばく》されていた常識的なものの考え方、ありきたりで通説的なものの見方を、少し立ちどまって吟味し直そうとする眼を持っていただけたなら、まことに幸いです。

高木和子

源氏物語の作者を
知っていますか
もくじ

第2章 『源氏物語』構想の日々

第3章 独り心浮かれぬ回想録

第4章

『源氏物語』の世界に分け入る

第5章

読む楽しみは尽きない

凡例

本書における『紫式部日記』『源氏物語』等は新編日本古典文学全集（小学館）により、『紫式部集』は新潮日本古典集成（新潮社）によって歌番号を示し、その他の和歌は『新編国歌大観』（角川書店）によりましたが、表記は読みやすくするために、適宜改めました。

また本書では、平安時代の女性の名は音読みにしています。当時は訓読みだったでしょうが、読み方がわからない人が多いためです。

第1章

平安時代を覗いてみませんか

知るほど不思議な平安朝の文化

――漢字と仮名と絵と

なぜ「ひらがな」「カタカナ」が生まれたか

本離れ、読書嫌いなどと言われて久しいですね。テレビもパソコンも遠くなって、昨今はスマホだけで暮らしている人も少なからずいるのではないでしょうか。

でも、この本を手に取ってくれたあなたは、きっと紙の書籍に愛着のある方なのでしょうね。有難いことです。

平安時代の人々は、どのくらい本を読んでいたのでしょうか。文字を書いたり読んだりできる人たちがどのくらいいたのか、いわゆる「識字率《しきじりつ》」は明らかではありません。ただ、少なくとも男性貴族たちは真名、すなわち漢字の文書が読めなければ朝廷での勤務はできないし、女性も男性と関わるためには歌を詠《よ》む必要があったので、仮名文字の読み書き程度はできたと思われます。

男性が女性に求婚する際には、歌を贈り、女性はそれに応じて歌を返さねば、結婚できませんでした。貴族にとっては、歌が詠めることが最低限の教養だったのです。詠んだ歌は、「**朗詠**《ろうえい》」というように口ずさんだり、声に出して歌ったりして伝えることもある一方で、筆を取って書き記し、「**文**《ふみ》」、すなわち手紙として贈ることも一般的でした。文字が書けなければ手紙になりませんから、その意味では貴族は皆、文字が書けたのではないでしょうか。

もっとも特に女性の場合の文字とは、漢字ではなく仮名文字だったことでしょう。

そもそも漢字で書かれた文献は、基本的には男性が読むものでした。中国から持ち込まれた漢文の書物を通して政治、制度、歴史、思想などを学ぶのは、男性

平安時代の必須教養

男の教養	文芸（漢学、漢詩、和歌） 文字（真名、仮名） 音楽（管楽器、絃楽器）
女の教養	文芸（和歌） 文字（仮名） 音楽（絃楽器）

官僚たちの必須《ひっす》の教養とされたのです。

奈良時代から平安時代の初期までは、日本語を書きあらわす独自の文字がなく、漢字を借りて日本語をあらわしていました。それは時に、漢字そのものの意味をあらわす**表意文字**《ひょうい》として用いられ、時に音を借りる**表音文字**《ひょうおん》として用いられ、この両方が併用されました。その中で次第に、漢字本来の意味から離れて、表音文字として漢字を用いる方法が発達していきます。

『万葉集《まんようしゅう》』の表記はすべて漢字です。漢字を音で読む場合と、訓で読む場合が混在していますが、比較的新しい時代に制作された歌は、漢字一字で一音をあらわす書き方になっています。

漢字をもとにして音をあらわす方法としては、片仮名と平仮名が生まれます。片仮名は、主に僧侶たちの中で、仏典の漢文を読むための符号として生まれました。それとはまた別に、漢字を草書体《そうしょたい》でくずして書くところから、今日の平仮名のもととなる**草仮名**《そうがな》が生まれ始めました。

といっても、今日の平仮名のように「あ」の音をあらわす仮名は一種類ではありません。「あ」をあらわすために用いる、もとの漢字のことを「字母《じぼ》」と言うのですが、

平安時代の文化

中国の文化を吸収しながら、日本独自の文化を発展させた。

漢字

男性の公的な文書用や基礎教養

・中国の漢文
・日本の漢文──日本漢詩（勅撰三集など）、漢文日記（『御堂関白記』など）

草仮名

男女ともに用いる文字

・和歌（『古今和歌集』など）
・日記（紀貫之『土左日記』、藤原道綱母『蜻蛉日記』など）
・物語（『竹取物語』『うつほ物語』『源氏物語』など）

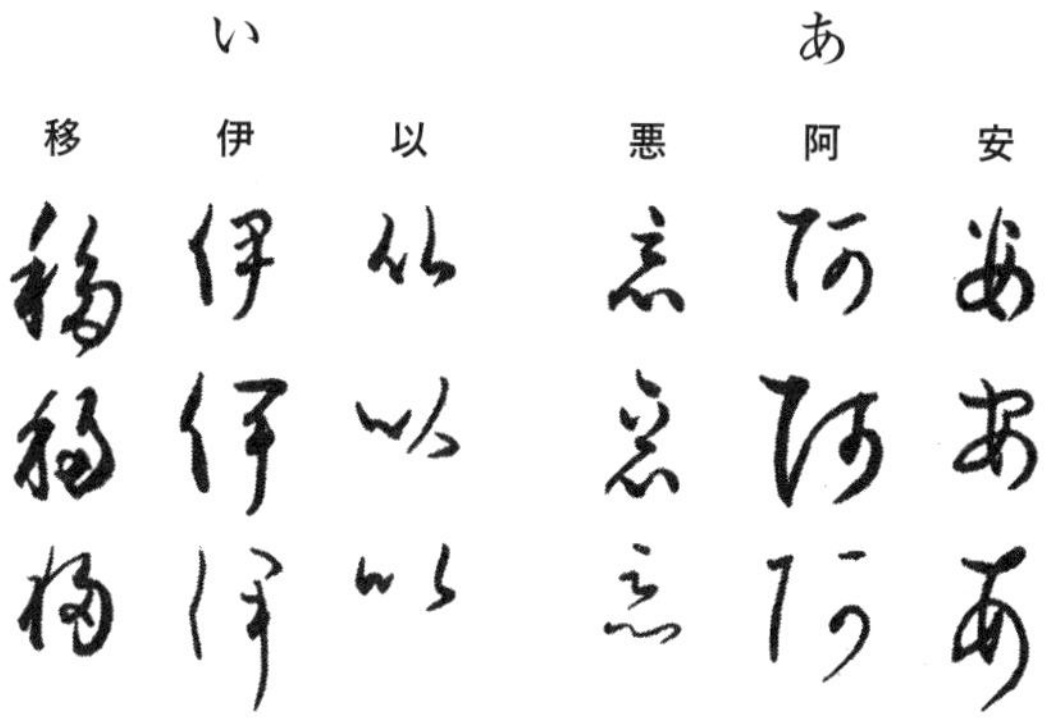

今日の平仮名の「あ」の字母が「安」だという具合に、一つの漢字だけが字母になっているわけではないのです。当時は、「あ」の字母となる漢字は「阿」「安」「悪」「愛」など、「い」の字母となる漢字は「以」「伊」「意」「移」などといった具合に多様な漢字を用いていました。

つまり、一つの音に対して複数の字があるわけですから、現代の平仮名よりも格段に複雑なのです。しかしこうして仮名文字が生まれ、根付くことによって、男女を問わず文字文化に参加し、歌を記したり、やりとりしたりできるようになったのです。

文字が変わるといろいろな変化が起きます。たとえば歌にしばしば見られる「**掛**《かけ》**詞**《ことば》」という技法が発達したのも、この仮名文字の浸透と関係しているでしょう。「掛詞」とは、「まつ」といえば植物の「松《まつ》」と、人を「待《ま》つ」の両方の意味を掛ける、といった技法です。このような掛詞は、漢字が一部で表音文字として自立して仮名文字が生まれたからこそ発展したのではないでしょうか。文字が漢字の意味に縛られている限りは、一つの文字を二つの意味に理解させる掛詞は、成り立ちにくかったと思われるからです。

奈良時代に編纂《へんさん》された私撰《しせん》和歌集、『万葉集』の中には5・7・5・7……5・

7・7と句が長く続く「**長歌**《ちょうか》」という形式の和歌も多く見られましたが、平安初期以降は和歌の文字数は圧縮され、5・7・5・7・7の、いわゆる「**短歌**《たんか》」の形式が一般化していきます。

十世紀の初頭、『古今和歌集《こきんわかしゅう》』という勅撰《ちょくせん》和歌集が、醍醐《だいご》天皇の命令で編纂され、その後の時代の和歌のバイブルのようになっていきます。ここに載せられる約千百首の歌のほとんどが、5・7・5・7・7の三十一文字の短歌形式の歌です。『源氏物語』が誕生する約百年前のことですね。

紫式部が、なぜ物語の制作に意欲を抱き始めたのか、その事情は実は全くわかりません。日本史上初の有名な女流作家であるかのように、もてはやす向きもありますが、「女流作家」と呼べるものかどうか、はなはだ疑問です。その話はまたのちにするとして、ともあれ千年も前に女性が物語の制作に参加できるようになったのは、仮名文字を用いて物が書けるようになったからだとは言えるでしょう。

逆に言えば、それ以前の書物は全部漢字で書かれていたのですから、文字文化の担い手は男性で、基本的には女性の入る余地はなかった、ということなのです。

和歌の歌体《かたい》（句数や字数から見た形式）

短歌《たんか》

5・7・5・7・7

『万葉集』以来、多く見られる和歌の形式。
『古今集』以降はこの形式が主流となる。以後「和歌」といえば一般に短歌形式を指すようになる。

長歌《ちょうか》

5・7・5・7・5・7……5・7・7

『万葉集』に多く見られる形式。短歌形式の「反歌《はんか》」を伴う。『古今集』以降、激減。

和歌の表現技法

枕詞《まくらことば》

五音。特定の言葉を導く技法。『万葉集』以来、多く見られる。

たらちねの→母
ぬばたまの→夜・黒・夢
あしひきの→山

序詞《じょことば》

後続の内容を引き出すための修飾句。

音数は一定でなく、語句も創作的。かかり受ける言葉も決まっていない。
『万葉集』時代の和歌に多く見られる。

掛詞《かけことば》

音の同じ二語を重ねる技法。

あき→秋・飽き
まつ→松・待つ

縁語《えんご》

主たる文脈とは別に、連想の強い言葉を詠みこむ技法。

糸—乱る・張る・貫く
波—立つ・返る・浦

漢文の学問と政治

紫式部が記した『紫式部日記』の中には、漢字なんか「一」の字も書けないふりをした、というくだりがあります。それはどうしてなのでしょうか。

平安時代は、中国の政治や法律、都市空間などを模倣するところから新たに出発しました。平安時代初期には、中国の文化を取り入れることが盛んで、男性の官僚たちが天皇を囲んで漢詩を作り、主君と臣下が連帯を確かめる文化が花開きました。いわゆる〈**文章経国**〉の思想、詩文を良くすることで国家が安泰に統治されるという、中国から伝来した発想に基づくものです。

平安時代初期には、『凌雲集《りょううんしゅう》』『文華秀麗集《ぶんかしゅうれいしゅう》』『経国集《けいこくしゅう》』といった勅撰三集《ちょくせんさんしゅう》と呼ばれる漢詩文集が編まれました。「勅撰」とは、天皇の命令で編集した書物、という意味です。これらからは男性官人たちが親しく天皇に仕えていた様子が伝わります。

この、しかるべき教養があってこそ国家の運営は安泰だ、という精神は優れたものではあります。とはいえ、いつの時代も政治とは、知性とは別種の実行力や世俗的な腕力など、より現実的な力を必要とするものでもあります。平たくいえば、勉強が嫌いでも世渡りの上手な人がいつの時代にもいて、案外そちらのほうが社会で実力を発揮することもある、といった具合ですね。

平安時代初期に、中国から政治制度、法律、思想、文物などを摂取して、一定の国家としての基本体制が整ったのちには、より現実的な政治的腕力をもって喰《く》いこんでいこうとする人々が現れます。そこで力を持ったのは、血縁で結ばれた関係でした。天皇との血縁関係を強固にし、いかに密接につながるかによって、政治力が発揮しやすくなるということです。〈血の政策〉とでも言いましょうか。

よく知られる方法としては、**天皇に娘を入内《じゅだい》させる**、いわゆる〈**外戚《がいせき》政治**〉があります。娘を天皇と結婚させて皇子《おうじ》を産ませ、その子がやがて天皇になることで、母方の祖父が天皇の外戚となって発言力を強くする、という図式です。**藤原氏《ふじわらし》**は、天皇の外戚として天皇との血縁関係を強化することで、権力の中枢《ちゅうすう》に深く喰いこんでいきます。

もう一つ、**天皇と血のつながりの深い皇女《こうじょ》を妻にする**、という方法もありました。実は平安時代の初期には、皇女は天皇や親王《しんのう》といった天皇家の血を引く男性とでなければ、結婚するべきではないとされました。つまり、天皇に近い血筋の女子が、臣下の者と結婚することは、天皇家の側からすれば非常に危険であり、だからこそ臣下の側にしてみれば、非常に魅力的だったのです。ところが平安時代半ばには、事前に許可が得られなくても、ひそかに皇女と関係を持つことで、事後的にやむなく結婚を認めさせる、といった経緯のものも含めて、皇女と臣下の男性との結婚が出てきます。

　こうして藤原氏と天皇家とは血縁的に相互に深く結ばれて、次第に同化してミウチ的になっていくのです。つまり、天皇家と〈家族〉みたいな関係になる、ということですね。これらは平たく言えば、玉の輿《こし》、

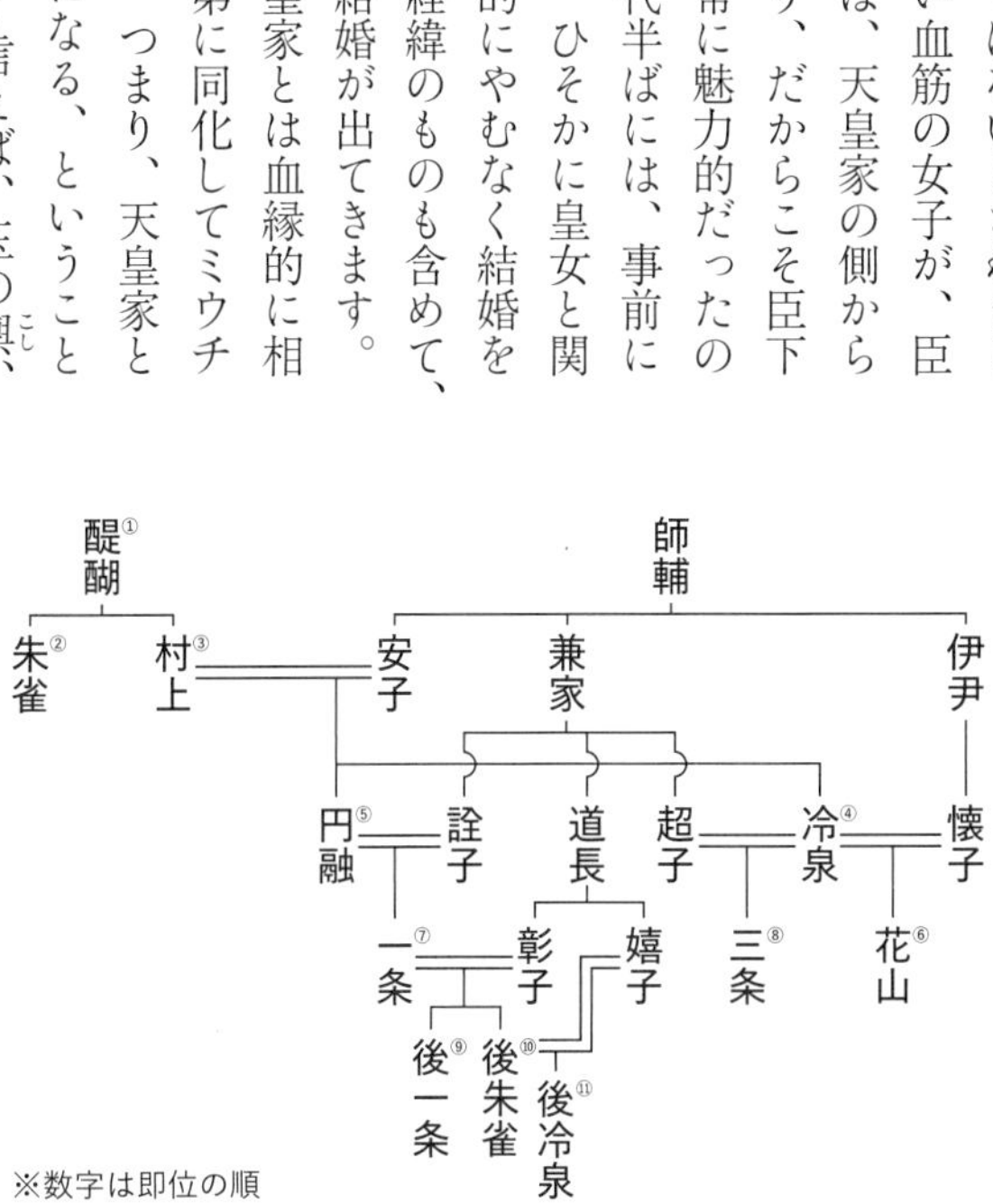

※数字は即位の順

あるいは逆玉の話で、それも本人だけでなく家同士に利益をもたらす関係ということになるでしょうか。

　平安時代における公的な政治は、天皇とそれに仕える臣下たち、今日ふうにいえば官僚たちによって行われました。そうした公的な政治体制の水面下で、皇統の人々と官僚の家の間の、ミウチ的な血縁関係の持つ意味合いが重くなっていった、そのことが、文化の形を大きく変容させるのです。

　平安時代初期、国家的事業として漢詩文集が作られた一方で、和歌は、プライベートなコミュニケーション手段、私的な交流の方法にとどまるものでした。しかし、平安時代が始まってから約百年後、十世紀の初頭には、『古今和歌集』という最初の勅撰和歌集が作られます。

　『古今和歌集』の仮名で書かれた序文、仮名序《かなじょ》では、「やまと歌」、すなわち和歌は「色好みの家に埋《むも》れ木の人知れぬこととなりて、まめなる所には、花すすきほに出《いだ》すべきことにもあらずなりにたり」と評され、歌は好色者の家でひそかに詠まれるもので、公の場で表立ってすることではない、と評されていました。公的な場で用いられる漢文に対して、**和歌は、男女の間の会話や風流《ふうりゅう》な遊戯《ゆうぎ》でしかなかった**のです。しかし、天皇の命令で作られる書物は、平安初期には勅撰の漢詩文集だったものが、約百年後には勅撰和歌集が作られることになり、その役割は漢詩から和歌へと取って代わられるのです。つまり、和歌の社会的な地位が向上したということでしょう。

その背景には、唐の衰退による九世紀末の遣唐使廃止などといった外的要因もあったといった説明では足りません。仮名文字の普及とともに男女ともに参加できる和歌の社会的評価が高まったことは、藤原氏を中心とする〈血の政策〉、女性たちが政治の中枢に身近に関わり始めたことと、無関係ではないでしょう。

清少納言《せいしょうなごん》や紫式部など、よく知られた古典文学を執筆したとされる女性たちが世に出てくる背景には、こうした政治情勢の変化、それと連動した男女を問わず参加できる仮名文字の文化の普及、そして『古今和歌集』『後撰《ごせん》和歌集』などの勅撰和歌集が編まれるという仮名文字の文化に対する社会的な評価の高まりがあったのです。

代わりに作る、代わりに書く

ところで、若い皆さんは、ラブレターなんて書くんでしょうか。いや、最近の連絡はもっぱらSNSで、メールすらしないとも聞きますね。昨今は、好きな人にどうやって告白するんでしょう。今度、おばさんにもそっと教えてくださいね。

ともあれ皆さんの中にも、「ラブレターなんてうまく書けない」「作文は苦手だ」、などという人がいるのと同様、平安時代の人たちも、皆が歌を作るのが得意だったとは到底思えません。しかし、当時の人々の恋愛あるいは結婚は、歌を贈り、それに返すところからしか始まりません。

では、書くことが苦手な人たちはどうしていたのでしょうか。もちろん、誰かに代わりに書いてもらっていたのでしょうね、そうとしか思えません。実際、当時の日記や物語には、人の代わりに歌を詠んだり、代筆《だいひつ》したりする話が出てきます。そもそも平安時代の女性は、男性から恋心を告白されても、**すぐに自分自身で答えるのははしたないこと**で、母親や乳母《めのと》、信頼できる女房《にょうぼう》、すなわち侍女《じじょ》が代わりに返すのが常でした。つまり本人は作らない、書かない、それで当然ということなのです。

もちろん相手とより親しくなれば、当の女性本人が返事をします。その「親しい関係」とは、男性が三日続けて通って、家族に挨拶をして、しっかり「結婚」という形にこぎつけてしまったあとなのです。

光源氏は結婚五日目に若い妻、女三宮《おんなさんのみや》からの自筆の返歌を見て、その幼さにがっかりしています。その女性が実は大して教養もなく魅力もないとわかっても、逃げるに逃げられない、後の祭りなのです。抜き差しならない関係まで進んで初めて、女性当人が和歌を詠む――これが風習だということは、なんだか公式に「詐欺《さぎ》」が認められていたに等しいですね。

でもこれは遠い昔の、とても特殊なことだと言えるでしょうか。総理大臣の所信表明演説の原稿を本人が書いたと思っている人は、どのくらいいるでしょうか。国会議員の質問や答弁が全部本人自身の言葉なら、霞が関のお役人さんたちもきっと残業せずに、もっと早く家に帰れるでしょうね。あるいは、芸能人の自伝は、本当に本人が書いたものなのでしょうか。大学学長による卒業式や入学式の祝辞は、どのくらい学長本人の言葉なのでしょうか。卒業証書や辞令に書かれた署名はずいぶん達筆ですが、いったい誰が書いた文字なの

でしょうか。どうか想像してみてください。

案外現代にも、代わりに文章を作る「代作《だいさく》」や、代わりに文字を記す「代筆」の文化は、脈々と生き残っているのではないでしょうか。そして、それは必ずしも悪いことではないかもしれません。儀礼の場や公的な文書には、それにふさわしい言葉遣《づか》いがあり、美しい文字が必要です。よりふさわしい姿で発信するために、文章や筆跡の「影武者《かげむしゃ》」が暗躍していたとしても、むしろ当然ではないかとも思えます。少なくとも公人が不適切な発言を重ねて、何人も続けて更迭《こうてつ》されたりするよりは、よほどましなのかもしれないのです。

そうじゃない、政治家にはそれにふさわしい教養があって、自分のしかるべき理念のもとに、自分の言葉で世に発信するのが筋だとお思いですか。もちろん、それは正論です。でもね、それができる教養ある政治家は、勉強は苦手だけれども腕っぷしの強い策略家に負けて、世の表舞台から姿を消す、それが歴史の常でもあるんですよね。

ですから、霞が関のお役人さんが政治家の国会答弁の原稿をひそかに作成するように、古代には職業的な歌人が、晴れの場のための儀礼の歌を詠みました。彼らは往々にして下級の役人でした。後代に名を残す職業歌人は、彼らの中でも格別に優れた人たちで、その背後には、もっと数のうちに入らない**黒子《くろご》の制作者がたくさんいた**のではないかと私は想像するのです。

一般に『古今集』以下の天皇の命令を受けて編纂された勅撰和歌集に残っている歌の作者名は正確だ、と比較的信じられています。しかし「御製《ぎょせい》」、すなわち、天皇の作として残っている歌は、本当に天皇その人が作った歌だったのでしょうか。著名な権力者の名で残っている歌の本当の制作者は、誰だったのでしょうか。ひねくれ者の私は、少し疑ったりするのです。

『蜻蛉《かげろう》日記』の作者、藤原《ふじわらの》道綱《みちつなの》母《はは》は、夫と男女としての関係が破綻しかけたのちにも、夫婦関係はほそぼそと続いていた様子です。裁縫とともに和歌の名手であった道綱母の教養が期待されたからだとも言われています。歌人としての腕前は、政治的に活躍する夫、藤原兼家《かねいえ》の栄達のために、一役買うこともあったのではないでしょうか。

紫式部もまた、その文才を評価されて藤原道長《みちなが》に召し出された人でした。それは道長の娘で、一条《いちじょう》天皇の中宮《ちゅうぐう》の彰子《しょうし》を教養高く演出するために、名の残らない黒子として歌を制作することも、女房としての役目の一つだったのではないでしょうか。

え？　だったらこの本も、本当はアンポンタンのタカギのおばさんではなく、敏腕編集者のミワさんが書いているんじゃないの？　ってことに、なってしまいます？

絵とともに楽しむ物語

子どもの頃小説ばかり読んで育った私は、一方で漫画は全く親に読ませてもらえず、家のテレビはいつまでも白黒でした。ですから、学校ではその種の話題についていけず、いつも浮いていました。

こんにち、どのくらいの人が漫画を読みながら育つのでしょうか。読まずに育つ私のような者のほうが圧倒的な少数派なのでしょうね。「いえ、漫画ではなくコミックでしょ」とたしなめられたりするのでしょうか、その違いも、私にはよくわからないんですよ……。

そういえば、私の子どもの頃と違って、最近のテレビは全部字幕が表示されるようになりましたね。大学の授業も、手元の本やプリントを用いるだけでなく、壇上にスライドでパワーポイントの映像を流すのが一般的になりつつあります。現代版の「紙芝居」ですね。言葉だけではなく、絵を伴って視覚的に一体化した情報のほうが、伝わりやすいということなのでしょうか。

さて、こんにちの漫画の源流はと考えると、江戸時代に印刷技術が発達してたくさん出版された絵入りの本などを連想します。ですが、さらに**その元祖と言えるものは、実は平安時代にもあった**のです。

私たちは平安時代の人々がどんなふうに絵を楽しみ、物語を楽しんだか、その実際の冊子《そうし》を見ることはできません。当時の制作物は現代まで残っていないからです。博物館で展示されている絵巻は、一番古くて平安末期から鎌倉期、多くは室町期以降の制作です。「源氏物語絵巻」（国宝、平安末期）、「紫式部日記絵巻」（国宝、鎌倉初期）は、古い時代に制作されたものとしてはわずかに今日まで残った絵巻で、権力者が時の名匠に命じて作らせた、特別に傑出した贅《ぜい》を凝《こ》らした逸品です。

いわゆる「**吹抜屋台**《ふきぬきやたい》」、屋内の様子を俯瞰《ふかん》的に上から映し出す描写する方法は、まるで当時の物語の、流暢《りゅうちょう》な語りの文体をそのまま表現したかのようです。当時の物語には、物語の内側の世界にいる語り手が、内部の情況を時に俯瞰的に観察しながら、また時には人物に密着してその人になり代わりながら、そこでの人間関係や出来事をかみ砕いて読者に語っていくものでした。それはちょうど、吹抜屋台を通して、屋内を俯瞰的に見下ろす読者が、次第に画面の中の人物に感情移入していく様子に似ています。

絵巻の画面の中にいる高貴な人々は、案外と皆、似たような顔立ちです。下膨《しもぶく》れのふくよかな顔立ちで、眼も鼻も口も、ただ線が引かれているだけの、いわゆる「**引目**《ひきめ》**鉤鼻**《かぎはな》」と呼ばれるものです。同じ絵巻の画面の中でも、身分低い者は、眼がぱっちりと見開かれて、表情豊かに笑っていたりします。

そうした身分高い人と下賤《げせん》の者を描き分ける意識は、現代人からすれば「差別的」に見えるかもしれませんが、当時の人々の美意識の根底にあった基本中の基本です。突き詰めれば、身分高い人は美しく、身分低い人は醜い、という単純な二分法が、その根底には透けて見えるのです。

「引目鉤鼻」はいかにも没個性的で、誰が誰やら区別がつかないくらいです。ですがだからこそ、多様な読者の感情移入を可能にする形だ、とも言われます。ちょうどそれは、歌物語で恋の渦中にある男女が、「男《をとこ》」「女《をんな》」という没個性的な言葉で呼ばれることにも通じるような意識だ、と指摘されることもあります。ある特定の固有名詞を背負った個人の経験談として語られるような一回的で特殊な話ではなく、誰もが経験し得る話、言い換えれば、どこにでもある話として読者が感情移入しやすい形にして語るための装置、それが「男」「女」といった呼び方であり、「引目鉤鼻」の技法だというのです。

平安時代の人々も、物語を読む際には、時には絵とともに楽しんでいた様子です。国宝の「源氏物語絵巻」の「東屋《あずまや》㈠」では、浮舟《うきふね》という女君《おんなぎみ》が、女房、すなわち侍女の一人が物語を音読してくれるのを聞きながら、絵を見て楽しんでいる様子が描かれています。物語は音読されたのだという玉上琢彌《たまがみたくや》氏の有名な議論は、この「源氏物語

大和絵《やまとえ》の描写方法

吹抜屋台《ふきぬきやたい》

屋根や天井を書かずに、柱などを残しつつ、屋内の様子を斜め上から俯瞰的に描写する方法。

引目鉤鼻《ひきめかぎはな》

貴族の男女の顔の描き方。ふっくらとした顔の輪郭に、目はやや長く細い線で、鼻は「く」の字形の線で描く。

※画像は国立国会図書館ウェブサイトより

絵巻」に着想を得たものなのでしょう。

もっとも、この邸《やしき》の女主人の妹である浮舟は、その場で大事にされているから絵を見ていますが、他の人たちは、ただ耳を傾けて聞くだけなのです。文字もなく、絵もない中で、ただ耳だけで物語を聞き取ろうとしているのがわかります。

『源氏物語』絵合巻《えあわせのまき》では、冷泉帝《れいぜいてい》は絵の巧みな年上の女性である斎宮女御《さいぐうのにょうご》に、急速に心惹《ひ》かれていきます。それを知って、冷泉帝に気に入られようと、皆が名画を集めたり、新たに制作したりして、献上《けんじょう》しています。これは物語中の出来事ですが、そこには巨勢公茂《こせのきんもち》（公望）という巨勢金岡《こせのかなおか》の孫にあたる実在の画工の名前も出てきて、あたかも、国宝の「源氏物語絵巻」級の芸術的な作品を制作した、と言わんばかりの話が、物語の中で繰り広げられるのです。

ですが一方で、皆がいつもそんな豪華な絵と接することができたはずもありません。浮舟巻《うきふねのまき》では、浮舟との束の間の関係を楽しむ匂宮《におうみや》が、手すさびに絵を描いて浮舟を楽しませています。男女の語らいの中で、**絵のうまさが魅力の一つとなる**のです。こうした絵とは、芸術家の描いた凝った仕立てのものではなく、もっと日常的で平易なコミュニケーションの道具だったのでしょう。

平安時代の才女たち

藤原道綱母	藤原兼家の妻妾の一人として、高貴な夫との満たされない夫婦関係を、和歌を多く交えて回想的に『蜻蛉日記』に記した。『源氏物語』にも影響を与える。
清少納言	清原元輔《もとすけ》の娘。時の権力者、藤原道隆の娘の定子に仕え、和歌や漢文の教養を駆使した、知的で機知に富んだ定子周辺の様子を『枕草子』に記した。
紫式部	漢学者の父のもとに生まれ、学問と教養を身につける。晩婚ののち夫に先立たれ、『源氏物語』を執筆し始めたか。その評判ゆえか、時の権力者藤原道長の娘の彰子に仕える。
和泉式部《いずみしきぶ》	夫のある身ながら冷泉天皇皇子の為尊親王、さらに敦道親王と関わる。敦道親王没後、藤原道長の娘の彰子に仕える。敦道親王との恋は『和泉式部日記』にくわしい。
赤染衛門《あかぞめえもん》	大江匡衡《まさひら》の妻。藤原道長の妻の倫子と娘の彰子に仕える。家集に『赤染衛門集』がある。『栄花物語』の作者とも想定される。
菅原孝標女《たかすえのむすめ》	受領の父に伴われ東国で育つ。『源氏物語』に憧れて、京に戻って物語を夢中で読む。『更級日記』の筆者。『夜の寝覚』『浜松中納言物語』の作者ともいわれる。

恨みを抱えて死んだ者たち

――政治の勝者と敗者

天皇になれない皇子たち

少子化の時代、老後の生活には、誰しも関心があるようですね。墓を誰が継ぐのかも、悩みの種の一つでしょう。墓を継ぐ、ということは、家督《かとく》を継ぐ、というのに近いでしょうか。思案の末に、代々のお墓を移転する「墓じまい」をする人も増えていると耳にします。

〈**家《いえ》の継承**〉を意識する人たちは、今、どのくらいいるのでしょうか。つい数十年前までは当たり前だったし、今でも地域や世代によっては、やはりとても大事なことでしょう。しかし一方で、すでに〈家〉という観念が理解できない世代も、生まれているのかもしれません。念のため補足すると、〈家〉というのはもちろん、建物としての家屋ではありません。時には家屋も含みつつ、血縁関係で結ばれた一族という、小さな社会集団のことを指しています。

平安時代の人々にとって、〈家〉を継承することは非常に大切なことでした。現代とは違って、個人としての尊厳うんぬんよりも前に、まずは〈家〉の一員として生きていたからです。社会的な栄達といっても、個人の出世を望むのでなく、〈家〉の繁栄を願う、というのが基本的な発想の形でした。

〈家〉には当然、跡取りが必要になります。しかし現代のように医療技術に恵まれておらず、病が流行《はや》れば、相次いで人が亡くなる時代です。必然的に多くの子どもを産むことが望まれることになりました。

継承する子孫を失って困る最たる系譜は、天皇です。平安初期の天皇、嵯峨《さが》天皇には系図などでわかるだけでも子どもが五〇人近くもいたようです。しばしば古代の王は、色好みであることが美徳だともされますが、その根底には**血筋を絶やしてはならない**という切実な欲求があったはずです。

同時に平安時代の初期には天皇の**血筋の純潔さ**が求められ、天皇家の同族内での結婚も重ねられました。皇女が臣下と結婚することは推奨されず、天皇や親王との結婚でなければ独身で過ごすべきとされた時代だったのです。

しかしここで疑問がわいてきます。天皇家を維持するために多くの子どもが求められたとして、その子どもたちの側はどうなるのでしょうか。多くの兄弟や親族の中から、実際に天皇の位につけるのはごく一部の限られた人だけです。天皇の子やそれに近い血筋に生まれれば、誰だって自分もいずれは天皇になりたいと思わないものでしょうか。しかし、天皇になれない人のほうが、圧倒的に多いわけです。

あるいは本人にその気がなくても、周囲の人々は、身近な主君の栄達を願って、画策しては失敗したりするかもしれません。あるいは対抗勢力の人たちに、野心があるはずだと牽制《けんせい》されたりするのではないでしょうか。そうした周囲の思惑《おもわく》に翻弄《ほんろう》されて、天皇になれない皇子たちは、時には犠牲になることもあったようです。

平安時代の文学には、天皇の血を引きながらも天皇になれなかった人々が、多く登場します。たとえば**『伊勢《いせ》物語』**は、「昔、男……」といった文言で始まる、和歌を中心とした小話を積み重ねた、いわゆる「歌物語」です。その「男」の歌のなかには在原《ありわらの》業平《なりひら》の歌が多く含まれるために、業平らしき男を主人公とした一代記の体裁を取っていると考えられています。その在原業平とは平城《へいぜい》天皇の子である阿保《あぼ》親王の子、つまり天皇の孫にあたる人物です。

『伊勢物語』は今日から見れば、業平の実像の伝記などではなく、多分に他の伝承などを取り込んだ、あくまでフィクションに過ぎない物語です。『伊勢物語』の中で「男」が「東下り《あずまくだ》」といって関東地方にまで下ったとされることも、業平の伝記的事実ではないだろうと考えられています。

とはいえ、在原業平の兄の在原《ありわらの》行平《ゆきひら》は、『古今和歌集』の雑下部《ぞうのげのぶ》の歌の詞書《ことばがき》に「…事にあたりて津国《つのくに》の須磨《すま》といふ所にこもり侍りけるに…」と、何らかの事情があって須磨に籠《こも》ったとあります。詳しい事情はわからないものの、在原業平や行平が平城天皇の孫であったことから想像するに、王族の悲哀が漂います。

『伊勢物語』で業平が親しく仕える惟喬親王《これたかのみこ》や、初段に引用される歌の作者である源《みなもと》融《のとおる》なども、将来を期待されながら思うように栄達できなかった人物たちです。平安時代の物語とは、天皇になれる可能性を秘めながらも実現しないままに、風流を生き甲斐に過ごした不遇な皇子たちを主人公とするものでした。それは時にはその人自身、あるいはその周辺の人々によって、次第に肥大化し、説話化して語り継がれていったのです。

さまよえる怨霊

京都の寺社、たとえば上御霊《かみごりょう》神社、下御霊《しもごりょう》神社などには、早良《さわら》親王や橘逸勢《たちばなのはやなり》などが祀《まつ》られています。彼らはいったい、何をした人たちだったのでしょうか。

早良親王は、奈良朝末期、光仁《こうにん》天皇と高野新笠《たかののにいがさ》の子です。母が同じである兄は、桓《かん》武《む》天皇として即位し、早良親王は皇太子に立てられました。しかし、長岡京《ながおかきょう》の造営を推進していた藤原種継《たねつぐ》が暗殺され、早良親王はその罪に連座させられます。もっとも桓武天皇には幼い皇子がいましたから、そちらを皇太子にしたいがための、策略だったのかもしれません。

いずれにせよ、桓武天皇は、皇太子だった早良親王を廃太子《はいたいし》にして寺に幽閉《ゆうへい》します。早良親王は淡路《あわじ》に流される途中、絶食したのか、あるいは絶食させられたかで亡くなります。その後、天災が続いたり天皇家に不幸が重なったりして、早良親王の祟《たた》りを恐れた桓武天皇は、「崇道《すどう》天皇」の称号を与えて、亡き魂を鎮めようとしたのです。

このように、権力闘争の中で敗者となって不遇のうちに亡くなった高貴な人は怨《うら》みを抱き続けていたために、その死後、天災が重なったり疫病《えきびょう》が流行ったりして世が乱れる、それを鎮めるために亡くなった人を神として祀ることによって、むしろ荒ぶる魂が鎮められ、世の中を守護して平安をもたらす存在になる、といった考え方を「**御霊信仰**《ごりょうしんこう》」と言います。

こうした不遇な人々の魂を鎮めるために祀るという発想は、もっと古く、大津皇子《おおつのみこ》や長屋王《ながやおう》などに見られる、と考える説もあるようですが、一般に、御霊信仰と言えば平安時代前期に浸透した考え方だとされています。

「御霊会《ごりょうえ》」は、貞観《じょうがん》五（八六三）年に神泉苑《しんせんえん》で行われたのが最も古い記録で、早良親王、伊予《いよ》親王、藤原《ふじわらの》吉子《きっし》、橘逸勢、文屋宮田麻呂《ふんやのみやたまろ》、観察使《かんさつし》（藤原仲成《なかなり》もしくは藤原広嗣《ひろつぐ》）の六人が祀られたとされます。今日まで続く京都の祇《ぎ》園祭《おんまつり》は、この「御霊会」に発しながら、

牛頭《ごず》天王《てんのう》を祀って、人々の無病《むびょう》息災《そくさい》を祈るようになったものです。

そのほか、御霊信仰としてよく知られるのは、**菅原道真**《すがわらのみちざね》（八四五―九〇三）ですね。優れた学識で宇多《うだ》天皇に重用された道真は、文章《もんじょう》博士としては破格に出世したことを妬まれ、藤原時平《ときひら》らによって大宰権帥《だざいのごんのそち》に左遷《させん》されてしまったと言います。大宰府で詠んだ、

東風《こち》吹かば匂《にほ》ひおこせよ梅の花あるじなしとて春を忘るな　（拾遺和歌集・雑春）

の歌は有名ですね。「東からの風が吹くならば、香りを届けておくれ、梅の花よ、主人がいないといって春が訪れたのを忘れないでおくれ」といった意味です。結局道真は、大宰府から都に帰れないまま亡くなってしまいます。

道真の死後、都では災厄が続きます。それらは道真の霊の仕業《しわざ》と理解され、死後に天神として祀られ、さらに九九三年に正一位《しょういちい》の太政大臣《だいじょうだいじん》を追贈されました。道真には『菅家文草《かんけぶんそう》』『菅家後集《かんけこうしゅう》』などといった漢詩文集があり、『日本三代実録《にほんさんだいじつろく》』『類聚国《るいじゅうこく》史《し》』などの歴史書の編集にも関わるなど優れた学識があったことから、のちに学問の

神様として祀られるようになったのです。

河原の院の伝承

『源氏物語』夕顔巻《ゆうがおのまき》では、光源氏が五条に住む乳母《めのと》のもとに出かけた折に、ふと隣の家に姿の見えた女と知り合って、恋に落ちてしまいます。二人は素姓を名乗らぬままに逢瀬《おうせ》を重ね、互いに夢中になります。

八月十五夜、光源氏は五条の家では隣近所が騒々しくて落ち着かないからといって、ゆっくり二人の時間を楽しもうと、女を「**なにがしの院《ゐん》**」に連れて行きます。すると翌晩、宵《よい》を過ぎた頃、枕元にきれいな女が現れて、「私がこんなに素敵だと思っているのに、私のことを気にもかけないで、こんな大したこともない女を連れていらして分不相応に大事になさるとは、恨《うら》めしい」などと言って、かたわらに寝ていた女を起こそうとします。はっと光源氏が目を覚ますと、灯火《ともしび》が消えていきます。ともに臥《ふ》していた夕顔は、息も絶え絶えで、そのまま亡くなってしまうのでした。

夕顔を取り殺したのは、誰だったのでしょうか。夕顔巻では、光源氏は六条に住む高貴な女のもとに途絶えがちに通っており、それが後に生霊《いきりょう》になる六条御息所《ろくじょうのみやすどころ》らしき女なので、その仕業と思われがちなところですが、研究者たちの間では、もともとこの邸宅に棲《す》んでいた霊の仕業だと考えるほうが一般的です。

というのは、「なにがしの院」とは、平安京に実在した**河原の院**《かわら》をモデルにしたと思われるからです。河原の院とは、かつて**源融**《みなもとのとおる》が住んだ大邸宅です。源融は嵯峨天皇の皇子でしたが、源の姓を賜《たまわ》って臣下に下されました。左大臣にまで出世しますが、それ以上の栄達はなく、豪奢《ごうしゃ》な邸《やしき》を造って優雅に暮らしたようです。その邸は、六《ろく》条坊門《じょうぼうもん》の南、万里小路《までのこうじ》の東の、四つの町あるいは八つの町との説もある広大な邸だったようで、陸奥国《むつのくに》の塩竈《しおがま》の風景を模した庭を造り、難波《なにわ》から塩を運ばせて、塩を焼いて楽しんだとされています。

さてその河原の院については、源融の霊が現れた、という伝承があります。たとえば『江談抄《ごうだんしょう》』第三・三二によれば、河原院を訪れた宇多法皇が、京極《きょうごく》御息所とともに夜を過ごしていると、融の霊が出現して御息所は死にかけたので、連れ帰って祈禱《きとう》をさせたところ、からくも息を吹き返したといいます。

この話、別の作品ではまた少し異なる展開になっています。『今昔《こんじゃく》物語集』巻二七第二では、夜半に寄って来る者に宇多院が「誰か」「融の大臣か」と問うと、「この家の主の翁《おきな》だ」、融だと名のったのだといいます。さらに、宇多院が居て窮屈だなどと言うので、宇多院のほうが、自分が正当に継承したものなのに、道理に合わない主張をするな、と一喝すると、霊は姿を消した、という顚末《てんまつ》になっています。

同じく『今昔物語集』巻二七第一七では、東国から訪れた夫婦が河原の院で宿をとろうとしたところ、夕暮れ時に、建物の妻戸の内側から手が出てきて妻を中に引き入れてしまいました。戸は固く閉ざされて、いっこうに開きません。人を呼んで、斧でこじ開けてみると、妻は棹《さお》にかけられて死んでいたというのです。これは少し時代が下った説話のようにも見えます。

ともあれ、宇多法皇が女と休んでいたところ融の霊が出現したという伝承は、当時よく知られていたようで、霊の出る場所としての河原の院にまつわる伝承を踏まえて、夕顔の物語は作られたのでしょう。ですから、夕顔の死の原因は、単純に六条の女の嫉妬の話ということにはならないのです。

四つの町を造るといえば、光源氏の六条院もそれに似ていますが、河原の院は実在した邸宅、光源氏の六条院はあくまで物語の中のフィクションで、どこにあったかわからない想像上の邸宅です。源融は光源氏のモデルの一人ではありますが、**歴史上の人物と物語の主人公は別の存在**で、一対一対応ではありえないのです。

死者からの働きかけ

当初の御霊信仰に見られる祟りは、天災や疫病など不特定の人々に影響を及ぼす、一般的な世の中の乱れ、といった形で現れるものと理解されていました。しかし平安時代も中期になると、次第に怨霊《おんりょう》についての意識が変わってきて、不特定多数の人に災厄を及ぼすものではなく、**敵対する関係の家筋に限って、不幸をもたらすもの**として考えられるようになってきます。

つまり、政治的に敗北した人物が、勝利者側の家の人々に対して怨念を抱き、死霊となって勝利者側の特定の家の人々に取り憑《つ》き、報復するものとして理解されるようになるのです。

藤原顕光《あきみつ》の例を見てみましょう。藤原顕光の父の兼通《かねみち》は、関白《かんぱく》の地位にまで昇った人でした。しかし兼通の没後、権勢は父兼通の弟の兼家《かねいえ》に移り、さらにその子どもである道隆《みちたか》に移ります。道隆の没後には、いったん弟の道兼《みちかね》が政権を担いますが、病でその直後に死去してしまいます。その下の弟である道長は、道隆の息子の伊周《これちか》と争い、その結果、道長が優位に立って、やがて権勢を担うようになっていきます。

顕光は、娘の元子《げんし》を一条《いちじょう》天皇の女御《にょうご》として入内させます。九九七年には懐妊するものの、予定日を過ぎても子は生まれず、顕光らは世間の笑いものになります。総じて顕光はその能力に問題があったようでした。

一条天皇の時代の東宮《とうぐう》だった居貞《おきさだ》親王には、兼家の娘の藤原綏子《すいし》、藤原済時《なりとき》の娘で敦明《あつあきら》親王をもうけた娍子《せいし》、道隆の娘の藤

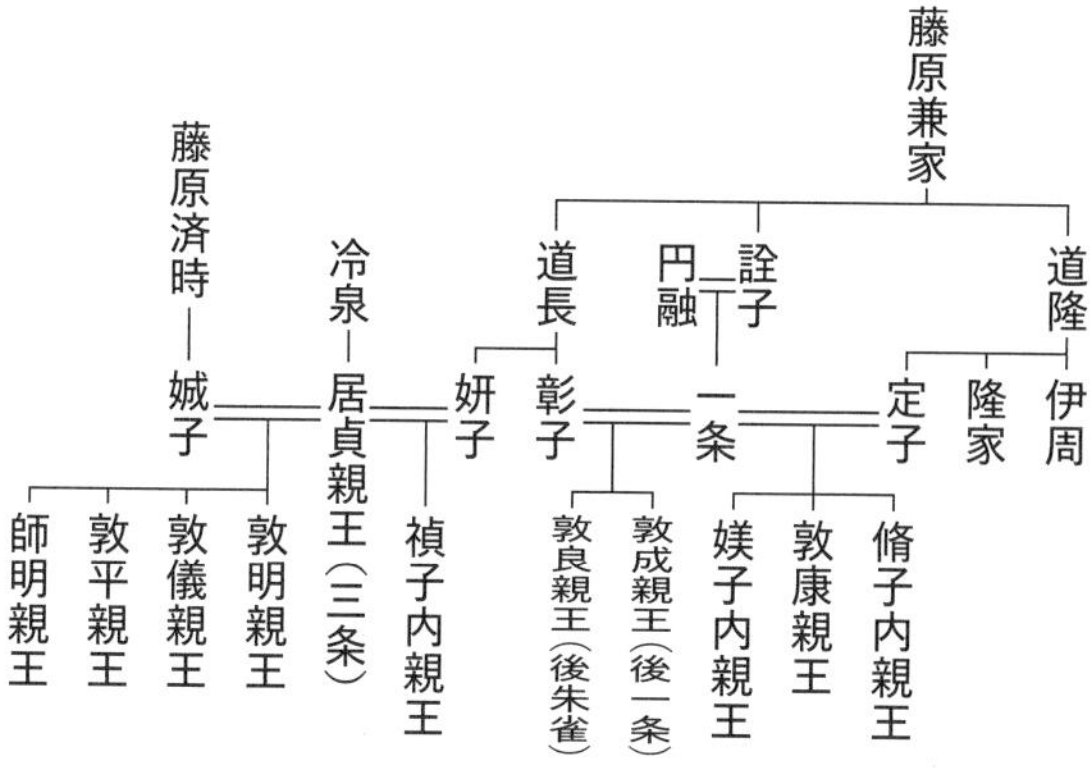

原原子《げんし》が入内していましたが、そのうち、綏子と原子は早くに亡くなってしまい、すでに済時も亡くなっていて娍子だけになっていました。その後、居貞親王のもとには道長の次女妍子《けんし》が入ります。まもなく一条天皇が危篤《きとく》となって、一〇一一年に居貞親王はようやく即位し、三条《さんじょう》天皇となります。皇太子には中宮《ちゅうぐう》藤原彰子の子、敦成《あつひら》親王（後一条天皇《ごいちじょう》）が立てられました。

三条天皇のもとで妍子は中宮となり、娍子は皇后となりました。道長は彰子の子である敦成親王の即位を願ったのでしょう。眼病を患った三条天皇に、譲位《じょうい》を迫り、三条天皇は、皇子の敦明親王を東宮に立てることを条件に譲位します。しかし三条天皇は間もなく崩御《ほうぎょ》し、敦明親王は道長の圧力を感じて自ら東宮を下りて、「小一条院《こいちじょういん》」、天皇を退位した人に准ずる位になってしまいます。敦明親王に期待をかけていた人たちにとっては大きく失望する事態でした。

この敦明親王のもとには、顕光は娘の延子《えんし》を入れていました。ところがそこに、道長の娘の寛子《かんし》が、小一条院の寵愛《ちょうあい》を受けるようになり、延子は病死してしまいます。顕光が一〇二一年、七十八歳で没した後、まもなく道長の娘たちが次々に亡くなっていったのでした。それは、顕光と延子の怨霊の仕業だ、とされ、顕光は「**悪霊左府**《あくりょうさふ》」

と呼ばれました。

平安時代初期には、不特定の他者に祟った怨霊は、この頃には政治闘争に負けて不遇のうちに亡くなった側が、勝ち残った側に祟るものとして意識されるように、変わっていったのです。

亡くなった人が何らかの形でこの世に力を及ぼす、というのは、生きている側の妄想、いわば良心《りょうしん》の呵責《かしゃく》なのでしょうか。しかし政治を揺るがす大きな人間模様が、人々の野心や欲望、情念によって左右されたとすれば、何やら感慨深いものがあります。あるいは生き残った勝者の側の自己弁明に類する浄化装置であり、あるいは祟られたと装うことで相手方を失墜させる手段だったのかもしれません。

妻は複数で当たり前？
――多情な男に悩まされる女たち

恋の始まりと結婚の形

平安時代の夫婦関係は、一夫多妻だとして知られていますが、これは本当でしょうか。

平安時代の結婚は、男の家の側から女の家の側に、仲立ちの人を介して縁談を申し入れ、和歌を贈って求愛します。やがて話がまとまれば日取りを決めて、男が三日間続けて通います。「**後朝の文**《きぬぎぬのふみ》」といわれる、男が通った翌朝に男から女に贈る手紙も、結婚当初のそれは儀礼的なものです。三日目の夜に「**三日夜の餅**《みかよのもち》」を夫婦で食べ、そののち「**露顕**《ところあらわし》」といって婿と舅《しゅうと》が対面して挨拶することで、正式な結婚として成立しました。そして結婚当初は、男が女の家に通う形で関係は続いていくのです。

『落窪《おちくぼ》物語』では、継母《ままはは》にいじめられている姫君のもとに、少将がこっそりと通い始めます。三日目の夜はひどい雨でした。当時は、雨の日の外出はすこぶる困難でしたが、新婚三日目の夜に通わないのでは可哀そうだというので、無理をして出かけます。途中で下級の役人に咎《とが》められ、道にたくさん馬や牛の糞がある上に座ってしまい、糞まみれになってしまいます。こんな姿ではとても訪問できないと、少将が帰ろうとするところ、こんな姿になってまで苦労して出かけてきたとなれば喜ばれるはずだから、このまま行きましょう、と少将に仕える帯刀《たちはき》に励まされてそのまま姫君のもとを訪れると、やはり大変感激されるのです。三日夜の餅を見た少将が、食べ方の作法を聞いていますから、少将はこの儀礼が初体験で結婚の経験がないことがわかります。ちなみにこの少将は、一夫一妻を貫く男主人公です。

『蜻蛉日記』では、馬に乗った使者が門を叩いてやっ

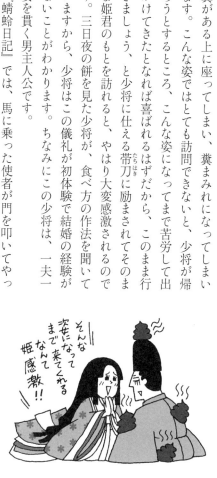

てきて、藤原兼家という男の求婚の意志を伝えます。その後、道綱母のもとに何度も歌が贈られてきます。道綱母の側は時に、身近な女房による代筆や代作によって応対しながらも、次第に女自身が歌を作って応じるようになり、そのうち兼家が三日続けて通ってきます。こうして結婚が成立したのです。

ところが道綱母が男の子、つまり道綱を産んだ頃、夫の兼家が道綱母のもとに三日間続けて通ってこない折がありました。「町《まち》の小路《こうぢ》」に住む女のもとに通っていたのだと、のちに判明します。

だとすると、一人の男が三日続けて通って結婚するという儀礼は、正式な結婚の手続きではあるにせよ、だからといって三日間続けて男が通って来れば、その女が唯一無二の相手だという意味にはならないのです。

当時の結婚は〈**通《かよ》い婚《こん》**〉だと知られています。ですが、通い婚なのは結婚の当初だけで、正妻となる女性とはいずれ同居するようになります。なぜかというと、子どもができた夫婦なら、両親がそろって子どもの世話を焼かねばならない場合があるからです。

当時、男は女のもとに通うことで、女の親の経済的、実質的な支援を得て、社会活

平安時代の恋愛

1　噂・評判、垣間見

女性は屋内で暮らし、親や実の兄弟程度としか直接には対面しなかった。男性は筆跡や薫香の香りなど、間接的に女性の人柄を知る。垣間見できればよいが、それは物語の幻想かも。通常は噂だけで恋をするため、女性の側は情報を演出して素敵に見せることで、男性の関心を惹きつけた。

2　求婚する

正式には、仲立ちの人を立てて男性の家から女性の家へ求婚を申し入れるものだが、より非公式に、男性から女性にあてて求愛の手紙を贈るだけの場合もある。女性の側は当初は無視するが、関係を進めたければ、次第に代作・代筆で女房（侍女）などが応じる。女性側の返歌は基本的に拒否の言葉、それでも返歌するのは脈がある証拠。

3　結婚

正式な結婚の場合は、吉日を選んで日取りを決め、最初の三日間は続けて通う。日没後に訪れ、夜明け前に帰る。翌朝には歌を贈る。結婚当初の「後朝《きぬぎぬ》の文《ふみ》」は、結婚の儀礼の一環。三日目には「三日夜《みかよ》の餅《もち》」を食べ、「露顕《ところあらわし》」といって婿が女性の親族に対面、正式に結婚が認められる。

動を支えてもらえたのです。すると娘の親の側としては、娘を「かしずく」、すなわち大切に育てて、よりよい夫を迎えて、丁重にもてなそうとするわけです。その頃になると娘を結婚させる両親は、同居しているほうが都合がよい、というわけです。

当初は通い婚であっても、やがて同居することで、夫婦関係が盤石になるのだとすれば、同居していた夫婦が別居するのは、離婚を意味します。『源氏物語』で、鬚黒《ひげくろの》大将《だいしょう》が玉鬘《たまかずら》にうつつを抜かしていると、北の方が実家に戻ってしまい、結局離婚する形となってしまうのが、その例だといえましょう。

複数の妻たちの中で

一夫多妻として知られる平安時代の結婚ですが、実は多くの妻の中には優劣があって、正妻と呼べる人は一人で、その他の第二夫人以下と格差があったことは、工藤重《しげ》矩《のり》さんの『平安朝の結婚制度と文学』(風間書房)など以来、今日おおむね通説になっています。

複数の妻妾《さいしょう》を得て多くの子どもを作るのは、当時の貴族たちが家の血脈を絶やさないために、必要不可欠なことでした。子を産む妻が大事にされ、産まない妻が軽んじられたのは、現代人にとっては理不尽にも差別的にも見えるでしょうが、〈家〉を重んじる当時の意識としては、やむを得ないことだったのです。

『蜻蛉日記』冒頭の書きぶりでは、道綱母との結婚は兼家の側から望んだものだったかに見え、筆者自身はためらっていた様子がうかがえます。しかしそれが事実だったかどうかは定かではありません。兼家は、平安中期に権勢を誇った藤原北家《ほっけ》の男子であり、そもそも兼家には、道綱母との関係以前に**時姫**《ときひめ》という妻がいて、すでに道隆という男子が生まれていた模様です。

「一夫多妻」で「妻問い婚」とは本当か

1　「一夫多妻」か

複数いる「妻」には序列があり、一人の「正妻《せいさい》」と、それ以下の複数の「妾妻《しょうさい》」。正妻は、事後的に決まるとも、身分によるとも諸説あるが、事実上状況次第で流動的。

2　妻問い婚から同居婚へ

結婚当初は、男性が女性のもとに通う「通い婚」。やがて正妻格の人とは同居に移行する。妻の邸で同居する場合と、夫の邸で同居する場合がある。同居できない女性とは次第に疎遠になることも。

ではなぜ道綱母は、すでに時姫と結婚している兼家の求愛に応じたのか、先に結婚している時姫が、必ずしも正妻になるとは確定していなかったからだ、と考えられるのでしょうか。あるいは正妻でなくてもよい、と考えたのでしょうか。

このあたり、当時の正妻がいつ決まるのか、まだ定説はありません。結婚が早ければ有利なのか、身分が高ければ有利なのか、子どもが生まれれば有利なのか……。これらはいずれも一定の優越を示すものの、それだけが決め手になったわけでもなさそうです。

時姫は藤原中正《なかまさ》の娘、道綱母は藤原倫寧《ともやす》の娘で、いずれも中流貴族の受領《ずりょう》の家の出身で、さして身分に違いはありません。道綱母と兼家が結婚した時点では、時姫にもまだ子どもは多くなく、時には流行り病《やまい》で、あるいは出産の折に亡くなる女性が多かった時代、挽回《ばんかい》のチャンスがあると考えたのでしょうか。

結局、道綱一人を出産したのち、兼家は他の女に心を移して子どもまでもうけて、道綱母は一喜一憂します。一方、時姫は道兼・道長といった男子や、超子《ちょうし》・詮子《せんし》といった女子に恵まれていきます。まず娘の超子が入内して女御《にょうご》になります。

『蜻蛉日記』の中巻冒頭間もなく、「**家移り**《いへうつ》」、転居のことが書かれます。夫の兼家は新しく邸を改築し、東三条殿を造りますが、時姫はそこに迎え入れられても、道綱母は迎えられませんでした。道綱母が新しい邸に招かれなかったのは、時姫に仕える者たちと道綱母に仕える者たちの間で、揉《も》め事があったからだと思わせる書きぶりです。双方の女の供の者のトラブルが、両者の関係を決定的にするという脈絡は、なるほど高田祐彦《ひろひこ》さんが指摘するように、『源氏物語』葵巻《あおいのまき》、葵の上と六条御息所の車争《くるまあらそ》いから生霊《いきりょう》事件へという展開の、発想のもととなったと考えられるところです。

ともあれ、宮仕えする娘の超子などを支える両親の兼家と時姫は同居しますが、道綱母はその新邸には招かれず、妻としては

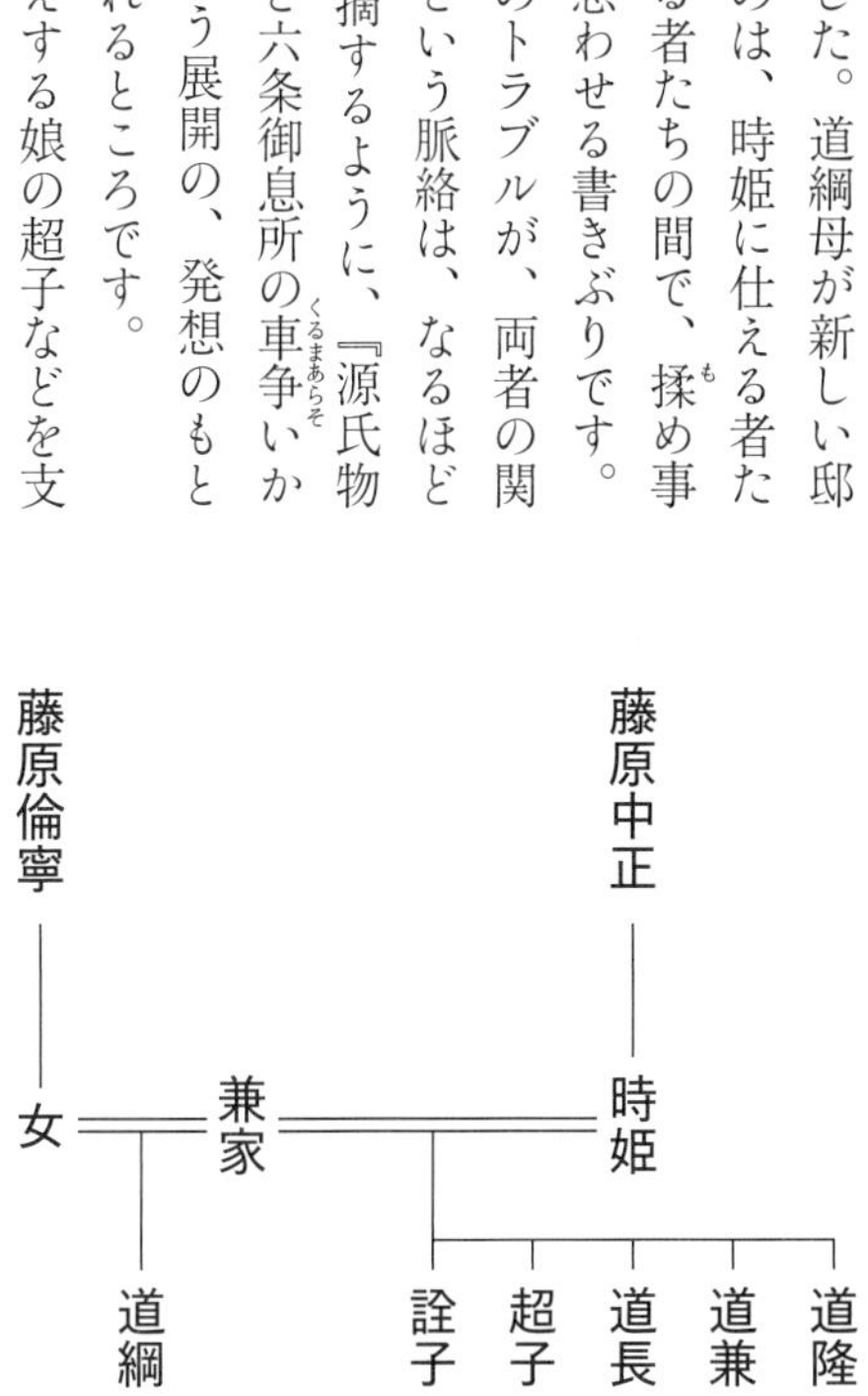

格下であることが明瞭になります。当時の結婚は当初は通い婚でも、やがては**同居する妻がおおむね正妻**なのです。

では、道綱母には逆転のチャンスはなかったのでしょうか。日記も下巻になると、道綱母は兼家が別の女に産ませた娘を養女として引き取るくだりがあります。女子が身近にいれば、その女子を良い家の男と結婚させることで、その後ろ楯としての自分と兼家との関係も緊密になる、という期待があったのでしょう。娘を入内させて順調に一家を支える時姫に対する対抗心、もはや時姫優位の関係を転覆《てんぷく》させることはできないにしても、せめて最低限、ギリギリのところで妻妾の一人としての現状を維持したいとの悲願があったのではないでしょうか。

しかし母親が書き手のせいかもしれませんが、『蜻蛉日記』を見る限り、書き手が溺愛する息子の道綱はさして勇敢でもなく、優れた才知を兼ね備えているとも見えず、ややマザコンにさえ見えます。こうした子どもの凡庸《ぼんよう》さも、あるいは兼家が道綱母に愛想を尽かした一因だったかもしれません。一方、時姫の子どもたちの道隆や道長は、『大鏡《おおかがみ》』の中では豪放磊落《ごうほうらいらく》です。もちろん『大鏡』は約百年近く後にできた物語ですから、かつての為政《いせい》者を格好良く書くために、いくらかは話を盛っているのでしょうけれども。道長も、兼家の子としては五男でありながら、結果的に家を継ぐのも、さもありなんといった印象です。

『蜻蛉日記』の目指すリアリズム

ではこの『蜻蛉日記』が冒頭で、すでにある「古物語《ふるものがたり》」には飽き足らなさを感じる、だから「日記」を書いて、「天下《てんげ》の人の品高《しなたか》きやと問はむためしにもせよかし」、格別身分高い人の妻の実態はどのようなものか、問う人がいたらその答えにしてほしい、とするのはなぜなのでしょうか。いったい物語では、何が不満なのでしょうか。

想いあって結婚した夫婦のはずなのに、いつの間にかすれ違い、夫は別の女のもとに通うようになっていた――、『伊勢物語』二三段、筒井筒《つついつつ》の話です。ある日、夫が高安《たかやす》に住む別の女のもとに出かけたふりをして、庭の植え込みに隠れて妻の様子を見ていると、妻が夫を思いやる歌を詠んだのを聞いて、心揺さぶられて高安の女のもとに通うのをやめたという、いわゆる**二人妻**《ふたりづま》の話です。男女の関係の移り変わりに、焦点を合わせた物語です。

この話、『大和物語《やまとものがたり》』一四九段では、水を入れた金属のお椀を胸にあてると、熱湯になって煮えたぎったなどと、実にふざけた描写になっています。どちらの話も、夫は後日また、高安に住む第二の女の様子を見に行き、高安の女が自身でご飯をよそっているのを見て興が醒《さ》めて通わなくなった、という形で終わりますけれども、その後の経緯も『伊勢物語』のほうには高安の女の歌を二首載せていて、高安の女の側の気持ちも大事にすくいあげており、単純に最初の妻の優位を確認するだけでないところ、だいぶ印象が違いますね。

多情な男との関係に悩まされる妻、それは平安時代の女性たちの多くが実際に経験する、切実な問題だったはずです。男性が多情であることが家の維持のために広く社会に容認され、時には推奨される時代、女性たちの抱えるひそかな悩みは、黙殺されることが圧倒的に多かったのでしょう。

そしてまた、一度関わった相手と別れるのは、そう簡単ではないでしょう。片方が別れたくても片方が未練を捨てきれない、そんないざこざは、いつの時代も変わらないのではないでしょうか。

そうした中で、先の筒井筒の話のような、男が元の妻に心を戻して帰ってくるという結末は、現実にはなかなかない、一種のおとぎ話風の夢物語だったか、あるいは一種のあるべき理想としてゆるやかな道徳的な規範を示したものだったのかもしれません。しかし現実は、さほどお花畑ではなかったでしょう。二人妻の話のようには、夫は私のところには帰ってこない、それは道綱母の心に深く、現実の厳しさを突き付けていたのではないでしょうか。

それにしても、そもそも道綱母は元の妻だったでしょうか。むしろ時姫のほうが元の妻で、道綱母は第二の妻だった、だとすれば道綱母には、時姫を恨んだり妬《ねた》んだりする、正当な理由すらないのかもしれません。その意味では、『源氏物語』で、先に

皇妃の位

太皇太后	天皇の祖母。先々代の天皇の后。
皇太后	天皇の母。先代の天皇の皇后。
皇后	天皇の正妻。本来は太皇太后、皇太后、皇后の総称。
中宮	皇后の別称。本来は太皇太后、皇太后、皇后の総称、あるいはその住まいの総称。皇后と並立する場合は皇后と同格。
女御	天皇の皇妃の位。皇后・中宮に次ぐ位。従二位以上の家柄の娘。
更衣	天皇の皇妃の位。女御に次ぐ位。正三位以下。
御息所	天皇や皇太子の寝所に仕える女性。『源氏物語』では更衣や東宮妃で、子を産んだ女性。

葵の上と結婚していた光源氏が、いつからか六条御息所と関わり、両者との関係のこじれから悩みを深めて壮絶な生霊事件に到る六条御息所の物語と、どこか似ているのです。

家出する女

夫が別の女のもとに通っていると知った道綱母は、訪れてくる夫に恨み言を言ったり、そっけなく振る舞ったり、言葉と態度であらん限り抵抗します。やがてそれでは済まなくなり、寺に籠ることが重なるようになります。

平安時代の女性は、日常の多くを屋内で過ごします。自身の邸の内に居て、両親や母を同じくする兄弟姉妹などごく限られた親族と過ごし、身近に仕える乳母や侍女にかしずかれて暮らしました。夫ができると時折訪れる夫を待って過ごし、子がいれば乳母をつけて養育をゆだねつつもやはり自宅で暮らします。古語で「世の中」といえば、男女の仲の意であるとよくいわれますが、日頃関わり合う人がごくごく限られるためでしょう。

そんな女性たちが公然と出かけることができるのは、寺に籠って祈るために出かける**物詣**《ものもうで》と、**祭り見物**くらいでした。

物詣はもちろん本来は、身近な人の死後の安寧《あんねい》を祈り、自らの後生《ごしょう》を祈る、といった宗教的な行為です。ただ、長谷寺《はせでら》や石山寺《いしやまでら》などに代表的な**観音**《かんのん》**信仰**は、現世での幸運を願う現世利益《げんせりやく》の場であり、多くの人々の信仰を集めました。そうした外出の動機はともかくとして、寺に詣でる旅路やその寺での参籠《さんろう》の時間は、日頃家に閉じ込めら

平安時代の観音霊場

観音信仰：観世音菩薩《かんぜおんぼさつ》を信仰して、現世利益《げんせりやく》を得ようとする信仰。現世での幸福を願う女性たちの信仰を集めた。

京都府京都市にある清水寺《きよみずでら》

滋賀県大津市にある石山寺《いしやまでら》

奈良県桜井市にある長谷寺《はせでら》

れて暮らしている女性たちにとっては、一種のピクニックとしての楽しさがあったに相違ありません。

物詣と並んで公然と外出が許されたのは、祭り見物でした。とりわけ当時「祭り」と言えば賀茂祭《かものまつり》、いわゆる葵祭です。陰暦《いんれき》四月の中《なか》の酉《とり》の日に催されるもので、人々はこぞって見物に出かけます。初夏の新緑の中、卯《う》の花が咲き、橘《たちばな》が薫り、時鳥《ほととぎす》が鳴く季節です。祭りそのものだけでなく、外出にふさわしい初夏の心地よい風情が興を誘ったことは、『枕草子《まくらのそうし》』のいくつかの章段に取り上げられるところです。

『蜻蛉日記』の上巻では、夫とともに賀茂祭の禊《みそぎ》の日に、夫の上司にあたる章明《のりあきら》親王と同じ車に乗って出かけた、晴れやかな思いが記されます。その一方で母の没後の山寺での参籠に始まり、次第に道綱母の外出は増えてきます。夫の時姫腹の娘の超子が女御代となって、大嘗会《だいじょうえ》の御禊《ごけい》、即位後の新天皇の賀茂の河原での禊に奉仕することになった頃には、長い外出をして夫の気を引くように長谷寺参詣に出かけます。帰途には兼家からの迎えの人々が華々しく出迎え、傷ついた自尊心が癒《いや》されます。

中巻では時姫との立場の違いが決定的になり、これまで以上に兼家との関係もぎくしゃくしていくにつれて、道綱母の外出の記事は増えていきます。唐崎祓《からさきはらえ》、石山詣《いしやまもうで》など、たび重なる外出は気晴らしでもあり、夫との関係修復を祈願して寺に籠るものでした。同時に、どれほど気にかけてもらえるか、その迎えがどんなふうに訪れるのか、**暗に夫の気を引く家出の狂言芝居**でもあったのです。

とりわけ鳴滝《なるたき》の般若寺《はんにゃじ》に籠って、もはや出家をと思う道綱母には、人里離れた風情はひとしお胸に沁みます。和歌を踏まえた表現を取り込んで、流麗で美しく風景を叙述します。おそらくこの頃、この日記を回想的に執筆し始めたのだろうとも言われるところです。

夫の兼家は大勢の迎えを寄越し、結局出家はできず、邸に帰ります。「あまがへる（雨蛙・尼帰る）」などとも言われながらひとまず体面を保つものの、夫との関係の修復は難しく、道綱母の心が安らぐこともないのでした。

藤原道長の権勢極まる

――時代を創った怪物

道長はいかなる家系の人か

さて、平安時代の政治家として名高い藤原道長とは、どのような家に生まれ育ったのでしょうか。

道長は藤原兼家の五男として生まれました。母は時姫、母が同じ兄には、道隆、道兼がいます。

兼家の父は藤原師輔《もろすけ》でした。藤原忠平《ただひら》の子にあたる人物です。師輔には忠平の長男である実頼《さねより》という兄がいましたから、本来そちらのほうが**藤原北家**の嫡流《ちゃくりゅう》だったはずです。実頼も師輔も、娘を村上《むらかみ》天皇の後宮《こうきゅう》に入れており、どちらも女御になりました。しかし

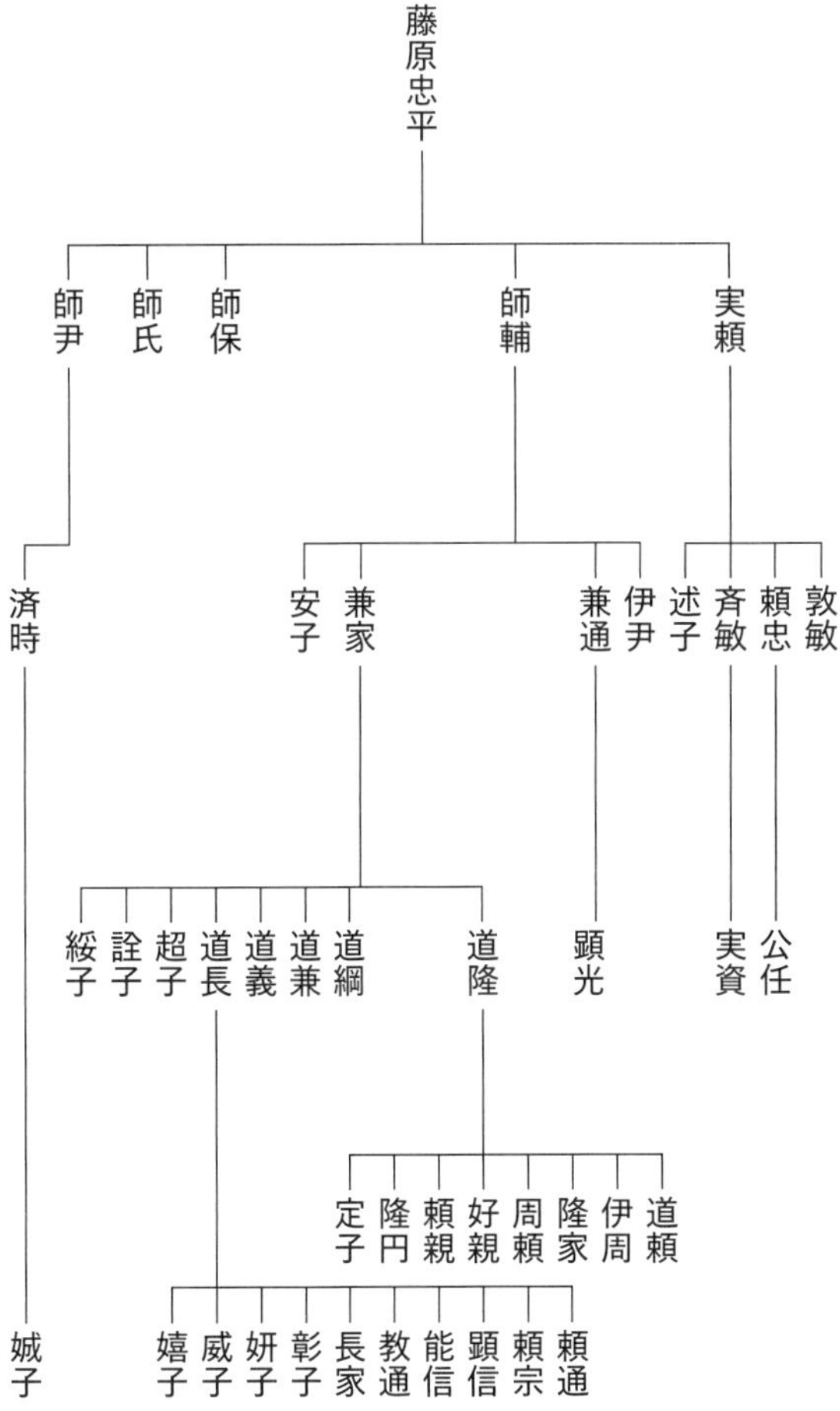
藤原忠平
師尹
師氏
師保
師輔
実頼
済時
安子
兼家
兼通
伊尹
述子
斉敏
頼忠
敦敏
綏子
詮子
超子
道長
道義
道兼
道綱
道隆
顕光
実資
公任
定子
隆円
頼親
好親
周頼
隆家
伊周
道頼
娍子
嬉子
威子
妍子
彰子
長家
教通
能信
顕信
頼宗
頼通

実頼の娘の述子《じゅつし》は、皇子を産まないまま亡くなり、一方の師輔の娘の安子《あんし》は多くの親王を産みました。実頼のほうは外戚になれなかったため、師輔の子孫たちが繁栄することになったのです。実頼の家系を「**小野宮流**《おののみやりゅう》」、師輔の家系を「**九条流**《くじょうりゅう》」と称したりもします。実頼は有職故実《ゆうそくこじつ》に通じた真面目な人柄であったかのように伝えられています。

村上天皇の崩御後には、師輔の娘の安子が産んだ、憲平《のりひら》親王が即位します。冷泉天《れいぜい》皇です。冷泉天皇は精神が不安定で、実頼は関白として補佐しますが、実権は師輔の子どもにあったようでした。

冷泉天皇にまだ皇子がなく、病弱だったこともあって、兄弟の中から東宮が立てられます。同じく師輔の娘の安子が産んだ兄弟、弟の為平《ためひら》親王が東宮候補として有力視されますが、母を同じくする弟の守平《もりひら》親王が東宮に据えられ、のちに即位します。円《えん》融《ゆう》天皇です。

なぜ兄の為平親王でなく、弟の守平親王が東宮になったのでしょうか。為平親王が源 高明《みなもとのたかあきら》の娘をめとっており、為平親王が皇位を継承することで、左大臣であった源高明らの勢力が伸長することを藤原氏が恐れたため、と一般には理解されています。源高明は藤原師輔の娘を妻にしていましたが、すでに亡くなっていたのでした。

源高明は、謀反《むほん》に加担したとされて大宰権帥とされ、都に残ることは許されず、左遷されました。「**安和《あんな》の変《へん》**」と言います。この事件は当時の都の人々にとっても重大事件だったようで、『蜻蛉日記』にも大変衝撃を受けたことが記されています。高明は、妻だった師輔の三女の没後、その妹にあたる師輔の五女である愛宮《あいみや》と関わっていました。兼家の異母妹であるこの愛宮と、道綱母の歌のやりとりが『蜻蛉日記』に載っています。

ただし、源高明の左遷の理由については諸説あります。そもそも憲平親王・為平親王・守平親王は、いずれも村上天皇と安子の皇子、師輔の孫にあたる人たちです。その中の誰による陰謀かなど、議論が生じるのも当然でしょう。

源高明は、醍醐《だいご》天皇の第十皇子です。七歳で「源」の姓を与えられて臣下に下されるも、妻の父の師輔の助力も得て、学問にも政治にも優れた人だったようです。平安京の右京に豪華な邸を造営して住んだため、「西宮左大臣《にしのみやさだいじん》」と称され、風流人として知られ、『西宮記《さいきゅうき》』を記しました。大宰府からは三年後に都に戻り、隠棲《いんせい》しました。

何となく誰かに似ていませんか。そう、光源氏のモデルの一人です。それから、藤原道長は、この源高明の娘の明子《めいし》を妻としています。このあたり、ちょっと気になりますね。

摂関をめぐる争い

藤原道長はなぜ権勢の座につくことができたのでしょうか。まず、なぜ兼家の長男ではないのに、という点が疑問ですね。しかしこれまで見てきたように、長男だからといって政治的に必ずしも優位に働かない前例は、この時代に数多く見られます。これは道長の栄達について説明する際の、大事な補助線でしょう。

道長は兼家の五男として生まれました。母は時姫、兄に道隆、道兼がおり、冷泉天皇の女御で三条天皇の母となる超子、円融天皇の女御で一条天皇の母となる詮子《せんし》も、母が同じ時姫であるきょうだいです。『蜻蛉日記』で知られる道綱は、母の違う兄弟です。『蜻蛉日記』に見える通り、ある時期から道綱母よりも時姫のほうが揺るぎなく優位になったようです。そもそも道綱母がかなわぬ期待をひそかに抱いていただけで、客観的に見れば、もともと時姫が優位であることは揺るがなかったのかもしれません。

それにしても、時姫の産んだ子の中でも三番目の男子で、さして期待もされていない道長が、なり上がった経緯は、やはりもう少しさかのぼって説明せねばなりません。

摂政で太政大臣だった伯父の実頼が亡くなると、師輔の長男の伊尹《これただ》が摂政となりますが、これも間もなく亡くなってしまいます。その後、次男の兼通《かねみち》が関白となり、兼家は不遇の時代を過ごします。兼通は九七七年に病死する直前、兼家を降格までさせます。しかし、兼通の推挙によって関白になった小野宮流の藤原頼忠《よりただ》は、兼家を右大臣として処遇します。

兼家は、次女の詮子を円融天皇の女御にし、詮子の産んだ懐仁《やすひと》親王は九八四年、花《か》山《ざん》天皇の東宮となります。この懐仁親王の即位を望んだ兼家は、花山天皇を内裏《だいり》から連れ出して、だましうちのように出家させ、退位させてしまったのです。

そして、まだ幼い懐仁親王が即位します。一条天皇です。外祖父である兼家は、摂政となりました。これがいわゆる「**寛和《かんな》の変**」、九八六年のことです。

着々と権勢家として基盤を作っていく兼家のもとで、期待されたのは長男の道隆でした。兼家が九九〇年に亡くなった頃、道隆は関白に、そして摂政になりました。道隆の娘の定子《ていし》は一条天皇に入内し、ほどなく中宮になりました。

九九五年、疫病が流行し、多くの命を奪います。ですが道隆の死因は流行り病のせいではなく、大酒ゆえの糖尿病が原因だといわれます。弟の道兼が関白となりますが、こちらは流行り病ですぐに亡くなり、「七日関白」と揶揄《やゆ》されました。

道長の栄達は、詮子が道長を可愛がっていて、伊周《これちか》よりも道長を一条天皇に強く推挙したことによるもので、彰子入内を図ったのもこの詮子である、とも言われるところです。

権勢確立の背後で

藤原道長の政権獲得に際して、兄の道隆、道兼の相次ぐ死、および、道隆の娘で一条天皇の寵愛していた定子が凋落《ちょうらく》した経緯が気にかかります。

九九〇年、道長らの父の兼家が亡くなった頃、長男の道隆は、関白と摂政になり、娘の定子は一条天皇に入内します。その道隆が九九五年に亡くなったのち、嫡男の伊周は政権に欲を持ちますが、一条天皇の母の詮子が、伊周よりも道長を強く推挙したため、道長が政権を取ります。長徳《ちょうとく》二(九九六)年、伊周と弟の隆家は花山法皇に矢を射る不祥事を起こしてしまいます。

そもそも花山天皇は、冷泉天皇の第一皇子で、円融天皇の東宮でした。九八四年に即位しますが、即位の儀式の前に高御座《たかみくら》、天皇の玉座《ぎょくざ》で女官と通じたとの逸話が『江談抄』第一・二に載るような、好色の人として知られています。藤原義懐《よしちか》や藤原惟成《これしげ》らと政治の革新を進めるうちに、改革に反対する頼忠や兼家らとの対立を招きます。藤原為《ため》光《みつ》の娘の忯子《しし》を深く寵愛するものの、忯子は九八五年に亡くなってしまい、出家を願うようになります。『大鏡』によれば、藤原兼家の息子の道兼は、自分も一緒に出家をするといって天皇を元慶寺《がんぎょうじ》（花山寺《かさんじ》）に連れ出して、いざとなって躊躇《ちゅうちょ》する天皇をなんとか出家させ、道兼自身は出家せずに逃げ出しました。九八六年の「寛和《かんな》の変」です。紫

男性たちの地位

皇族

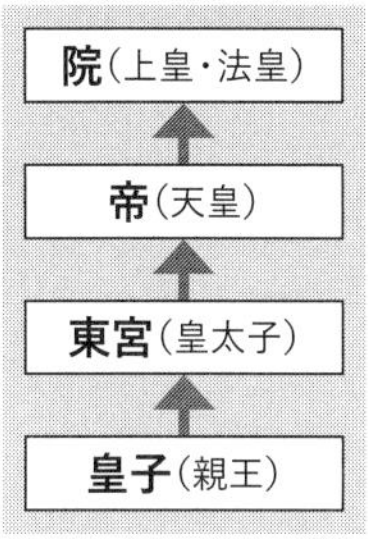

臣下

一位	太政大臣	公卿（上達部）一～三位と四位の参議
二位	左大臣・右大臣・内大臣	
三位	大納言・中納言・大将	
四位	参議	
	中将など	殿上人 四～五位と六位の蔵人
五位	少納言・少将・蔵人など	
六位	蔵人	
	大外記など	地下

式部の父の藤原為時《ためとき》は、この花山天皇に仕えた人で、その退位後には長く失職しました。

花山法皇は、播磨国書写山《はりまのくにしょしゃざん》の円教寺《えんぎょうじ》、さらには比叡山延暦寺《ひえいざんえんりゃくじ》に行ったり、観音巡礼をしたりします。しかしその後も好色はやまず、藤原為光の四女、忯子の妹のもとに通っていたところ、伊周も同じ為光の三女のもとに通っていたため、伊周は自分の女に手を出したと誤解してしまいます。弟の隆家に相談したところ、隆家らは花山法皇を襲って弓を射かけて、袖を射抜くという事件を起こします。この件によって、伊周と隆家は藤原道長によって処分され、大宰府と出雲国《いずものくに》に左遷されます。いわゆる「**長徳の変**」です。

兄弟らをかくまった中宮定子は落飾して尼となるものの、天皇の命令で尼の身の上ながら宮中に戻ります。しかし、正式に内裏には入れず、人目をしのんで一条天皇は定子のもとに通います。定子は敦康《あつやす》親王をもうけ、さらに第二皇女である媄子《びし》内親王を産んだ折に、「**夜《よ》もすがら契《ちぎ》りしことを忘れずは恋《こ》ひむ涙の色ぞゆかしき**」（『後拾遺和歌集』哀傷《あいしょう》）、一晩中約束したことをもしお忘れでないなら、私を恋しく思って貴方《あなた》様が流す涙の色が見たいものです、といった歌を遺して、亡くなったとされます。

定子の産んだ敦康親王は後に彰子に育てられ、東宮候補ともなりますが、道長の方針によってついに実現しませんでした。彰子は敦康親王を擁護《ようご》し、道長に反発したともされています。

『大鏡』や『栄花物語《えいが》』に語られることのうちの、何がどれほど本当か、それは後の時代の勝ち残った側の人々の語り継ぐ正義なのではないかとも疑われもするのですが……。

そして道長とはどんな人か

さて、その藤原道長はどんな人柄だったのでしょうか。

『大鏡』道長伝に見える有名な逸話には、花山天皇に命じられて暗闇の内裏で肝試《きもだめ》しをした際には、道隆は豊楽院《ぶらくいん》、道兼は仁寿殿《じじゅうでん》の塗籠《ぬりごめ》、道長は大極殿《だいごくでん》へ行くように命じられ、他の兄弟たちが怖がって引き返してきたところ、道長は一人だけ豪胆に、暗闇を恐れず大極殿の高御座《たかみくら》の南側の柱の下を削り取ってきたという、武勇伝もあります。高御座は天皇の玉座ですから、その周囲を削り取るふてぶてしさも印象深いところです。

またもう一つ、道長の兄である道隆の邸で伊周が人々を集めて弓を競射した時、伊周が二つ負けていたところを、父親の道隆が二つ延長させたため、道長は、「道長の家から帝や后《きさき》が立つはずなら、この矢当たれ」「道長自身が摂政や関白になるはずなら、この矢当たれ」などと言ってことごとく的を射当てて勝ってしまった、すなわち、自らの政権獲得や娘の立后《りっこう》を懸けて矢が当たったのだという、やがては天下を取ることを予感させたという逸話もあります。

いずれも道隆や道兼といった道長の兄弟や、後に政敵となる伊周に比べて、いかに道長が豪胆で、為政者にふさわしい器だったかを物語る話となっています。ですが、これらが本当に道長の実像か、それははなはだ疑わしいでしょう。

『大鏡』や、それに先立つ『栄花物語』といった道長の時代の史実を物語風の描写を通して描き出す文献は、道長の実像を物語るというよりは、すでに道長の栄華が達成された後に、**後付け的に生じて残った逸話**だと考えるのが自然でしょう

私たちのもとに残る道長の実像は、まず**『御堂関白記《みどうかんぱくき》』**という詳細な漢文日記を通して見ることができます。当時の貴族は、藤原実資《さねすけ》の『小右記《しょうゆうき》』、藤原行成《ゆきなり》の『権記《ごんき》』など、日記を記しました。それは今日の人々が想像するような、日常の雑感を記すものではなく、自身の家や主家で起こることを記録し、子孫に事の次第を伝えようとするものでした。こうした漢文日記のことは公家《くげ》日記、古記録《こきろく》とも言います。

しかし権力者の書いた漢文日記が今日まで残っているというのは、なかなか尋常な

ことではありません。もちろん、この時代の習慣として、多くの為政者はおそらく日記を書き、記録を残していたのでしょう。しかしそれを後の時代に伝えるほど、自身や子孫が大切にしなかったから、残らなかったのでしょうか。あるいは立場上、本人が残さないほうがよいと考えた、あるいは子孫からすれば残らないほうが都合がよかった、不本意ながら焼失したなど、さまざまな事情があったかもしれません。

　そうした事情を想定した上で、道長の書いた膨大な日記が残っていることは、非常に特殊に思われます。彼が為政者として特別に権力を持っていたにしても、第一の権力者の日記が必ずしも今日に伝わるわけではありません。やはり人が読むに堪《た》えるものだという、本人の自負と教養があったからに他ならないのです。

　実は、そうした道長自身の教養の水準があればこそ、今日私たちは『源氏物語』を読むことができるのではないでしょうか。娘の彰子の周辺に教養ある女房たち

を集めるのは、直接的には一条天皇の寵愛を得るためだったかもしれません。しかしそれは、かつて時めいていた定子への対抗意識というほど、単純で狭量なものではなかったはずです。なぜなら、定子に仕えた清少納言の手になる『枕草子』もまた、諸本に多少混乱はあるものの歴史上に残り、今日読める姿で伝わっているからです。

道長の時代を平安時代の後宮《こうきゅう》文化の頂点であるかのように理解するのは、歴史の通説です。ただその時、突然変異的に優れた女性たちが生まれた、と考えるのは、やや行き過ぎのような気もしなくはありません。

確かに十世紀後半には『蜻蛉日記』のような女性の内面を掘り下げる心理描写の方法が開拓され、男性官人によって『うつほ物語』のような優れた構築力のある長編物語が生み出された、それらを受けて『源氏物語』のような構造的にも実に精巧かつ端正で、内容にも重厚さと含蓄の深さが感じられる物語が生み出されたのでしょう。

しかし、それが正当に評価され、後世に残ったのは、自らの時代の文化の繁栄こそが、為政者としての繁栄の具現化だという、**文化を支える庇護《ひご》者としての自覚**が道長にあったからではないでしょうか。それは平安時代の初期に、漢文の文化の君臣の共有こそが優れた治世だと考えた理念を、和文を通して実現したともいえるのです。

まがまがしい京のまち

――「もの」と病、そして……

百鬼夜行の棲む平安京

平安時代の文学といえば、みやびで優美な世界を想像するのが、定番です。しかし案外、想像するほど美しくもなく、みやびでもないのです……。

六国史《りっこくし》の一つである『日本三代実録《にほんさんだいじつろく》』巻五十、仁和《にんな》三年八月十七日条には、次のような逸話が載っています。武徳殿《ぶとくでん》の東の宴《えん》の松原《まつばら》の西を三人の美女が通っていて、そのうちの一人が男に誘われるままについて行くとなかなか戻って来ない。そこで、他の女たちが見に行くと本人はおらず、手と足だけが残っていたというのです。『今昔物語集』巻二七第八では、これは**鬼の仕業**だとされています。

街中を女が出歩いては、危険です！　その「危険」とは、いったい誰が敵なのでしょうか。もちろん人間だった可能性も少なくありません。実際そういう説話もあります。しかし、敵は獣だった可能性もそれなりにあります。

平安時代初期の仏教説話集、『日本霊異記《りょういき》』中巻第三三には、次のような説話が載っています。大和《やまと》の国十市《とおち》郡菴知《あむち》の裕福な家、鏡作《かがみつくり》の造《みやつこ》のもとに美しい女子がいました。その女子に車三台分の絹の布の貢物を積んで、求婚してきた男がいました。その男を許して通わせたところ、娘が叫ぶので、初夜だから痛いのだろうと両親は放置していました。ところが、夜が明けて様子を見たら、娘の頭と一つの指だけが残っていたのです！　絹の布は獣の骨になり、乗せていた車も呉朱臾《からはじかみ》の木になっていたとは、とんだカボチャの馬車ではありませんか。

指や足の骨、頭蓋骨だけが残る、というのは、世界的にある話なのだそうで、要するに骨の硬いところが喰い残される、すなわち野獣の仕業だというのです。それを古代の説話では、野獣の仕業としてではなく「鬼」の仕業として書くのです。

このような、「鬼に喰われる話」は、平安中期以降の物語や説話に、さまざまな形に姿を変えて登場するのですが、一つ思い浮かぶのは、『伊勢物語』六段です。かねて想いを寄せていた高貴な女性をさらって、男は逃亡します。芥川《あくたがわ》を越えたところ、草に宿る露に「かれは何ぞ」、あれはなあに、と女は問います。男は返事もせず道を先に進めますと、あばら家があったので一夜を過ごすことになります。男は弓矢で武装し護衛しようと戸口に居ます。「あなや」、あー！！！　という女の叫び声は雷にかき消されて耳に届かず、夜明けに見ると女の姿はなかったのです。物語はそれを「鬼」が喰ったのだと語る一方で、いや実は兄弟の藤原基経《もとつね》や国経《くにつね》が取り返しに来たのだ、とも補足しています。

しかし『伊勢物語』六段では、女の失踪あるいは没後、女の手の骨が残ったりはしません。平安京の闇、犬やオオカミといった獣が人を喰った残骸である骨などという痕跡を物語は語らないことで、夢物語としての質をからくも保っている、しかし婦女失踪事件の真相は獣の仕業でもあった、それも平安京の、もう一つの現実なのです。

コロナの惨禍を通じて

令和のコロナ禍は多くの不幸をもたらし、時には人の命さえ奪いました。ですが、古典の世界に馴染《なじ》む者にとっては、コロナ禍を通じてわかったこともあります。それはなぜ彼らが、**御簾《みす》**や**几帳《きちょう》**で人を隔て、扇《おうぎ》で口元を隠していたかです。

コロナ以前、それは貴人の嗜《たしな》みであり、風流の一種だと私は考えていました。たしかにその要素は強く、生活習慣として様式化しており、特段、目先の利便性を求めたものとも見えなかったのです。特に女性が男性その他の視線を避けて、家屋の奥まったところに住まうのは、やや過剰に様式化した美意識のようにも感じていました。

しかしコロナ禍において私たちは、御簾や几帳を実際に用いていたではありませんか。垂れ下がるビニールシートはまさに御簾であり、机の上に立てられたアクリルのパネルは几帳そのものでした。人と直接対面し、時には唾《つば》を飛ばしながら会話することが、いかに感染症の拡大につながるか、これまで意識もしなかったことに気づかされたのでした。

平安時代、口元を扇で隠していたのは、あるいは口臭予防だったかもしれません。平安時代に毎朝楊枝《ようじ》で歯磨きをしていたことは、平安貴族の藤原師輔《もろすけ》の記した『九《く》条殿遺誡《じょうどのゆいかい》』に見えますし、そもそも四つ足の動物を食さなかった彼らは、今日に比べて体臭もずっと弱かったことでしょう。それでも、感染症の魔力の前には、扇というマスクは必須だったのではないでしょうか。扇は時には和歌を書くための便箋《びんせん》になり、時には物を差し出すお盆になり、時にはマスクにもなったのです。
平安時代の人々が、現代人よりも原始的であるとか、未発達な社会に生きていたというのは全くの幻想、というよりむしろ、いわれのない驕《おご》りでしかありません。たしかに抗生物質もなく、外科手術もできなかった時代、医療の多くは予防治療に注力するしかありませんでした。そうした時代に生活の知恵として得たのが、部屋と部屋を

御簾

ブラインド。外から部屋の内部が見えないようにする。

几帳

ついたて。可動式。人と対面するときに間に立てて隔てる。

※画像は国立国会図書館ウェブサイトより

隔てる垂れ幕としての御簾であり、同席した相手との間に立てるパネル、すなわち几帳だったのです。ウイルスも細菌も知らなかった時代に、他者の唾液や呼気や身体的接触の危険性について、経験を通して学んだ結果だったかもしれません。

ちなみに、当時の物語には食事の場面が非常に少ないです。どうやらことに高貴な女性にとって**「食べる」ことは恥ずかしいこと**で、積極的になることではなく、男性貴族も通った女のもとでは、軽食か間食程度にとどめるようでもありました。

人の死に立ち会うことも、血に触れることも彼らは忌避しました。死に立ち会った者は、物忌《ものいみ》して謹慎しなければならない、という習俗です。それは、時に葬送儀礼の一環として理解され、物忌の期間は人に対面しないといった形で根付きます。もしかすると、死者が次の病の原因になる、何らかの感染症を媒介する可能性を、当時の人々は暗黙のうちに承知していたのではないでしょうか。

方違えと物忌

平安時代は陰陽《おんみょう》道《どう》が浸透していた、と知られています。漫画や映画でお馴染みの陰陽師、安倍晴明《あべのせいめい》などにまつわる、ちょっとまがまがしい話は、とても人気があります。ですが平安時代に現実に、陰陽師が空を飛んでいたり、突然地から湧いてきたりしたわけではないのは、もちろん当然ですよね。

では陰陽師は、何をしていたのかというと、吉凶を占ったりしていました。

当時の人たちは、陰陽道によって方角が悪いとなると、「**方違《かたたが》へ**」をします。天一《てんいち》神《じん》、「中神《なかがみ》」とも言われる神がいる方角を避けて移動するために、いったん別の方角に移動してから、目的地に移動する、これを方違えと言います。この方違えは、数日で済むこともあれば、四十五日続くような

方違えとは

陰陽道で、凶となる方角（方塞がり）を避けて、いったん他の方角に移動してから目的地に移動すること。

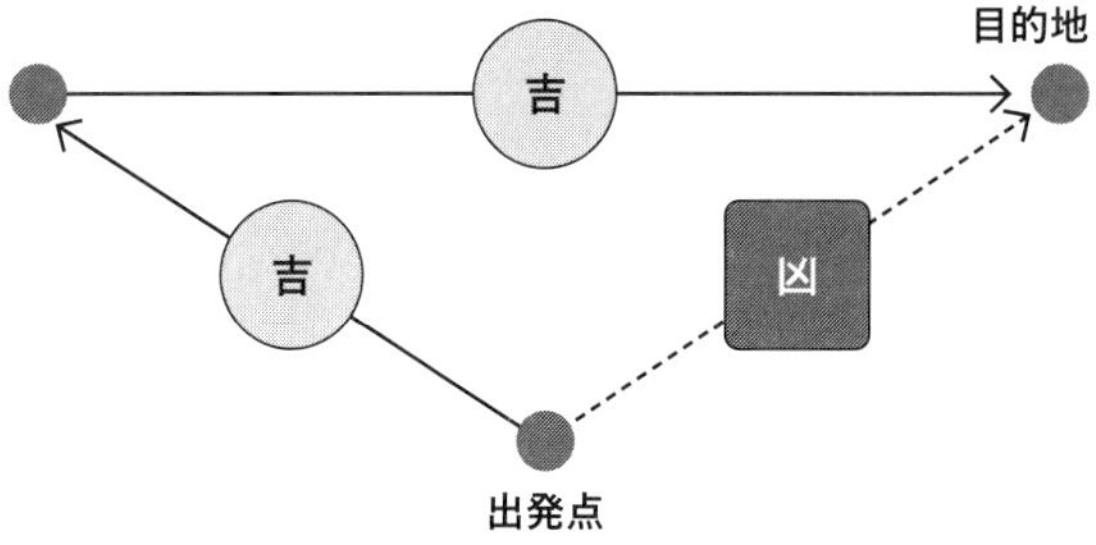

長期のものもあります。これはなかなか大変ですよね。『蜻蛉日記』上巻では四十五日の「忌違《いみたが》へ」といって、しばらくよその家に逗留《とうりゅう》する場面があります。

主君のために方違えの場所を用意するのは、仕える者の仕事でもありました。『源氏物語』帚木巻《ははきぎのまき》では、光源氏は紀伊守《きのかみ》の邸に方違えに出かけています。光源氏は方違えの先で酒席のもてなしを受け、夜は女のもとに忍び込みます。おそらく、食と性とはともに、貴人の方違えなどといった外泊に伴う接待の形なのです。光源氏と空蟬《うつせみ》が関わる一夜限りの物語を描くには、都合のよい設定だったのでしょう。

そうして見ますと、少なくとも物語においては、「方違え」は普段出会わない人たちがめぐり合う、祭りや物詣などと似た、いわば偶然の出会いのための装置なのです。

「**物忌**」もまた同様に、物語においては口実に使われています。「物忌」とは不浄の身を憚《はばか》って、家に籠って身を慎むことを言います。誰かの喪に服して謹慎するだけでなく、人以外のたとえば犬の死に接しても、物忌する必要がありました。

女性の出産なども血の穢《けが》れとされました。女性は不浄だという意識とも関わるものでしょう。生理も穢れとされ、外出が制限されました。もっともそれは、今日のような衛生用品に恵まれなかった時代、実際的な意味においても謹慎するしかなかったのでしょう。匂宮《におうみや》が突然浮舟《うきふね》のもとに忍び込んできた折、浮舟は夢見が悪かったからと偽り、「物忌」の札を貼って母の入室を拒みます。方違え同様、物忌も、時に別の目的のための方便ともなるのです。

自宅は死に場所か

今日私たちは、自宅で死にたいと言ってもなかなか実現することは難しいのが現実です。終末期の患者が自宅に居続けたいといっても、在宅介護の体制を整える必要がありますので、入院させるよりもずっと実はハードルが高いのが実情です。体制を整えずに下手に自宅で死ぬと、事件として警察が来てしまうことにもなりかねません。今後、医療や介護をめぐる体制に変化があれば、この現在の常識は覆《くつがえ》されるかもしれませんが。

平安時代の人々にとって、**死は自宅で迎えるもの**でした。少なくとも、自分より目上の人の住む空間で死ぬことは許されませんでした。

『源氏物語』桐壺《きりつぼのまき》巻で、病重くなった桐壺更衣《こうい》は、桐壺帝が飽くまで引き留めるのを振り払うようにして、宮中から退出します。「限りあれば」とあるように、それが掟《おきて》だからです。この問題を論じたのは、益田《ますだ》勝実《かつみ》さんという往年の国文学の大家です。帝がどんなに引き留めようと、どんなに二人の気持ちが深かろうと、更衣が帝の前で死ぬことはできない、それは宮中の掟だというのです。**宮中で死ぬことが許されているのは、天皇だけ**なのです。

あるいはまた、光源氏は夕顔の死の穢れに触れてしまい、そののち光源氏自身、体調を崩して二条院に籠ります。様子を見に訪れた頭中将《とうのちゅうじょう》を自室に入れず、「立ちながら」、御簾の外に立たせたままで会話をしています。この状態ならば、光源氏自身が死の穢れに触れていても、頭中将は穢れに触れたことにはならないという理屈です。

死の穢れ、それを当時の人々は、現代人には想像できないほどに重んじていました。ですから、今にも死にそうな人と別れを惜しむような場合も、死の瞬間そのものに立ち会わないよう、病人の側が、見舞いの人にその場を去るように言う場面も少なからずあります。死の瞬間に立ち会ってしまえば、穢れに触れたものとして、見舞いの人の側がその後、謹慎を余儀なくされるからです。

長い間、私はそうした逸話に触れるごとに、平安時代の人々は過剰に迷信を重んじ

葬送儀礼

1　臨終

僧都の加持祈禱《かじきとう》、陰陽師の祓えなどを行う。臨終に際して往生を願って出家することもあった。亡くなった後は蘇生を祈願する。

2　野辺送り

葬儀までの間、安置してモガリを行う。葬送までの日数は、即日から一か月くらいまで様々。平安朝になると貴族には火葬が広がり、愛宕《おたぎ》・鳥辺野《とりべの》あたりで行った。土葬されることもあった。

3　法要

葬儀の後、七日ごとに法事を行う。初七日、五七日、七七日が重要。

4　服喪

天皇・父母・夫は一年。祖父母・養父母は五か月、妻・兄弟・嫡子は三か月。喪服の鈍色の濃さも故人との関係によって異なる。父母の死は重服《じゅうぶく》、その他の血縁は軽服《きょうぶく》。

5　除服《じょぶく》

服喪期間が終わると、喪服を脱いで平服に戻り、調度品も平常に戻る。

ていて滑稽《こっけい》だ、と感じていました。制度化された有名無実な習俗、と考えていたのです。しかしコロナ禍を経験して、はたと気づいたことは、これは単なる形骸《けいがい》化した習俗ではなく、医療の技術に限界のある時代の人々の、生活の知恵から生まれた防衛手段なのだと考えるようになりました。御簾も几帳も扇も、同様です。

平安時代、たびたび感染症が流行り、多くの人々が亡くなりました。和泉式部《いずみしきぶ》が関わったとされる為尊《ためたか》親王も、流行り病のために亡くなったとされています。『栄花物語』巻七「とりべ野」には為尊親王は周囲がとめるのも聞かず、和泉式部に熱を上げて頻繁に通ったために、流行り病にかかって命を落としたという逸話を載せています。歴史物語といっても脚色があって、記録につき合わせれば事実ではないところもあって、さして信用はできないとしても、「夜な夜なの外出が感染のきっかけとなり命を落とした」という脈絡は、さして違和感なく当時の読者に受け入れられていたのです。

京のまちは、現代人の想像を超えて、まがまがしい場所でした。高貴な人に仕え、帰る家を持たない人が病気になれば、主君の邸で死ぬことは許されませんでした。当然、邸を追われることになり、時には路上に打ち捨てられたのです。亡骸《なきがら》は野生動物たちが食べていく、それが平安京の現実の闇でした。

第2章

『源氏物語』構想の日々

漢学の素養をもつ娘

――紫式部の生い立ち

「この子が男の子だったなら」

紫式部は藤原《ふじわらの》為時《ためとき》の娘として生まれました。生まれた年については、九七〇年とも九七三年とも九七八年とも想定されますが、はっきりとはわかりません。本名もわかりません。「香子」だとも言われますが、その読み方も確定できません。当時の女性の誕生年や名前は、よほどの有力な家の人でなければ記録に残らなかったのです。

藤原為時は藤原北家《ほっけ》の流れを汲む家筋でしたが、すでにこの時点では権力の中枢に昇る可能性を失って、**中流貴族の家柄**となっていました。紫式部には同じ母である姉と、兄弟の惟規《のぶのり》がいました。兄とも弟とも、両説あって確定していません。藤原為信《ためのぶ》の娘である実母は、紫式部の幼少の折に亡くなったのでしょうか。『紫式部日記』が限られた数年を取り上げているのに対し、私家集《しかしゅう》の『紫式部集』は比較的長期にわたって、紫式部の生涯を通じた歌を載せているのですが、実母の姿は見えません。

為時には、紫式部の実母以外にも女性関係があった様子です。弟の惟通《のぶみち》や定暹《じょうせん》や妹は継母の子だとされますが、惟通は紫式部と同じ母の弟だという人もいます。平安時代のよくある形として、為時は紫式部の母のもとには通っていただけで終わったのでしょうか。だとすれば実母の死後、紫式部はどのように育ったのでしょうか。

兄弟の惟規については、『紫式部日記』に記されています。幼少の頃、惟規が漢文の書物を学んでいた時に、なかなか覚えられないところも、かたわらにいた紫式部はいち早く習得してしまい、父親の為時は、紫式部がどうして男子に生まれなかったか、嘆いたとあ

ります。当時、漢文の学問は男性の官僚に必須の教養であった一方、女性が表立ってひけらかす教養ではなかったからです。

それはともかく、この逸話からは、父親が惟規や紫式部と比較的身近に生活している印象を受けます。通常ならば実母が亡くなっても、子どもは母の実家で育てられるのが自然で、即座に他所に引き取られたとは考えにくいのですが、もしこの時点で同居しているのだとすると、あるいは、紫式部は為時の両親に育てられたかもしれず、継母や継母の子どもたちとの交流もあった可能性も捨てきれないようにも思われます。

紫式部の父の藤原為時は、花山《かざん》天皇に仕え、天皇の退位後は十年くらい職を失ってしまい、長徳《ちょうとく》二（九九六）年にやっと越前の国守《こくしゅ》、現在の福井県の国の長となります。

紫式部は、父とともに越前に下りますが、長徳三年晩秋か翌年春頃帰京し、その後、**藤原宣孝《のぶたか》と結婚**しています。当時の貴族の娘は通常は十代半ばぐらいで結婚しましたから、かなりの晩婚ですし、相手の宣孝には、紫式部と同じ年頃の子どもまでいました。父が失職していたために婚期を逸したとも、実は初婚ではなかったとも、高貴な人に宮仕えをしていたとも考えられますが、いずれも確たる証拠はなく、臆測の域を出ません。

ことに少女時代の紫式部を知る資料としては、『紫式部日記』のほかには和歌《わか》を集めた『紫式部集』しかありません。一応紫式部本人が晩年に自分でまとめたものだとされています。ただしいくつかある写本の間には異同もあって、完全な形もわからず、すべて紫式部が編んだのかどうかもわかりません。

全体として不明な点が多いにもかかわらず、紫式部が歴史に名を残したのは、もちろん『源氏物語』を書いた人だからです。当時の物語の作者は不明である場合が多く、それは作者の身分が低かったからでもあり、また作者が一人の個人にとどまらず複数の人々が関与したからでもありましょう。

そうした環境の中で、『紫式部日記』という形で、紫式部が記したであろう日記が残ることは非常に特別なことです。もちろんその内容は、主君である藤原道長《みちなが》や、その娘で一条《いちじょう》天皇の中宮《ちゅうぐう》であった彰子《しょうし》が皇子《おうじ》を出産する経緯を記録したものですが、**書き手である人物が『源氏物語』の作者だと特定できるような書き方**にもなっています。それは、この物語の作者であるからこそ後世に残った日記であり、この日記があるからこの物語の作者がわかった、という関係にある点で、大変貴重なものなのです。

紫式部はどんなに優れた女性であったといっても、当時としては所詮、宮廷に仕える女房《にょうぼう》の一人に過ぎません。宮仕え自体、**本当の深窓の令嬢ならばするはずのないこと**で、やはり一種の零落《れいらく》した姿でした。その中で、『源氏物語』の制作を担ったことは、生涯をかけた誇らしい一大事業だったのだろうと推察されます。とはいえ、千年後まで読み継がれるとは、当の本人もさすがに思ってはいなかったのではないでしょうか。

少女時代の交友

紫式部の少女時代の詳細はわかりませんが、女性の友人がいたことは、『紫式部集』の冒頭近くの和歌から察せられます。

女友達とわずかな再会の名残を惜しんだ歌、互いを姉妹と慕っていた女友達が地方に下る別れを惜しんだ歌など、『紫式部集』冒頭は、女友達との情愛深い交流が、重要な話題になっています。別段、紫式部に同性愛的な傾向があった、などということでもなく、女性同士の友情があっても不自然ではないでしょう。

紫式部の女性への目線は、案外しなやかです。後に宮仕えする頃には、彰子に仕える同僚である女房との交流も日記に書かれています。中には比較的親しくして気を許していた相手もいた様子で、女性同士の連帯を大切にしたい気持ちは、当初からわりあい強かったのでしょう。

とはいえ、当時の女性の友人との友情とはどんな形だったのか、少し考えておく必要があるかもしれません。家族といっても母親の違う異性のきょうだいならば、御簾《みす》や几帳《きちょう》を隔てるといった具合ですから、今日のようにリビングで食卓を共にするように団欒《だんらん》する雰囲気だったとは思えません。そうした時代に、女性同士とはいえ家族でもない友人と面と向かって会うことは、それなりに特別なことだったのではないでしょうか。互いが互いの家を訪問して、気さくに会話をすることは、当時の女性たちにどのくらい可能だったのでしょうか。むしろ、女房として同じ主人の家に仕える同僚であれば、そうした日常的な交流の機会に恵まれやすかったでしょう。

『紫式部集』には、『小倉百人一首』でも知られた歌が載っています。

はやうよりわらはともだちなりし人に、としごろへて行きあひたるが、ほのかにて、七月十日の程に月にきほひてかへりにければ

めぐりあひて見しやそれともわかぬまに雲隠《くもがく》れにし夜半《よは》の月かな （一）

子どもの頃に親しかった友人と、久しぶりに会えて、ひと時の再会を楽しむのも束の間、まもなく別れる名残惜しさを、雲に隠れてしまう月になぞらえて、歌に詠んだものです。「久しぶりにめぐりあって、それも貴女《あなた》かどうか見分けがつかないくらいのうちに、雲間に隠れた月のように姿を隠してしまいましたよ」。歌の第五句は『新古今和歌集』雑上部や『紫式部集』の他の写本では「月かげ」、月の光となっていて、本来その形だったかと言われます。

『新古今集』には「七月十日」とあって秋のはじめ、七夕より少し後のこととなり、『紫式部集』の写本の中でも定家本《ていかぼん》と呼ばれる写本などでは「十月十日」とあります。いずれにしても十日の月ですから、夜半には月が沈む上弦《じょうげん》の月です。夜半まで時間を共にするのだとすれば、かなり親しい関係で、女性が紫式部の家を訪れたのだとすれば、親戚筋だったのではないかとも想像されます。女友達の親は国司《こくし》で、親の任地に伴われて出かけ、帰京した短い間に会いに来たといったところでしょうか。

同じ友との別れなのか、定かではありませんが、こんな歌もあります。

その人、遠き所へいくなりけり。秋の果《は》つる日きて、あかつきに虫の声あはれなり

鳴きよわるまがきの虫もとめがたき秋の別れやかなしかるらむ（二）

「秋の果つる日」、九月末日でしょう。「弱々しく鳴いている垣根の虫も、貴女を引き留められない私と同様、秋の別れが悲しいのでしょうか」と、友の出立《しゅったつ》を惜しみます。

次はまた別の相手なのでしょう、

筑紫《つくし》へ行く人のむすめの

西の海をおもひやりつつ月みればただに泣かるるころにもあるかな（六）

返り事に

西へ行く月のたよりにたまづさのかきたえめやは雲のかよひぢ（七）

筑紫の国に出立する人の娘が詠んだ歌は、「西国《さいごく》の海を想像しては月を見ると、ただ泣かれてしまうこの頃でもありますよ」といった意味でしょうか。紫式部は、「西

へ行く月に言《こと》づけてでも、手紙が書き絶えることがありましょうか、雲の間を抜ける道筋を通って」と、文を交わしあう約束をしています。

若い頃の異性関係についての情報が乏しいながらも、それを補うように、若き日の女友達との交友関係が記されています。宮仕えをするようになってからは、朋輩《ほうばい》の女房のうちの何人かとは親しそうにしています。時々見かける、紫式部は内向的で社交性がなかったといった評価は、やや行き過ぎたものにも感じます。

姉君と中の君

こうした女友達と思われる人との交流は、『紫式部集』には、ほかにも少なからず見受けられます。紫式部と母を同じくする姉は比較的早くに没しており、そののちには姉の代わりと見立てた友人と文通をしています。

姉なりし人亡くなり、また人のおとと失ひたるが、かたみにあひて、亡きが代りに思ひ思はむといひけり。文《ふみ》の上に姉君と書き、中《なか》の君《きみ》と書きかよ

ひけるが、おのがじし遠きところへ行き別るるに、よそながら別れ惜しみて

北へ行く雁《かり》のつばさにことづてよ雲のうはがきかきたえずして　（一五）

返しは西の海の人なり

行《ゆ》きめぐりたれも都にかへる山いつはたと聞くほどのはるけさ　（一六）

紫式部の姉が亡くなり、友人は妹を亡くしたものだから、互いに互いを亡くなった姉妹の身代わりとして、思い思おうと語り合ったといいます。相手は父為時の姉妹の娘、平維将《これまさ》の娘であるいとこの女性かと言われています。互いの宛名を「姉君」「中の君」と書いて交際していたところ、それぞれが遠くに行かねばならなくなったので、別れを惜しんで歌を交わします。

「北へ行く渡り鳥の雁の翼に託して便りをください、雲の上で雁が羽ばたきをやめないように、手紙の上書きを書き絶やさないようにして」と歌いかけます。すると、西《さい》海《かい》に下った人は、「行っては巡って、誰もまた都に帰ります。越前には「かへる山（鹿蒜山）」「いつはた（五幡）」という地名があると聞くけれど、いつまた会えるかと思

う遠い先のことに思われます」と、いつ都に上って再会できるのか、互いの身の上を危ぶむのです。

こうした交流は、他にも見受けられます。「津の国といふ所」からの手紙に、

難波潟《なにはがた》むれたる鳥のもろともに立ち居るものと思はましかば　（一七）

「津《つ》の国《くに》」、摂津《せっつ》からよこされた文には、「難波潟に群れている鳥のように、一緒に立ち居できると思えたらよかったのに」と、実際には共に「立ち居る」、立ったり座ったりを共にできない身の上を嘆いた友の歌です。返歌は残っていません。

筑紫に肥前《ひぜん》といふ所より文《ふみ》おこせたるを、いと遥《はる》かなる所にて見けり。その返り事に

あひみむと思ふ心は松浦《まつら》なる鏡の神や空に見るらむ　（一八）

返し、またの年もてきたり

行きめぐりあふを松浦の鏡には誰をかけつつ祈るとかしる　（一九）

筑紫の肥前から便りが寄越されたのを、「いと遥かなる所」、こちらも遠くの場所で見た、とあるので、やはりすでに紫式部は越前にいたのでしょうか。紫式部は「あなたに会おうと思う気持ちは、松浦にある鏡の神が空で見ていることでしょうか」、と詠みかけます。「松浦」とは肥前の国、今の佐賀県唐津《からつ》市のあたりの地名です。松浦《まつら》佐用《さよ》姫《ひめ》が、任那《みまな》に出陣した大伴《おおともの》狭手《さて》彦《ひこ》と別れた悲恋の伝承で有名な土地です。そこの神とは鏡神社《かがみじんじゃ》のことです。「行きめぐって会うのを待つ私が、松浦の鏡、鏡神社の神様には、いったい誰を思って祈っているとお思いでしょうか」という返歌は、翌年になって届いたということです。

手紙の形

立文《たてぶみ》

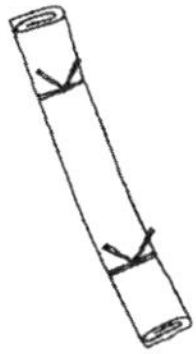

縦長に手紙をたたんで別の紙で包む。儀礼的で正式な手紙。

結《むす》び文《ぶみ》

細く巻きたたんで結んだ手紙。木の枝や花に結び付ける。恋文の形。

「津の国」からの手紙といえば光源氏の須磨《すま》の物語が思い出されますし、「松浦の神」に誓う歌の詠み方は、貴族の出身ながら都落ちして成人した玉鬘《たまかずら》に、肥後の大夫監《たいふのげん》が求婚した折の歌にも出てきます。あまり紫式部の実人生と物語の表現を安易に結びつけるのはいただけませんが、おのずと連想してしまうところではあります。

晩婚だったワケ

紫式部は、藤原宣孝と結婚して、娘の大弐三位《だいにのさんみ》をもうけました。しかし越前から京に戻ったのが長徳三（九九七）年末か翌年春頃だとすれば、結婚自体は九九八年か九九九年頃なのでしょうか、紫式部は結婚当初はどんなに若くても二十歳を過ぎ、あるいは九七〇年近くの生まれなら、二十代の半ばを過ぎていることになります。

紫式部の〈晩婚〉をどのように考えるか、これまでいくつか提案されてきました。一つ目は**父親が不遇だったため**本当に晩婚だったという説、二つ目には**宣孝との結婚前に別の人との関係があった**という説、三つ目には**結婚前に出仕《しゅっし》していた**という説、おおむね比較的有力なのは以上の三つかと思われますが、いずれとも判明しません。

とはいえ、『紫式部集』や『紫式部日記』に若き日の異性関係についてほとんど触れられていないからといって、それは本当に若い頃、異性関係がなかった証拠にはならないでしょう。晩年に生涯を振り返って家集などをまとめる際に、書きたくなかった、あるいは書くべきでないと考えただけかもしれませんから。

父親が不遇だったというのは本当です。父親の藤原為時は、花山天皇が東宮《とうぐう》時代に近しく仕えていましたが、花山天皇は短い在位期間ののち、あっけなく譲位《じょうい》しました。花山天皇はかなり奇矯《ききょう》な人柄で、またその好色ぶりには常軌を逸したところがあり、為政者《いせい》としてふさわしくないとされた人物です。しかしそれらがどこまで本当のことだか、私は一定の疑いを持っています。記録に残されることは、勝ち残って生き延びた側にとっての都合のよい歴史でしかないからです。

冷泉《れいぜい》天皇の第一皇子だった花山天皇は、貨幣流通の活性化や地方の行革など、やや革新的な政策を実行しようとしました。その政策自体、守旧的な勢力にとってはあまり好ましくなかったことが、短期で譲位を余儀なくされた背景にあったのではないでしょうか。

そのような状況下において、花山天皇を讃美する言説が歴史に残ることはむしろあり得ないことです。花山天皇は藤原兼家《かねいえ》の三男の道兼《みちかね》に、ともに出家すると内裏《だいり》から連れ出され、しかし花山天皇の出家を見届けた道兼は、出家せずに済ませてしまいます。先述した、いわゆる「寛和の変」です。

花山院は譲位後も女への好色が捨てきれず、伊周《これちか》が藤原為光《ためみつ》の三女のもとに通う中で、花山天皇は四女のもとに通います。花山院が自分の女に手を出したと誤解した伊周は、弟の隆家《たかいえ》に相談、隆家は花山天皇に弓を射かけ、その矢が院の袖に刺さるという事件が起こります。いわゆる「長徳《ちょうとく》の変」ですが、この一連の事件以降、花山天皇は完全に政界から姿を消すことになるのです。

紫式部の父は、この花山天皇に近しく仕えていたために、花山天皇の譲位後、「散《さん》位《い》」、すなわち官職を失ってしまいます。その時期はほどほど長く、約十年にも及びます。紫式部が晩婚であったのは、父親が職を失って社会的に零落したため結婚できなかったという説には、一定の信憑《しんぴょう》性があります。ただし宣孝との関係も、必ずしも長徳四年から始まったのではなく、それ以前から実質には始まっていたのではないかと考える説もあります。

当時の女性の結婚は、**高貴で有力な家柄ほど有利**でした。通ってくる婿に妻の両親がかしずき、その社会的栄達を支えることができれば、それは夫婦双方にとってよろこばしいことなのです。その意味で、紫式部あるいは紫式部の父の家は、結婚相手として魅力のある存在ではありませんでした。関係を結ぶことによって、経済的に、あるいは社会的に、より充実した将来を与えてくれる関係とはみなされにくかったでしょう。もっとも宣孝には他にも妻がいて、漢文の教養もあった様子ですから、為時や紫式部の教養に魅力を覚えたのかもしれません。

ちなみに晩婚だった理由の、四つ目の可能性を提案しておきましょう。それは紫式部の**実母がすでにいなかったから**です。平安時代の物語の中のたとえば『落窪《おちくぼ》物語』や『住吉《すみよし》物語』など、いわゆる継子《ままこ》物語では、理想の男性が忍んできて奇跡的に素晴らしい結婚に恵まれます。もちろんそれは、物語ならではの理想であって、現実の継娘の結婚がいかに困難だったかをむしろ暗示しています。『大和物語』の一四二段のように、実母を亡くした娘が求婚する男たちにも応じず、実父や継母の勧める結婚も拒んで、「一生に男せでやみなむ」と、一生男と関わらずに二十九歳で死んだ話まであるのです。

これは、紫式部が継母にいじめられて育ったのだ、といった単純な意味ではありません。ただ仮に関係を進めたところで、実際にその婿を迎え、かしずく実母がいないなら、そこには遠慮もあり、配慮もあるだろう、おのずから縁遠くなるような環境だったのではないでしょうか。父の不遇だけでない、やや複雑な家庭環境が想像されるのです。

音楽の素養はいかほどか

ところで、紫式部は楽器が上手だったという話があります。本当でしょうか。

『紫式部日記』の記述では、紫式部の部屋には書物の厨子《ずし》のかたわらに、**箏《そう》の琴《こと》**や**和琴《わごん》**、**琵琶《びわ》**などが置かれているというのです。とかくその漢文の書物の積み重なった状態のほうに、目が向いてしまいがちですが、楽器が一揃えあることは、それ自体、注目に値するところですね。

もう一つ、『紫式部集』には次のような歌と、その制作事情を示す詞書《ことばがき》があります。

「箏《さう》の琴しばし」と言ひたりける人、「参りて御手《て》より得む」とある返り事

露《つゆ》しげきよもぎが中の虫の音《ね》をおぼろけにてや人の尋ねむ　（三二）

という具合に、琴についての記述があります。おそらく箏の琴をしばらく借りたいと言ってきた人が、さらに、「あなたのところにうかがって弾き方を習いたい」と言ってきたので、「露がたくさん宿っている蓬《よもぎ》の中の虫の声を、並一通りの気持ちで、こんなあばら家に、下手な私に習いに、わざわざ御越しになるなんて」と返事をしたのだと言います。謙遜《けんそん》しているのでしょうが、琴が上手と評判だったのかもしれません。『千載和歌集《せんざいわかしゅう》』雑上部では宮仕えの後の歌ということになっていますが、『紫式部集』の配列からすれば宮仕えの前のことであり、おおむねそちらのほうが支持されています。訪ねて来ようとしたのは男で、紫式部に接

琴《きん》の琴《こと》：中国伝来の七絃の琴。平安中期には廃れていた。
和《わ》　琴《ごん》：日本古来の六絃の琴。
箏《そう》の琴《こと》：中国伝来の十三絃の琴。
琵《び》　琶《わ》：大陸から伝来した四絃四柱か五絃五柱の絃楽器。
横《よこ》　笛《ぶえ》：小ぶりの笛。上流貴族の男子が嗜む。

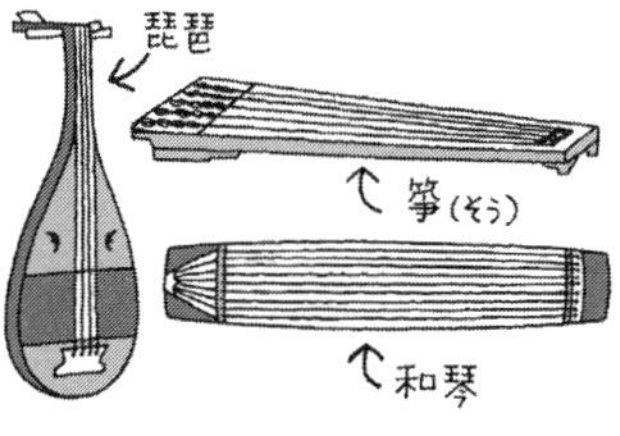

近するための口実だという説もありますけれども、いかがなものでしょうか。

当時の楽器としては、琴の中にも何種類かあって、中国伝来で七絃の「琴《きん》の琴《こと》」、日本古来の六絃の「和琴《わごん》」、そして中国から奈良朝までに日本に入った十三絃の「箏《そう》の琴《こと》」がありました。「琴の琴」は平安中期にはすでに一般には奏法がわからなくなっていたようで、日常的には弾かれていなかったのでしょう。『うつほ物語』は大陸に渡って「琴の琴」を手に入れた俊蔭《としかげ》の一族の話を発端として、仲忠《なかただ》と涼《すずし》という二人の貴公子が、琴の腕を競う物語です。琴を弾くと天女が下りてくるなど、現実にはあり得ない話も出てくる、長大な物語です。

これを受けてか『源氏物語』では、琴の琴を弾くことができるのは皇統の中でも格式高い人々で、他の楽器とは異なる位置づけにあります。光源氏は明石《あかし》の地で知り合った明石の君のもとから都に帰る際には、再会を約束して、琴の琴を形見に置いていきます。それは明石の君が光源氏の子どもを懐妊していたがゆえの形見の品でもあったのでしょう。また、光源氏は晩年の妻となった女三宮《おんなさんのみや》に、朱雀院《すざくいん》の所望を受けて琴の琴の弾き方を伝授しますが、それは内親王である人にこそふさわしい教養だったのです。

また、『源氏物語』では、得意な楽器がその一族に継承され、**家の系譜が楽器の系譜を通して語られる**、といったところもあります。たとえば、頭中将《とうのちゅうじょう》と柏木《かしわぎ》はともに和琴の名手であり、また、明石一族は琵琶や箏の琴が上手です。得意な楽器や楽器の奏法が血のつながりの近い関係で受け継がれることで、複雑な人間関係を線で結んでいくのです。

こうした物語を巧みに作ることができる紫式部は、きっと音楽の才に長《た》けていたのだろうとは想像されます。ですが実際に紫式部がどれほど音楽に長じていたのか、その実態はわかりません。

父に付いて京を離れ

──越前に下った経緯

父、無職状態から浮上

福井県越前市武生《たけふ》では、一九八八年から、おおむね毎年十月に「**源氏物語アカデミー**」と称する公開講座が開かれています。紫式部ゆかりの地として、世間に広く知らしめているのです。町には「紫式部公園」と名付けられた公園があり、紫式部の金ぴかの像が立っており、寝殿造《しんでんづくり》の庭園と釣殿《つりどの》が造られています。

武生はかつて越前国の国府《こくふ》、国司《こくし》が政務を行う中心都市でした。紫式部の父、藤原為時は、長い失職の後に越前国の国守となり、今の福井県越前市の武生に赴任したのです。

為時は当初、淡路守《あわじのかみ》に任ぜられて、それを悲嘆して懇願《こんがん》した、という逸話が『今昔物語集』巻二四第三〇や『古事談《こじだん》』巻一・二六などに載っています。内容にはいくらか違いがありますが、『古事談』によれば、淡路守に任じられて不運を嘆いた為時が、漢詩を作って天皇に陳情したところ、天皇が感動して涙して任国を越前に替えたというのです。転勤先が不満なサラリーマンが詩を作ったら、希望の地に転勤できるなんて、ずいぶん虫のいい話ですよね。

歌を作り、訴えることで、自らの危機から救われるといった話は、古典文学には多くあります。たとえば先に話した『伊勢物語』の「筒井筒《つついつつ》」の話もそうです。他の女に心を移していた夫は、妻が詠んだ歌に感動して、浮気をやめて情愛を取り戻します。窮地《きゅうち》にある人が歌を詠むと、為政者が認めてくれる、あるいは神が救いの手を差し伸べてくれる、といった話もあります。

そんなこと実際にあるはずがない！　と思われるか

越前守となった父とともに紫式部が下った武生

もしれませんね、もちろん実際にあったわけではないでしょう。しかし歌には力があり、詠む人の危機を救うというのがお話のパターンで、この種の話を〈**歌徳説話**《かとくせつわ》〉と言います。歌には人為を超えた力がある、というのは、当時の人々が和歌や詩に託した理念でした。

ですから、為時が詩を作ったことで、希望する仕事に変えてもらった、というのは、よくある〈歌徳説話〉のパターンにのっとって語る、文学的な創作ではないかと私は想像します。当初の淡路ではなく越前に赴任したのは、越前は日本海側で大陸に面しており、渡来人《とらいじん》も訪れる地だったために、漢学の才能に恵まれた為時ならば渡来人との会話もできると見込まれて抜擢《ばってき》されたのだ、という説もあります。

それではなぜ、紫式部は父と共に越前に下ったのでしょうか。当時の受領《ずりょう》、現地に赴任《ふにん》する地方官が家族を連れて行くのはよくあることでした。『更級《さらしな》日記』の作者菅《すが》原孝標女《わらのたかすえのむすめ》も、父の赴任に伴われて上総国《かずさのくに》に下って幼少期を過ごした模様です。『源氏物語』の中では五節《ごせち》の君と呼ばれる、光源氏とわずかな関係があった娘も、父が大《だ》宰大弐《ざいのだいに》として赴任するのに伴われて現地に下り、父と共に帰京しています。紫式部が互いを姉妹になぞらえて親しくしていた女性を思わせるものがあります。

ただ紫式部の場合は、まもなく藤原宣孝との結婚のために単身帰京しますから、もともと縁談が進みつつあったのに越前に下ったのであれば、少し変ですね。あるいは宣孝との関係がすでに進展しつつもやや複雑で、つかず離れずのような関係に決着をつけるために下向したのかもしれないとも考えられますが、想像の域を出ません。

伝承の真実は

武生の「源氏物語アカデミー」には、このところ毎年秋に、講演のお仕事に行きます。東京からですと米原《まいばら》から琵琶湖の東側を行く北陸本線のルートのほうが早いのですが、京都から湖西線に入って車窓から琵琶湖を眺めながら、琵琶湖の西側を北上する魅力も抗いがたいものです。時々強風にあおられて停車を余儀なくされるサンダーバードに揺られる旅を繰り返すうちに、紫式部もこの風にあおられたのか、と時折そんな気になってしまいます。

紫式部が武生に下ったのは、どういう道順だったのでしょうか。当時、琵琶湖は物資を積んだ船の往来が盛んで、紫式部の旅の往路は琵琶湖の西岸を船で北上し、塩津《しおつ》に着いて、そこから山を越えて敦賀《つるが》に出たともされます。武生から都に戻る往路は別のルートで、湖の東側のルートも通ったといわれます。

ところで紫式部と言えば、**石山寺**《いしやまでら》を連想する方も多いことでしょう。紫式部が石山寺で『源氏物語』を書き始めたというのです。琵琶湖に映る月を見ながら、須磨《すま》巻《のまき》の「今宵《こよひ》は十五夜なりけり」という一節から書き始めたという逸話が伝わるからです。石山寺には「源氏の間」があり、いかにもここで紫式部が執筆した風情に造られています。主に江戸期以降の絵画とはいえ、紫式部が筆を手にして机の前に座り、琵琶湖に映る月を見ている絵画も、いくつも伝わっています。

南北朝時代、十四世紀後半に成立した『河海抄《かかいしょう》』という『源氏物語』の注釈書の冒頭に、この伝承が書かれています。石山寺での紫式部の伝承の、今日残る古い文献ですが、おそらくこの伝承自体は、もっと古い時代から徐々に成長したことは、伊井春樹氏が論じているところです。

石山寺は清水寺《きよみずでら》や長谷寺《はせでら》と並んで観音《かんのん》信仰の拠点で、平安貴族が進んで参詣《さんけい》した場所でした。京からさほど遠くない、風光明媚《ふうこうめいび》な場所だったからでもあるでしょう。『蜻蛉《かげろう》日記』には道綱母《みちつなのはは》が訪れたことが記され、『和泉《いずみ》式部《しきぶ》日記』では石山に参籠《さんろう》する和泉式部が京にいる帥宮《そちのみや》と文《ふみ》を交わすなど、平安時代の人々にとってごく身近な場所でした。紫式部が訪れたことを記す明確な文献はありませんが、おそらく行っただろうというのは無理のない想像です。と言っても、石山寺で須磨を思って書き始めた、というのはずいぶんな飛躍がある気もして、事実だとはあまり思えません。

では光源氏が須磨に下る物語を書いた紫式部は、須磨に行ったことがあるのでしょうか。これも残念ながら須磨に下った記録はなく、実際に行ったようにも思えません。

須磨といえば、在原行平《ありわらのゆきひら》の、『古今和歌集』雑下巻の「**わくらばに問《と》ふ人あらば須磨の浦に藻塩《もしほ》たれつつわぶと答《こた》へよ**」という歌が有名です。行平は業平《なりひら》の兄で、平城《へいぜい》天皇の子である阿保《あぼ》親王の子です。この歌の前に添えられた制作事情を語る詞書《ことばがき》には、文徳《もんとく》天皇の御代《みよ》に須磨に下ることを余儀なくされたとあって、皇統に連なる人々が不遇にも下る場所として印象付けられていたのでしょう。光源氏が物語の中で須磨に下るのは、紫式部の実体験と結びつくわけではないでしょう。

関西各地には古典にまつわる伝承の地があります。芦屋《あしや》には業平橋《なりひらばし》の名が残りますし、灘《なだ》には処女塚《おとめづか》や求塚《もとめづか》があります。それらが実際の伝承の痕跡だとは、とうてい思えませんが、語り継がれ、読み継がれた伝承をその土地に実感したいと願うのは、そのほうが一段と親しみを感じるからでしょう。

見ぬ土地を歌う

平安時代の人々は、現実に自分が出かけていない場所のことでも、和歌の題材にしました。当時の人々にとって地名は、それぞれ独自の連想を抱えています。「吉野《よしの》」といえば「花」「雪」などと、その地に特徴的な風景からの連想もあれば、「宇治《うじ》」といえば「憂《う》し」など時には掛詞《かけことば》によって、言葉遊びふうの連想がなされたりもします。

屏風歌《びょうぶうた》という遊びもありました。屏風に描かれた絵を題材に、屏風の中の風景を俯《ふ》瞰《かん》的に見て歌を作る、あるいは時には屏風の中の人物に成り代わって歌を作るのです。屏風に描かれていたのは、春夏秋冬の風物であり、宮廷の催す年中行事に刻まれる月々の催しであり、また日本諸国の名所の様子でもありました。

高貴な人々は京の都に暮らしており、せいぜい畿《き》内《だい》で逍遥《しょうよう》するくらいでした。とりわけ貴族の女性たちは日常を屋内で暮らし、石山寺や長谷寺に物詣《ものもうで》する程度でした。その一方で、地方に役人として赴任する受領階級の人々は、赴任先の地方で数年を送ります。彼らと共に地方に下る家族や仕える人々は、地方の様子を都に語る伝達者でした。

そうした中で、まだ見ぬ土地の様子は、屏風絵の題材ともされます。それは見知らぬ土地への興味というだけでなく、大嘗会《だいじょうえ》に際して献上される屏風などは、天皇に諸国の様子を報告するという、いわば支配の具現化の形だったともいえるでしょう。

絵を通して見知らぬ風景を知るなど、馬鹿げているとお思いでしょうか。海外旅行がまだ敷居が高かった数十年前には、写真集やテレビの映像で、異国の様子を知った人が多かったのではないでしょうか。ハワイやソウルが身近になった今でもなお、よほどの旅行家でない限り、高くそびえるエベレストやアフリカの広大な砂漠、アマゾンに実際足を踏み入れた人は限られているはずです。ましてやコロナ禍で外出を制限された頃、私たちは冒険家や報道記者の写真や映像を通して、世界の現在を知ろうとしたのではなかったでしょうか。

写真もテレビもビデオもない時代、まだ見ぬことを知る方法、記憶にとどめたいことを残す方法として、絵画が重要な意味合いを担っていたのは当然です。**絵画は文字とともに、人々の重要なコミュニケーションの方法**でした。そしてさらに言えば、人々の記憶の中にある残像、それを古語では「影《かげ》」「面影《おもかげ》」と言います。

『紫式部集』には、

世のはかなきことを嘆くころ、陸奥《みちのく》に名ある所々《ところどころ》かいたる絵を見て、塩釜《しほがま》

見し人のけぶりとなりし夕べより名ぞむつましき塩釜の浦　（四八）

と絵を見ながら「塩釜」、松島湾の歌枕《うたまくら》を詠んだ歌があります。「夫が亡くなり火葬の煙となった夕暮れから、その名を聞くと慕わしい塩釜の浦ですよ」、夫を亡くした後の歌で、夫の火葬の煙と塩釜の浦をなぞらえて詠んだものです。これはもちろん松島湾に行ったものではなく、絵を見ながら連想し、言葉の上でなぞらえただけです。これが、平安朝風のバーチャルリアリティなのです。

紫式部の父の為時は、紫式部誕生前に播磨国《はりまのくに》に赴任していましたから、話には伝え聞いていたのかもしれません。しかし、まだ見ぬ地を題材に歌を詠んだ時代、見知らぬ土地を舞台に物語を書くことも、さほど無茶なことではなかったのでしょう。物語のすべてを紫式部の経験と結びつけるのは、当時の人々の想像力の豊かさを疑う、や

や陳腐な発想といえるかもしれません。

ちなみに平安時代末期の院政期頃から鎌倉期にかけて、人々の現実の移動が盛んになるにつれて、こうした土地に対する発想の形も変化していきます。能因《のういん》や西行《さいぎょう》など、かつて歌に詠まれた土地を実際に見に行くという、歌枕を知る旅、いわゆる〈文学散歩〉的な動きが始まっていくのです。

年の離れた男との結婚

――出会いと別れ

宣孝という人

紫式部の夫は、藤原宣孝《のぶたか》という人でした。いつ生まれた人かわかりませんが、紫式部と同年齢くらいの息子がいましたから、十数歳か二十歳くらい年長だったのでしょう。

紫式部がいつ宣孝と出会ったのか、その経緯もはっきりしません。『紫式部集』には宣孝との結婚前の時期に、姉妹のもとに方違《かたたが》えに訪れた男性と交わした意味ありげな贈答歌《ぞうとうか》があります。その相手を宣孝だとする説、別人だとする説の両方があります。別人だとすると、さして名誉とも思われない自身の過去を、なぜ紫式部が自分の家《か》集《しゅう》に入れたのか、という不審が残ります。あるいは遠い親戚ゆえに方違えの場を提供し、その夜に何かあったことで後に結婚したのか、想像は尽きませんが、やはりそもそも宣孝かどうかも不明です。

宣孝と紫式部とは、五代ほど遡れば藤原良門《よしかど》であるという、遠い血縁でしたが、この頃には**宣孝の家系のほうが格上**でした。花山天皇の蔵人《くろうど》でしたから、紫式部の父の藤原為時とは、その頃に近しかったのでしょうか。花山天皇譲位とともに職を失った

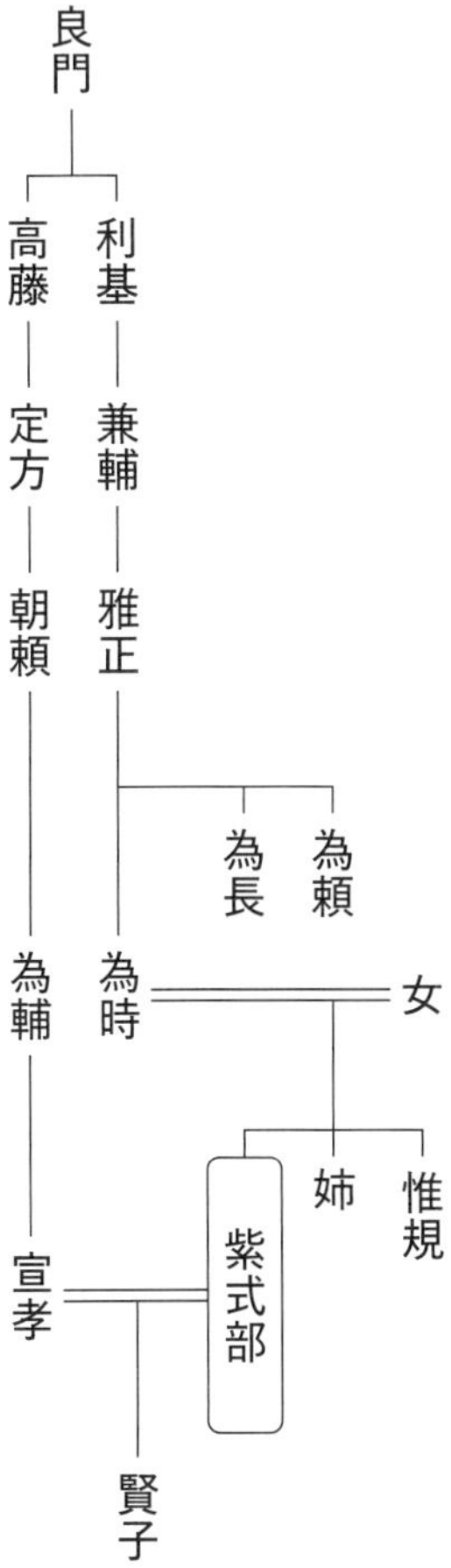

為時とは異なり、宣孝は筑前守《ちくぜんのかみ》兼大宰少弐《だざいのしょうに》を務め、やがて京に戻って右衛門権佐《うえもんのごんすけ》兼山城守《やましろのかみ》となります。

『枕草子《まくらのそうし》』の「あはれなるもの」という章段の中には、この宣孝が息子の隆光《たかみつ》を連れて、派手な身なりで御嶽精進《みたけしょうじん》をし、人々の注目を浴びたことが記されています。世間から顰蹙《ひんしゅく》を買うと、どうして物詣に粗末な身なりをしていかねばならないのか、神はそんなことを望んでいないだろうと言ったというのです。なかなか豪胆な人ですね。

この出来事自体は、九九〇年頃のことらしく、紫式部との結婚前のことです。さて清少納言《せいしょうなごん》がそれを『枕草子』に記したのはいつなのでしょうか。宣孝や隆光の官職名からすれば、数年後からの回想に見えます。宣孝と紫式部との結婚の後にそれを書いたのだとすれば、紫式部に対する嫌味だ、といった読み方も生じてきます。紫式部は、九九七年か九九八年頃に帰京し、そののち宣孝と結婚したとされていますから、このあたりの時系列も微妙になってきます。

ともあれ宣孝には結婚後わずか二年ほどで先立たれ、一〇〇一年には紫式部は寡婦《かふ》となったとされています。一般的には**『源氏物語』の執筆は、夫の没後に始まった**とされており、文筆家として名声を得始めるのはもう少し後のことになるでしょう。だとすれば、清少納言はたんに宣孝の当時の評判を記しただけで、それは紫式部とは全く無関係な記述だった可能性は十分にあります。

ただし、紫式部の創作が、いきなり『源氏物語』のような大作から始まるのはやや不自然だと考えれば、その前提になる小さな物語のいくつかを試す時期があった、それがむしろ一般に言われる宣孝との結婚の時期より前から始まっており、かつ紫式部と宣孝との関係もより早く始まっていて、しかもそこそこ世間に知られていた、といったいくつかの仮定を積み重ねれば、『枕草子』の記述はがぜん闘争的にも見えてきます。

もっとも『枕草子』には、特別に紫式部を意識していると思われる章段は見当たりません。だとすれば、少なくとも清少納言の側からすれば、**紫式部はライバルではなかった**、むしろ、最も時めいていた定子《ていし》に近しく仕えていた頃の清少納言にとっては、紫式部など眼中にすらなかった、というのが実情ではないでしょうか。

空蝉は紫式部の自画像か

さてその『紫式部集』にある、方違えに訪れた男が帰る朝の、紫式部との応酬の贈答歌です。しばしば相手が宣孝であるか否か、物議を醸《かも》すところですが、相手が誰であるか云々とは別に、もう一つほかの問題があります。こんな話です。

方違《かたたが》へにわたりたる人の、なまおぼおぼしきことありて帰りにけるつとめて、朝顔の花をやるとて

おぼつかなそれかあらぬかあけぐれのそらおぼれする朝顔の花（四）

返し、手を見わかぬにやありけむ

いづれぞと色わくほどに朝顔のあるかなきかになるぞわびしき（五）

訪ねて来た男は、夜中に紫式部姉妹との間に会話か、あるいはそれ以上の関係があり、翌朝退出した男に女の側が、朝顔に付けて「はっきりしない、どなたなのか、空っとぼけする朝のお顔ですこと」といった歌を詠みかけます。姉妹どちらの筆跡かわからなかったのか、男は「御姉妹どちらの方か、区別がつかないうちに朝顔がしおれて残念です」と応じます。

これは、『源氏物語』帚木《ははきぎ》巻《のまき》の末尾に見える**空蟬《うつせみ》との出会いの物語**を連想させます。

光源氏が方違えに赴いた紀伊守《きのかみ》の邸《やしき》には、紀伊守の父である伊予介《いよのすけ》の娘の軒端荻《のきばのおぎ》と、若い後妻である空蟬が身を寄せていたのでした。光源氏の噂をする女たちの様子を垣間見た光源氏は、夜半、寝所に忍び入り、そこにいた女と関係を持ってしまいます。伊予介の妻の空蟬でした。

その後、空蟬は言い寄る光源氏になびかないので、かえって光源氏は執着し、弟の小君《こぎみ》に手引きを頼みます。満を持して再び寝所に忍び込むと、空蟬は素早く抜け出し、残されたのは継子《ままこ》の軒端荻でした。光源氏は間違えたとも言えないまま、軒端荻とも関係してしまうのです。

空蟬は、父親ほども年の離れた伊予介と結婚し、継子の紀伊守のほうがむしろ同じ世代だという設定です。この情況はちょうど、紫式部とは年の離れた夫の宣孝や同世代の継息子の隆光《たかみつ》らとの関係と似ています。しかも、空蟬と軒端荻という二人の女のもとに一人の男

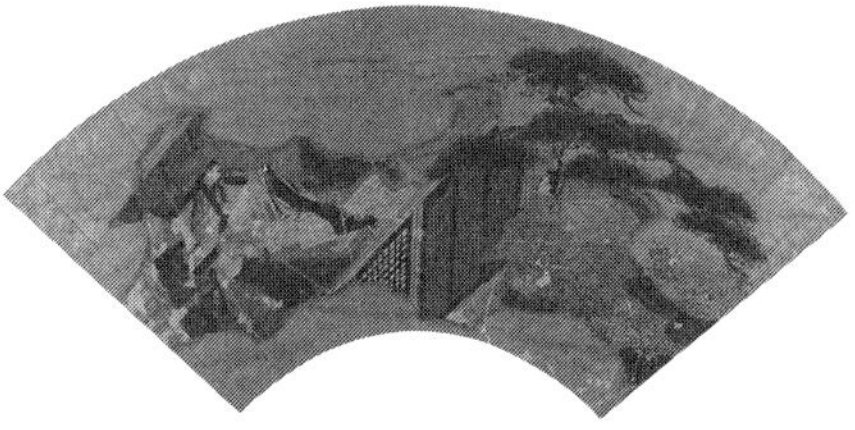

源氏物語図扇面（空蟬）　東京国立博物館蔵

が関わるという構図は、先の『紫式部集』に見える方違えに訪れた男との関係に近いのです。さらに「朝顔」の語は、紀伊守の邸に方違えした折に、女たちが式部卿宮《しきぶきょうのみや》の姫君に「朝顔奉《たてまつ》りたまひし歌などを、すこし頬《ほほ》ゆがめて語る」とあるところにも、ひそかに引き受けられているようでもあるのです。

さらにはこれらのエピソードに続く夕顔巻《ゆうがおのまき》で、「六条わたり」に住む高貴な女性のもとから立ち去る朝にも、女房の中将《ちゅうじょう》の君と「朝顔」をめぐる贈答歌を交わしています。ちなみに「朝顔」の語は、『紫式部日記』で紫式部に女郎花《おみなえし》を差し出す道長に「わが朝がほの思ひ知らるれば」と、自分の朝の寝起きの顔を恥じて早々に歌を贈ったという文章にもあって、このあたり何となく似ているな、と感じさせるものがあります。

『紫式部集』の結婚前の男性との交流は、その相手が宣孝であってもなくても、「『源氏物語』の作者は私なのよ!」と暗に伝えるために書かれたのではないでしょうか。それは、物語創作者の名が残らなかった時代に、自らの作であるという名を残すための手段だった、と考えてみてはいかがでしょうか。

夫に先立たれて

宣孝との結婚のために武生から京に戻った紫式部は、やがて一人娘の賢子《けんし》、大弐三位《だいにのさんみ》をもうけます。しかし間もなく宣孝は他界し、紫式部は娘とともに遺されたのでした。

夫を亡くした後の紫式部の様子は、『紫式部日記』の一節に垣間見えます。紫式部の部屋には厨子《ずし》があって和歌や物語などの書物があり、また別の厨子には漢文の書物があり、夫の宣孝が置いた書もあったと記されています。ごく身近に仕える侍女《じじょ》たちが、「うちの奥さまは女だてらに漢文など読んでいるから、幸せに縁遠いのよ」と陰口をたたいています。

女が漢文を読んだり学んだりするのは出過ぎたことで、男たちの世界である学問など知らなくてよい、というのが、当時の常識だったとよく言われます。その姿勢はしかし、『枕草子』で清少納言が、漢籍《かんせき》の素養によって機知に富んだ対話をしながら、周囲の女房たちとは一段上の教養をいわば、自身の売りだとばかりにひけらかすこととは、どこか齟齬《そご》があるようにも思われるのです。漢文の素養は時に女性にとって自慢の教養であったのに、なぜ時には非難の対象になったのでしょうか。

『紫式部日記』のこの記事は、出仕した後、一条天皇をはじめ彰子や道長に認められたのち、一条天皇に歴史の才を認められたことに続く記事です。漢文の才ゆえに不幸になったのだ、というのは、紫式部が夫を亡くした直後の、正当な評価とはまた別のものでしょう。時の著名な権力者、藤原道長の娘の彰子のもとに召し出され、**漢文の書物を教える立場にあった**わけですから、その教養を表立ってひけらかす必要はなかったにしても、もちろん高く評価されていたはずで、そうであればあるほど、謙虚に振る舞う演技が必要だったのではないでしょうか。

それでは寡婦になった紫式部は何をしていたのでしょうか。一般にはその頃、『源氏物語』を書き始めたのだと言われています。そのあたりの紫式部の日常がどのようなものであったのか、その詳細はわかりません。

一条天皇が寵愛した定子の父である藤原道隆《みちたか》が九九五年に亡くなったのち、道隆の息子である伊周《これちか》は、道長との政争に敗れてしまいます。翌年、大宰府に左遷《させん》され、定子は出家してしまい、一気に力を失っていきます。しかし定子に心を傾ける一条天皇は、出家した定子を呼び寄せて寵愛し続けるという、異様な有様でした。

定子は九九七年に第一子である脩子《しゅうし》内親王を出産、九九九年には一条天皇の第一皇子である敦康《あつやす》親王を出産します。その一方で、道長の娘の彰子は、九九九年十一月に一条天皇に入内《じゅだい》しました。定子は一〇〇一年に第二皇女の媄子《びし》内親王を出産しますが、その直後に亡くなってしまったのでした。とはいえしばらく彰子には子はなく、その間、定子の産んだ敦康親王は、まだ十代前半の彰子に育てられるのです。

こうした一条天皇の定子寵愛とその没後の悲嘆が、**桐壺巻《きりつぼのまき》の人間関係に似ている**という指摘は、最近では山本淳子さんの『源氏物語の時代』によって広く知られるようになりました。もともと『源氏物語』の最初のほうの物語は、南北朝時代の注釈書『河《か》海抄《かいしょう》』に代表されるように、醍醐《だいご》天皇や村上天皇の史実を踏まえて作られたと言われており、『源氏物語』は数十年遡った時代小説的な要素を抱えた物語として長く知られてきました。ですが数十年を遡った時代小説風の作りだというだけでなく、『源氏物語』の制作当時の、激動する眼の前の現実社会の変転が影響を与えたのだ、そうした要素を複合的に考えるという最近の考え方も、やはり大変魅力的です。

『源氏物語』が桐壺更衣《こうい》の死を嘆く桐壺帝の物語から始まるのは、最も重要な読者であった、一条天皇の心を強く揺さぶる設定だった、といってもよいかもしれません。

死と哀傷に拓かれる創作

人の死を悼《いた》む歌は、奈良時代に編纂された『万葉集』以来見られます。「**挽歌**《ばんか》」と称され、「相聞《そうもん》」「雑歌《ぞうか》」などの部立《ぶだて》と並んで重要な位置を占めていました。おそらく古代社会において、葬送の儀礼が重んじられたからでしょう。多くは為政者やその親族の死に際して、故人の事績を讃え、魂が静かに眠ることを願いました。作り手は必ずしも親族などの当事者ではなく、職業歌人によるものも少なくありません。

平安時代、十世紀初頭に編纂《へんさん》された最初の勅撰《ちょくせん》和歌集『古今和歌集』では、人の死を悼む歌は「**哀傷**《あいしょう》」という部立に収められています。死ぬ前に残す歌、辞世《じせい》の歌も数首ありますが、おおむね人を亡くした側の哀しみの歌であり、亡くした直後、服喪中、そして一周忌と次第に時を経て、悲しみが変質していくのを時間的な経緯に即してたどるのです。

ですから、人の死を丁重に悼むことが、和歌を詠んだり、物を書き記したりすることのきっかけになるのは、当時の人々にとっては自然な流れだったのかもしれません。

それはいくつかの日記の執筆の背景に見られる特徴です。

「男もすなる日記《にき》といふものを、女もしてみむとてするなり」で始まる『土左《とさ》日記』は、紀貫之《きのつらゆき》が女を装って、男が書く漢文日記を模して仮名日記を書くという趣向で始まります。貫之が土佐の国守の任を終えて都に戻る船旅を日にちごとに記したもので、書き手は貫之の妻らしき人物という想定になっています。その女性は、都を出る時には元気だった娘を土佐で亡くして共に帰京できないことを悲しんで歌を詠みます。しかし貫之には実はそんな娘はおらず、亡くなったのは貫之の友人で、それを娘という形で仮託したという説まであります。

『和泉式部日記』も、作中で「女」と呼ばれる和泉式部が、冷泉《れいぜい》天皇の皇子である為尊《ためたか》親王の没後、その弟の敦道《あつみち》親王と出会うところから始まります。敦道親王

とわりない仲になったものの、当初は亡き為尊親王を追憶しつつも、次第に敦道親王に心を傾けていき、やがて敦道親王の邸に迎えられて日記は終わります。実際にはその後、和泉式部は敦道親王の男子を産むものの、まもなく敦道親王も他界するのです。実は為尊親王とは特別な関係でなかったという説もある一方、敦道親王への哀悼の意は、『和泉式部続集』に載る「帥宮挽歌群《そちのみやばんかぐん》」と呼ばれる一連の和歌にも明らかで、おそらくはこの日記の執筆動機でもあるのでしょう。

いずれの場合も、それが事実であるにせよ虚構であるにせよ、人の死が物を書く契機になっていますね。『更級日記《さらしな》』にしても、若い頃から物語に傾倒して仏道に心を傾けなかった自分がいかに愚かだったか、夫に先立たれた後に悔いるという形で終わっており、この日記が夫の没後にまとめられたことを暗示しているのです。

このように当時の日記のいくつかが、**〈人の死を哀傷すること〉を創作の契機にしている**ことからすれば、紫式部が夫の死の哀しみのうちに物語の創作を始め、なればこそ『源氏物語』もまた桐壺更衣の死と哀傷から始まるのだ、と説明することも、あながち無理とも言いきれないでしょう。

歌人としての紫式部

『紫式部集』には写本によって異同があるものの、百十〜百三十数首程度の歌しか残らないのはなぜなのでしょうか。

その事情はもとより、私にはわかりません。しかもやりとりした相手の歌も含んでいますから、そのすべてが紫式部自身の歌だというわけでもありません。どう考えても、生涯を通じて作った和歌が、そんなに少ないはずはなく、もっと多くの歌の中から、限られた歌しか家集には残さなかったと考えるのが自然でしょう。参考までに言えば、紫式部と同様に道長の娘の彰子に仕えた和泉式部には『和泉式部集』『和泉式部続集』と二つの家集がありますが、総計で千五百首ほどが収録されています。

『紫式部集』の場合、ここに含まれる歌のうちのいくらかは、『紫式部日記』中の和歌と重複しています。その一方で、後に家集に補足されたものらしき、本来は『紫式部日記』にはあっても『紫式部集』に組み入れられない歌もあるのはなぜでしょうか。そこから類推するに、『紫式部集』に収められた歌は、紫式部の作の中でもとりわけ残したいと思った、あるいは話題となった、いわば〈**秀歌撰**〉といった類いなのではないでしょうか。

自己の人生史を緩やかにたどるように和歌を配列しながら、ハレの折とケの折、恋歌や離別歌《りべつか》、羇旅歌《きりょか》といった具合に和歌の部立《ぶだて》も多様で、四季を詠むものは春夏秋冬も程よく散らばり、同一の景物を詠んだ歌の重複は少なく、諸国の地名をちりばめて空間的にも多方面に手を伸ばすなど、家集全体は小ぶりながらも、広がりのある世界を示しています。

こうしたバランス意識は、そもそもは『古今和歌集』を典型とした勅撰和歌集において模索されたものでした。『古今集』の和歌は、春夏秋冬の季節の移り変わりをたどりながら、また春に巡り戻るという四季の変転を繰り返し、恋が生じては終わる経緯をたどって、こちらもあるいは別の相手ともう一度初めから繰り返す、といった具合に、時間の推移を意識させるように並べられています。

また、羇旅歌や東歌《あずまうた》などにとどまらず、恋歌の序詞《じょことば》などにも諸国の地名をふんだんに組み入れています。皆が時計を持たなかった時代、**時間を刻むのは為政者の特権**でした。またどこまでが国土として意識されるのか、時には屏風絵などを通して、諸国を絵に示しながら、**その国土の支配を誇示**したのです。『古今集』に見える時間や季節の運行を刻む意識、空間的な広がりを誇示する意識はまさにそうした、いわば〈政教主義的〉なものなのです。

『紫式部集』の中に、そうした『古今集』の編纂にも似た、時空の広がりが見られるから政治的な産物だというのは、いささか乱暴です。ただ後の増補が疑われる日記歌を除いても、『紫式部日記』に共通する、道長との「女郎花」の贈答歌や「いかにいかが」の贈答歌などをもしもともと含みこみ、それをも一つの軸にしながら配列したとすれば、最も権力の中枢に近いところで自らがその繁栄の一翼を担っているという矜持《きょうじ》とともに、それに到るまでの不遇な時期の経緯を語り、同時に権門に仕える中で覚える自らの取るに足らない身の上を鋭敏に見つめる眼が感じとれます。

『紫式部集』は、紫式部の歌を経験の順をたどるように配列しながら、実に立体的に多面的な形に凝縮《ぎょうしゅく》されています。それは『蜻蛉日記』の、次第に饒舌《じょうぜつ》に散文が増殖する文体とは異なり、実に簡素に不要な雑音を排除しながら、一種の物語性を感じさせる世界なのです。

紫式部の歌

ここにかく日野の杉むら埋《うづ》む雪小塩《をしほ》の松に今日やまがへる

（紫式部集・二五）

（ここでこうして、越前の日野岳《ひのたけ》の杉の木立を埋める雪が、都の近くの小塩山の松にも今日は散り乱れているのだろうか）——越前での初雪の日に詠んだ歌

若竹《わかたけ》のおひゆく末《すゑ》を祈《いの》るかなこの世を憂《う》しと厭《いと》ふものから

（紫式部集・五四）

（若竹のような幼い娘の成長する将来を祈ることよ、自分ではこの世は憂いに満ちたものと厭わしく思うけれども）——娘が病気になった折に、女房が漢竹を瓶に差して病気平癒を祈った折の歌

菊の露《つゆ》わかゆばかりに袖《そで》ふれて花のあるじに千代《ちよ》はゆづらむ

（紫式部日記）

（今日は菊の露を含んだ綿で体を拭くと若返ると言いますが、私は少し若やぐくらい袖を触れるだけにして、菊の花の主である貴女様に、千年もの寿命はお譲り申し上げましょう）——九月九日、菊にかぶせて露を集めた綿《わた》を、彰子の母倫子から下された折の歌

いづくとも身をやる方《かた》の知られねば憂《う》しと見《み》つつもながらふるかな

（紫式部集・一一四）

（どこへとも、この身をやればよいかがわからないので、この世はつらいものだと見ながらも生きながらえることよ）——初雪の降る夕暮に届いた手紙への返歌で、晩年の歌か

和歌の名人のはずなのに

『源氏物語』には七九五首の和歌があります。そのすべてが、一応建前上は物語中で登場人物が詠んだ和歌、という体裁です。最近は、作中人物の歌ではなく、物語の語り手がその場の状況を俯瞰的に見て詠んだ歌だ、「画賛《がさん》的和歌」だ、などという考え方も土方洋一さんによって提案されましたが、基本的にはすべての和歌を作中の人物の歌と理解するのが、一般的でしょうね。

さて、その七九五首の和歌は、誰が作ったのでしょうか。『源氏物語』の作者が紫式部なのだとすれば、和歌の作者も紫式部ということに、一応はなります。「一応は」というのは、空蟬巻《うつせみのまき》の巻末にある空蟬の歌、「**空蟬の羽《は》に置く露《つゆ》の木《こ》がくれてしのびしのびに濡《ぬ》るる袖かな**」という歌は、伊勢の家集である『伊勢集《いせしゅう》』にも同じ形で見られ、もともとあった歌を物語に取り込んだものらしいのです。しかも厄介なことにこの歌の場合、『伊勢集』における位置づけも微妙で、いわゆる「古歌集混入部分《こかしゅうこんにゅうぶぶん》」と呼ばれる、古歌を集めた箇所に含まれているもので、どうやら、伊勢の真作ですらない、ということなのです。

それはともかく、こうした事例は実にこの物語中にただ一首だけで、他の歌はすべて物語に独自な創作歌です。しかも、多くの登場人物を通じて全く同じ歌はなく、ある程度、それぞれの人物ごとの歌の作風すら読み取ろうとすれば読み取ることができます。たとえば六条御息所《ろくじょうのみやすどころ》は多くの引《ひ》き歌《うた》を駆使《くし》して技巧を凝《こ》らした歌、紫の上は比較的素直で平易な歌、末摘花《すえつむはな》はいつも「唐衣《からころも》」を詠んでは笑いものになる、といった具合です。

歌の詠みぶりだけでなく、光源氏との関係において**どちらが先に歌を詠むか**といったことにも、人物ごとに傾向があります。たとえば花散里《はなちるさと》などという一見控えめな女性がなぜか、光源氏に対してはいつも自分から歌を詠みかけています。おそらくそれは、自らを卑下《ひげ》し、へりくだる姿勢なのでしょう。逆に光源氏から歌いかけられるのを上品ぶって待って、あたかも高貴であるかのように装うのは、本来身分が高くない明石《あかし》の君だったりします。また生霊《いきりょう》や死霊《しりょう》になった六条御息所の歌は、正気の日常とは一変して直情的な歌風だったりして、なかなか芸が細かいのです。

このように、人物ごとに和歌の傾向が一定程度描き分けられている一方で、総じてこの物語の中の和歌は、**風景に託して心情を述べる**という形、『万葉集』における和歌の分類の用語を借りれば、いわゆる「寄物陳思《きぶつちんし》」の形の歌が大多数です。

これはまさに『古今集』以降の時代、平安中期の和歌の一般の傾向で、紫式部の特殊な傾向ではありません。むしろ模範的なまでに掛詞《かけことば》や縁語《えんご》を適度に駆使したものです。二者の間で交わされる贈答歌も、さりげなく贈歌の表現を引き受けた返歌が配されています。和歌に詠まれる景物とその場の風景も、絶妙に連動しています。時には難解だと言われる歌もあり、贈答歌として受け答えがふさわしくないとされるものもありますが、それらも含めて、それぞれの場面に登場する人物の複雑な内面や人間関係の機微《きび》を、よくあらわしたものになっています。

そんな紫式部が、自分の家集『紫式部集』において、たかだか百数十首程度の和歌しか残さなかったのはなぜなのか、非常に興味深く感じられます。物語の作中和歌のほうで、欲求を満たしたからだ、ともちろん考えられます。けれども、『紫式部集』はより厳選された世界であり、それは『源氏物語』の書き手である痕跡を残すための家集であるようにさえ見えるのです。

歌で楽しむ『源氏物語』——女君の和歌

桐壺更衣：死を前にして桐壺帝の前で詠んだ、『源氏物語』の最初の歌（桐壺巻）

かぎりとて別るる道の悲しきにいかまほしきは命なりけり

（これが定めだと別れる死に向かう道が悲しいにつけても、行きたいのは生きるほうの道です）

藤壺：花の宴で舞う光源氏の美しい姿を見て、思わず心のうちで詠んだ歌（花宴巻）

おほかたに花の姿を見ましかば露も心のおかれましやは

（普通の関係で、この花のような素晴らしい光源氏のお姿を見るのであったなら、何の屈託もなくほめ讃えることができたでしょうのに）

六条御息所と光源氏：葵の上と車争いののちの贈答歌（葵巻）

〈御息所〉袖ぬるるこひぢとかつは知りながら下《お》り立つ田子《たご》のみづからぞうき

（袖が濡れる泥の道、恋路と一方では知っていながら、下り立って踏み込んでしまう農夫のような私の身がつらいことです）

〈光源氏〉浅みにや人は下《お》り立つわが方は身もそぼつまで深きこひぢを

（浅いからあなたは下りて立っていられるのでしょう、私は全身までもぐっしょり濡れてしまう、深い泥の道、恋路ですのに）

末摘花と光源氏：玉鬘の裳着に不細工な装束を贈る末摘花と、光源氏の皮肉な歌（行幸巻）

〈末摘花〉わが身こそうらみられけれ唐衣《からころも》君がたもとになれずと思へば

（我が身は恨めしく思われますよ、貴方の袂（たもと）に馴染むことができないと思うので）

〈光源氏〉唐衣またからころもからころもかへすがへすもからころもなる

（「唐衣」、ああまた「唐衣」の歌ですか、唐衣よ、返す返すも唐衣ですね）

紫の上と光源氏：女三宮が降嫁した三日目の夜の贈答歌（若菜上巻）

〈紫の上〉目に近く移ればかはる世の中を行く末《すゑ》とほくたのみけるかな

（目の前で、変われば変わる貴方との仲を、行く末長く続くものとあてにしていたことですよ）

〈光源氏〉命こそ絶ゆとも絶えめさだめなき世のつねならぬなかの契りを

（命こそ絶えるなら絶えようけれど、無常の世とは違って通常とは違う貴女と私の特別深い宿縁なのですから）

浮舟：匂宮との仲を薫に知られ、死を決意した浮舟が母に詠みかけた辞世の歌（浮舟巻）

鐘の音《おと》の絶ゆるひびきに音《ね》をそへてわが世つきぬと君に伝へよ

（鐘の音が消えていく響きに泣く音を添えて、私の命が尽きたと母君に伝えておくれ）

彰子のもとに女房として仕える

――馴染めなかった初出仕

宮仕えという零落

紫式部は『源氏物語』のある程度までの制作が評判となったようで、藤原道長に召し出され、およそ一〇〇五〜六年頃、彰子に仕え始めます。時の帝の中宮に仕えるのですから名誉なことと思われそうですが、**気恥ずかしくつらいこと**でもありました。

当時の貴族の女性たちは、総じて自宅から出ることなく日常を過ごします。実の父や兄弟以外の男性と日常的に接する機会はなく、屋内で過ごしました。まれに祭りの見物に出かけるとなれば大騒ぎでしたし、陰陽道《おんみょうどう》に従って方角を変える必要がある場合の方違えや、親族の法要なども含めた祈願のための物詣《ものもうで》などは、限られた外出の機会として、大変楽しみにもされていました。しかし外出する場合も、牛車《ぎっしゃ》に乗ったとしても、御簾《みす》の内に居て顔をさらすわけではなく、出会った人とすぐに会話をするわけでもありません。それでも屋内に居るだけよりは、人と交流する機会として期待されたのです。

祭りが人と人が出会う場、時にはナンパの機会だったことは、たとえば、『伊勢物語』九九段にも見えます。右近《うこん》の馬場《ばば》の「ひをり」、すなわち弓の競技を競ういわゆる「競射《きょうしゃ》」の見物に出かけた男が、大路《おおじ》の向かい側に牛車を立てて見物している女を垣間見て声をかける、という話があります。この話は『古今和歌集』恋一部や『大和物語』一六六段にも載っていて、とりわけ後者では返歌が異なっているなど問題はいろいろあるのですが、ともあれ、男性が女性に声をかける場として、祭りや行事見物という機会があったことは確かです。

どうぞこちらへ
スン
ヤバイ!!
男の人と話すの初めて!!
ドドッ

さて、いかに女性が物陰に隠れて暮らしていると言っても、通ってくる男性には姿を見せるはずです。ですが、『源氏物語』の中で、光源氏は末摘花と関係を持った秋の折には顔も身体もはっきりと見ておらず、その容貌を知るのは季節が変わって再度訪れた雪の夜の翌朝でした。それでも夫は顔も名も最終的には知ることになるという意味では、やはり非常に特別な存在です。

そうした文化の中で、宮仕えをする女性は、高貴な女性のもとを訪問して来る男性たちの相手を務めなければなりません。これまで身近に接してはいけないと言われていた異性と、時には面と向かって直接に言葉を交わすのが「女房」の役割なのです。それは、**もともと高貴な身分の人ほど、きまり悪くはしたないこと**だったでしょう。

高貴な身分の人でも、親など後ろ楯をなくしてしまうと、誰かの女房として仕えるしか生きる術がなくなります。宮家の娘の末摘花が、格下の叔母に娘の「後見《うしろみ》」の女房にならないかと誘われたり、宇治《うじ》十帖で「宮の君」と呼ばれる宮家の女性が、帝の娘である女一宮《おんないちのみや》に仕えたりしています。もともとは姫君としてかしずかれていた人が、「女房」になり下がるのです。

内裏図

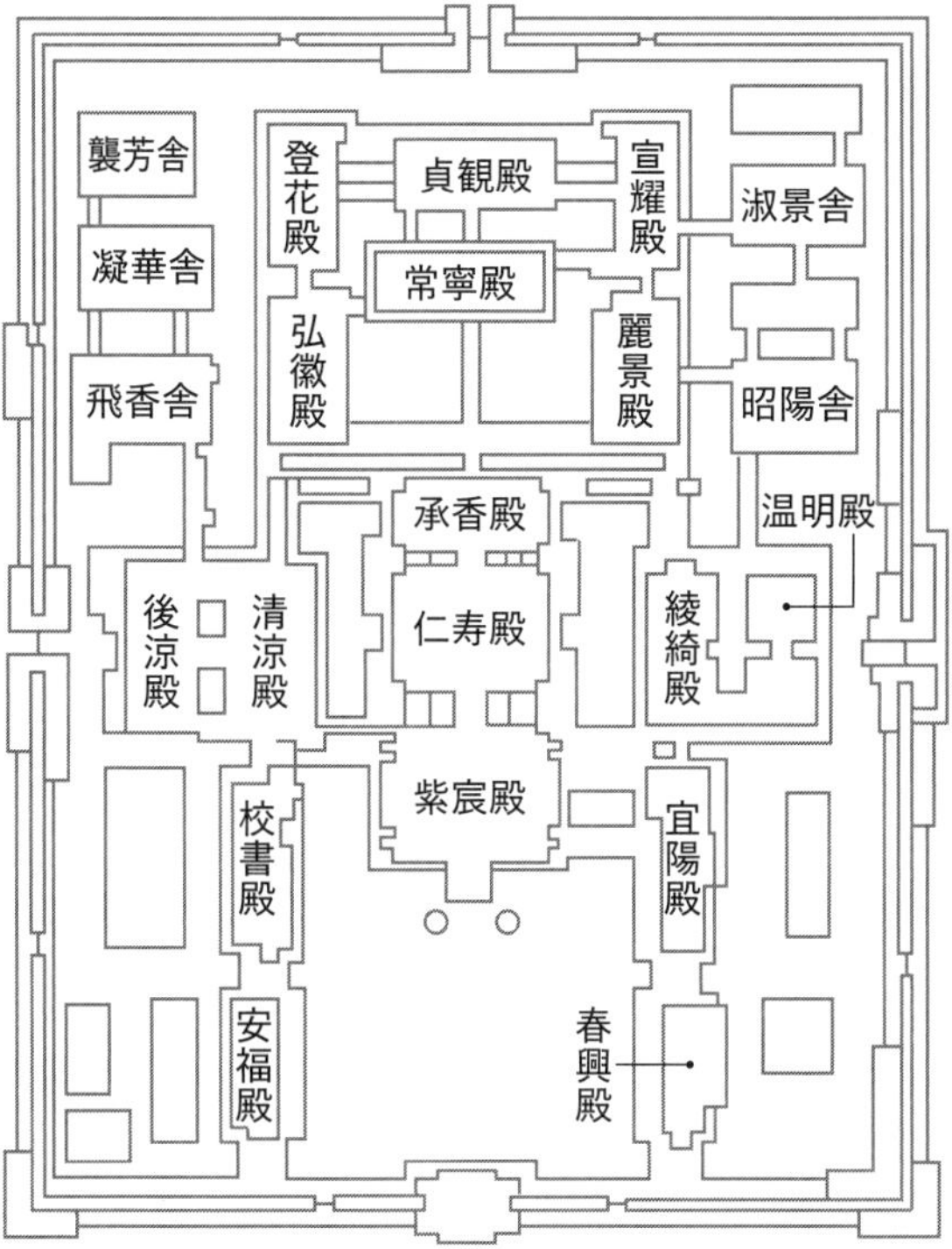

襲芳舎
凝華舎
飛香舎
登花殿
貞観殿
宣耀殿
淑景舎
常寧殿
弘徽殿
麗景殿
昭陽舎
承香殿
温明殿
後涼殿
清涼殿
仁寿殿
綾綺殿
紫宸殿
校書殿
宜陽殿
安福殿
春興殿

女房になりたかったわけではない

さて平安時代の人々にとって、女房勤めとはどのようなものだったのでしょうか。少なくとも中国の科挙《かきょ》や現代の公務員試験のように、受験して合格した人が職に就《つ》く、といった類いのものではありません。では現代の就活のように、自分から売り込みに行ったのでしょうか。それもあったでしょうが、**縁のある筋からスカウト**される場合も多かった様子です。

『更級日記』には、筆者の菅原孝標女《すがわらのたかすえのむすめ》が出仕するまでの経緯が記されています。母は出家して同じ家でも別の場所に住み、父は娘の自分を頼って暮らしている、その中で、「きこしめすゆかりある所」、自分のことをお聞きつけになる縁のある所から、「なにとなくつれづれに心ぼそくてあらむよりは」と、手持無沙汰に頼りなげに暮らすよりはましだから、と促されて出仕を思い立ったとあります。

筆者の両親は「宮仕人《みやづかへびと》はいと憂きことなり」、宮仕えはまことにつらいことだと心配します。「古代の親」と日記中で記されているように、やや古風な考え方だったのでしょう。それに対して仕事を斡旋《あっせん》した人は「今の若い人たちは積極的に外に出るものですので、それでこそ人生が拓けるものですよ」と説得します。「しぶしぶに、出《いだ》したてらる」とあって、父親は不本意ながらようやく許した、といった印象です。

それにしても、相手から請われたからやむなく出仕したというのは、嘘《うそ》ではないにしても、いささかのポーズなのではないでしょうか。出仕についての評価が、「奥ゆかしい女性はするものではない」という守旧的な立場と、「才気を発揮でき、世に認められるチャンス」と考える発展的な立場と、二様に分かれていた場合、書き手は自分をどのように語るでしょうか。「私って

1 「女官《にょかん》」と「女房《にょうぼう》」

女官：宮中で仕える女性の役人。
女房：貴人に仕える侍女。広い意味で「女官」も含む。

2 女房の仕事

・主君の身の回りの世話。装束・身支度・食事など。
・来客の応対。男性の来客にも応じなければならない。
・主君の歌の代作など、教養面での補佐。

才能を認められたから出仕したのよ」と書く書き手は、おそらく周囲にもあまり好かれないでしょう。「**自分は望んでいなかったのだけれど、周りに勧められて、渋々ね……**」というのは、よくある謙遜でもあり、韜晦《とうかい》でもあったのではないでしょうか。

こうした孝標女の出仕の事情、それについての語り口、女房勤めを是とするか否とするかやや評価が分かれる様子は、四十年ほどさかのぼるとはいえ、紫式部の出仕の事情を類推させるものがあります。

紫式部が彰子のもとに出仕するいきさつは定かではありませんが、おそらく『源氏物語』が一定部分まで制作されて、それが評判になって招かれたのだと、よく言われます。おそらく孝標女と同様、雇う側からスカウトがあって、出仕に到ったのでしょう。しかしそうしたいきさつは、日記にも家集にも残っていません。定かに書けば自慢話にしかならないし、当時の人々には当たり前の経緯だから書かなかったというのが穏当な理解ではないでしょうか。当然、スカウトされた紫式部には、それにふさわしい自負があったと見てよいでしょう。

『源氏物語』の玉鬘《たまかずらのまき》巻で、光源氏は、かつての愛人だった夕顔が頭中《とうのちゅうじょう》将との間にもうけた娘の玉鬘の話を耳にします。夕顔に仕えていた右近《うこん》という女房は、夕顔没後に光源氏の身近に仕えていて、長谷寺参詣の折にたまたま再会した玉鬘を、光源氏に引き合わせようとしたのです。光源氏は、まず玉鬘に文《ふみ》を贈り、歌を詠みかけて、どのように応じるか確かめます。玉鬘は、ほどほどそつなく、見苦しくない筆跡で返事をしてくる、それを見て、それでは邸に引き取って娘として処遇しようかと決めるのです。一種の就職試験みたいな感じですね。

ましてや侍女として召し抱えるのであれば、しかるべき才覚が求められたことでしょう。

すでにどのくらい書いていたのか

それでは紫式部は、彰子のもとに出仕する前に、どのくらい物語を書き進めていたのでしょうか。これもなかなかの重大な謎です。

『源氏物語』には、帚木巻《ははきぎのまき》から空蝉巻に登場する、空蝉のような女君もいます。中流貴族の家に生まれ、父存命中は宮仕《みやづか》えをと願われながら、父の没後には老いた受領の夫の後妻になっています。これを紫式部の実人生に似ていると考えるなら、紫式部の寡婦時代の執筆内容として、いかにもふさわしいとも感じられます。

ですが、こうした紫式部の実人生と『源氏物語』との対応関係を詮索《せんさく》する読み方は、実に他愛もなく、ある意味で浅はかです。そもそも物書きは、自分が経験したことしか書けないのでしょうか。それは、物書きの想像力を見くびっているのではないでしょうか。光源氏が藤壺《ふじつぼ》と密通するからといって、誰でも天皇の妻と密通するわけではないでしょう。書き手の経験の中に素材があると考えるのも、経験していないから理解できない、と考えるのも、いずれも実に陳腐な発想です。

それでも物書きは、できるだけ真実らしく書こうとするものなのでしょうか。だとすると、作中に書かれた風俗や儀礼は、当時の実情に見合ったものなのでしょうか。『源氏物語』紅葉賀巻《もみじのがのまき》に描かれて有名な青海波《せいがいは》の舞は、当時の算賀《さんが》、長寿の祝いの席で舞われたわけではなかったとの研究もあります。それでは紫式部は、貴人の算賀を実見したことがなかったから、少し混乱したのだ、などと言えるでしょうか。

あるいは、葵巻《あおいのまき》に見える新しい賀茂の斎院《さいいん》の御禊《ごけい》の様子は、この物語を紫式部が書いたのなら、想像で書いているはずだと今井上《たかし》さんは指摘します。なぜなら九七五年から一〇三一年まで、大斎院選子《せんし》内親王が、五代の帝の時代に五十七年にもわたって斎院を続けており、紫式部は斎院の交代をその人生の中で経験していないからです。

また逆に、初音巻《はつねのまき》の末尾には新年の儀礼の一つである男踏歌《おとこどうか》の様子が描かれています。ですがこれは記録上では九八三年以降には見受けられず、廃絶されたのであれば、紫式部が実際に見た可能性は低いことになります。

総じて『源氏物語』には、醍醐・朱雀《すざく》・村上天皇といった、**史上の数十年さかのぼった過去を装う**ところが多々見られます。すると必然的に、それらは作者の実見していない、想像の中の儀礼や風俗だということになります。ただし、紫式部が本当に単なる想像で書いていたかといえば、それも違うでしょう。

当時の物語は、過去に書かれた物語を参照したり吸収したりしながら、いわばパクリとリメイクを繰り返すものなのです。その意味では、物語がその内部で遠い過去と現在を往還したとしても、物語作者の作為だとは限らず、古いものを鋳《い》直《なお》して新しく作り替える過程の、やむを得ない歪《ひず》みかもしれないのです。

こうした事情の一方で、それでも、『源氏物語』の中にはいかにも、書き手は紫式部なのだなと思わせるような、ある種の特殊な表現もあります。たとえば「**癖**《くせ》」、人の偏った性癖を「癖」「くせぐせし」といった言葉で捉えるところ、あるいは和歌に

「水鶏《くひな》」などといった、一条天皇の時代にほどほど流行した可能性のある歌ことばを詠みこむところ等々、『源氏物語』と『紫式部日記』『紫式部集』に共通する語彙《ごい》も目立ちます。それはいわば、へその緒のようなものかもしれません。若菜上《わかなのじょう》巻に見える、明石の姫君の出産とその産養《うぶやしない》の様子はほどほど簡潔ではありますが、ふと『紫式部日記』に見える敦成《あつひら》親王誕生の一連の記事を連想したりします。

ですが、だからそれらは同じ頃に書かれたのだと言うのは、やはり短絡的でしょう。

長すぎるひきこもり

さてそれで、紫式部にとっての宮仕えとは、どのようなものだったのでしょうか。

はじめて内裏《うち》わたりを見るに、もののあはれなれば

身の憂《う》さは心のうちにしたひきていま九重《ここのへ》ぞ思ひ乱るる　（九一）

『紫式部集』の中にある歌で、初めて出仕した頃に感慨をおぼえて詠んだ歌とされて

います。「我が身のつらさは、心のうちにまつわりついてきて、宮中に入っても、千々《ちぢ》に思い乱れることです」といった意味です。「九重」とは、宮中の意と、幾重にも、との意を掛けたものです。

宮仕えによって物憂い気持ちになり、**居場所がない、恥ずかしい**、と思う感覚は、これまで見知らぬ人々の中に交じって生活したことのない、いわば自宅に引き籠って暮らしていた貴族の女性が、多くの見知らぬ人々の中で共同生活を余儀なくされる不自由さにあったことは想像に難くありません。ですがそれだけでなく、夫を亡くした後の紫式部が、もともと心に抱えていた個人的な憂いを引きずっていた様子であることは、「心のうちにしたひきて」の表現から察せられます。

まだ、いとうひうひしきさまにて、ふるさとに帰りて後、ほのかに語らひける人に

閉ぢたりし岩間《いはま》の氷うち解《と》けば小絶《をだ》えの水も影見《かげみ》えじやは　（九二）

返し

深山辺《みやまべ》の花吹《ふ》きまがふ谷風《かぜ》に結《むす》びし水も解けざらめやは　（九三）

まだ物慣れない様子で宮仕えをして里下がりをした頃、少し親しくなった人に、「凍っていた岩間の氷が解けるなら、途絶えていた水も流れ出して影が映るように、私も姿を見せるでしょう」と、皆さんが打ち解けてくださるなら出仕します、と便りを送っています。男性に宛てたと解釈されることもありますが、一般には同僚の親しい女房に宛てたと理解されるところです。

一方の相手は「山辺の遅く咲いた桜の花が散り交う谷風にあっては、凍っていた水が解けないことがありましょうか」と、あたたかな春の風にあえば、氷が解けないはずはないと、応じています。あたたかな風とは中宮のお気持ちを喩《たと》えているのでしょうか。紫式部は出仕につらさを感じながらも、それを理解して励ます人もいたのです。

正月《むつき》十日のほどに、「春の歌たてまつれ」とありければ、まだ出《い》で立《た》ちもせぬかくれがにて

み吉野は春のけしきに霞《かす》めども結ぼほれたる雪の下草　（九四）

春の歌を献上せよと命ぜられ、「雪の名所として知られる吉野山のように、宮中も今は春の空気に包まれて霞《かす》んでいますが、私はまだ雪の下で鬱屈《うっくつ》しております」と応じており、中宮の春のような恩寵《おんちょう》を求めるような歌いぶりになっています。

『紫式部日記』によれば初出仕は十二月二十九日のことで、出仕の時期は寛弘《かんこう》二（一〇〇五）年か三（一〇〇六）年とみるのが一般的です。田中新一氏などは、「み吉野の」は立春の歌と考え、寛弘年間初期には寛弘四年以外は旧年中に立春を迎えるため、寛弘四年の立春だと考えています。その上で、「閉ぢたりし」の歌は立春後の歌と解釈して同じ年の春ではないと考えて、

彰子周辺の女房たち

大納言《だいなごん》の君《きみ》：彰子の女房の最上位。左大弁源扶義《すけよし》の娘。彰子の従姉妹。

小少将《こしょうしょう》の君：源時道《ときみち》の娘か。道長の召人《めしうど》か。紫式部と親しい。

宰相《さいしょう》の君：藤原道綱の娘、藤原豊子。紫式部と親しい。

馬《うま》の中将《ちゅうじょう》：彰子の女房。藤原相尹《すけまさ》の娘。紫式部と牛車に同乗するのは不快な様子。

和泉式部《いずみしきぶ》：橘道貞《たちばなのみちさだ》の妻だったが艶聞が多い。歌人として名高い。

赤染衛門《あかぞめえもん》：倫子の女房。「赤染」は染色の家の血筋。

伊勢大輔《いせのたいふ》：大中臣輔親《おおなかとみのすけちか》の娘。紫式部に歌を詠む役を譲られた。

大弐三位《だいにのさんみ》：後冷泉天皇乳母。藤原賢子。紫式部の娘。

初出仕は寛弘二年だと推論しています。だとすると最初の出仕からのち一年以上と、ずいぶん長く引き籠っていたことになりますね。

第3章

独り心浮かれぬ回想録

渡る世間は鬼ばかり?

――本意ならぬ人生

同僚から快くは思われなかった

出仕《しゅっし》間もない頃の紫式部は、宮仕え生活にとても耐えきれず、すぐに**里下がり**をしています。紫式部だけの特別な理由もあったのかもしれませんが、実は宮仕えが耐えがたいというのはよくある話なのです。

『枕草子《まくらのそうし》』の「宮にはじめてまゐりたるころ」で始まる章段には、初めての出仕で恥ずかしいことが多くて泣いてしまうのを、定子《ていし》が絵を見せて慰《なぐさ》めてくださった、その手がつやつやと薄紅梅色《うすこうばいいろ》で素敵で、こんな人がこの世にいるのかと感動した、とあります。夜明け方に、自らの居所である「**局**《つぼね》」に下がろうとしてもなかなか下がれず、ようやく定子に許されて下がると、昼にまた召し出され、「局《つぼね》の主《ぬし》」である古参の女《にょう》房《ぼう》に促されて、再び御前に参上します。

先に触れた『更級《さらしな》日記』の菅原孝標女《たかすえのむすめ》も、初お目見えののち、改めて何日か逗留《とうりゅう》すると、知らぬ人の中で臥《ふ》して夜も眠れず、一人で泣いてしまったとあります。こうしてみな同じようなことを経験していますから、自宅に住む暮らしから女房としてのお勤めを経験する際に、誰もが乗り越える試練だった様子です。

当時、主君は寝殿の中心部の「**母屋**《もや》」に住み、女房たちはその外側にある「**廂**《ひさし》」、あるいは「**渡殿**《わたどの》」と呼ばれる建物と建物をつなぐ廊下めいた一角などに「局」、自分の控えの間をもらいました。清少納言《せいしょうなごん》は、先の章段では「局の主」、上席の女房の指図を受けていますから、相部屋だったわけですね。部屋といっても私室と呼べるようなものではなく、几帳《きちょう》や屏風《びょうぶ》を隔

てて間仕切りしているだけで、儀式の折には全部撤去しなければならない、仮の場所だったのです。

増田繁夫さんは、一条院内裏《いちじょういんだいり》での紫式部の局は、中宮御所《ちゅうぐうごしょ》のあった東北の対《たい》の屋《や》の、東廂《ひがしひさし》一間とその東の片廂《かたびさし》一間の計二間だったのではないかと言います。そこは内匠《たくみ》の蔵人《くろうど》と同室で、そのほか紫式部らに仕える侍女《じじょ》も数人同居していたと考えています。また道長《みちなが》の**土御門殿**《つちみかどどの》では、渡殿に局をもらえていた様子です。

こうした待遇は、本来の紫式部の身分よりも格上で、物語執筆するための特別待遇かもしれず、だとすれば、周囲の女房たちの反感を買う理由の一つだったかもしれません。家に居れば家族の中でくつろいでいられたのに、自分が社会的序列の中に位置づけられ、上位の者に敬意を払う立場はいつの世も面倒なものです。

やよひばかりに、宮の弁のおもと、「いつか参りたまふ」など書きて

うきことを思ひみだれて青柳《あをやぎ》のいとひさしくもなりにけるかな　（五七）

返し

つれづれとながめふる日は青柳のいとどうき世にみだれてぞふる　（定家本歌）

何があったのか、里下がりをしてしばらく再び出仕しないでいたところに、「弁のおもと」という同僚の女房から寄越されたものです。この「弁のおもと」とは誰だったのか、『紫式部日記』で「弁の内侍《ないし》」と呼ばれる人かともされますけれども不明です。「嫌なことを思い悩んで、青柳が長く垂れさがるように、ずいぶん長い間お越しにならなくなってしまいましたね」といったところでしょうか。これに対する紫式部の返歌は写本によっては欠落しているのですが、『紫式部集』定家本《ていかぼん》に見える歌で補えば、「物思いにふけってぼんやりと考え事をして長雨の中で時が経つ日々は、青柳のように、ますますつらいこの世に思い乱れて時を過ごしています」と応じています。

紫式部が何に悩んでいたのか、その内実は定かでありません。もともと抱えていた憂いに満ちた性格ゆえなのか、あるいは初出仕間もない頃に不本意な何かがあったためなのか、里下がりが長引いている様子です。その、なかなか出仕に心が向かない中でも、気にかけてくれる女房もいたようです。

紫式部もただ取り澄まして、偉そうにしていたわけではなさそうですね。

溶け込めない複雑な心境

彰子《しょうし》が出産に備えて土御門殿に戻った頃、紫式部はその広大な邸《やしき》の庭を眺めやります。『紫式部日記』の冒頭の場面です。

秋のけはひ入《い》りたつままに、土御門殿《つちみかどどの》の有様、いはむかたなくをかし。池のわたりの梢《こずゑ》ども、遣水《やりみづ》のほとりのくさむら、おのがじし色づきわたりつつ、おほかたの空も艶《えん》なるに、もてはやされて、不断《ふだん》の御読経《みどきやう》の声々、あはれまさりけり。

秋の風情が一段と色濃くなるにつれ、道長様のこの土御門殿の様子は何とも言えず風情がある。池のあたりの梢や遣水の草むら、それぞれ一面に色づいては、そうでなくても空の様子は優美であるのに、ましてや引き立てられて、不断の読経《どきょう》の声も一段と優美さを加えるのだった――、と美しく風情ある風景描写から始まります。書き手の紫式部は**「憂き世」を感じながら、ただ彰子のそばに居れば心満たされる、**その

土御門殿

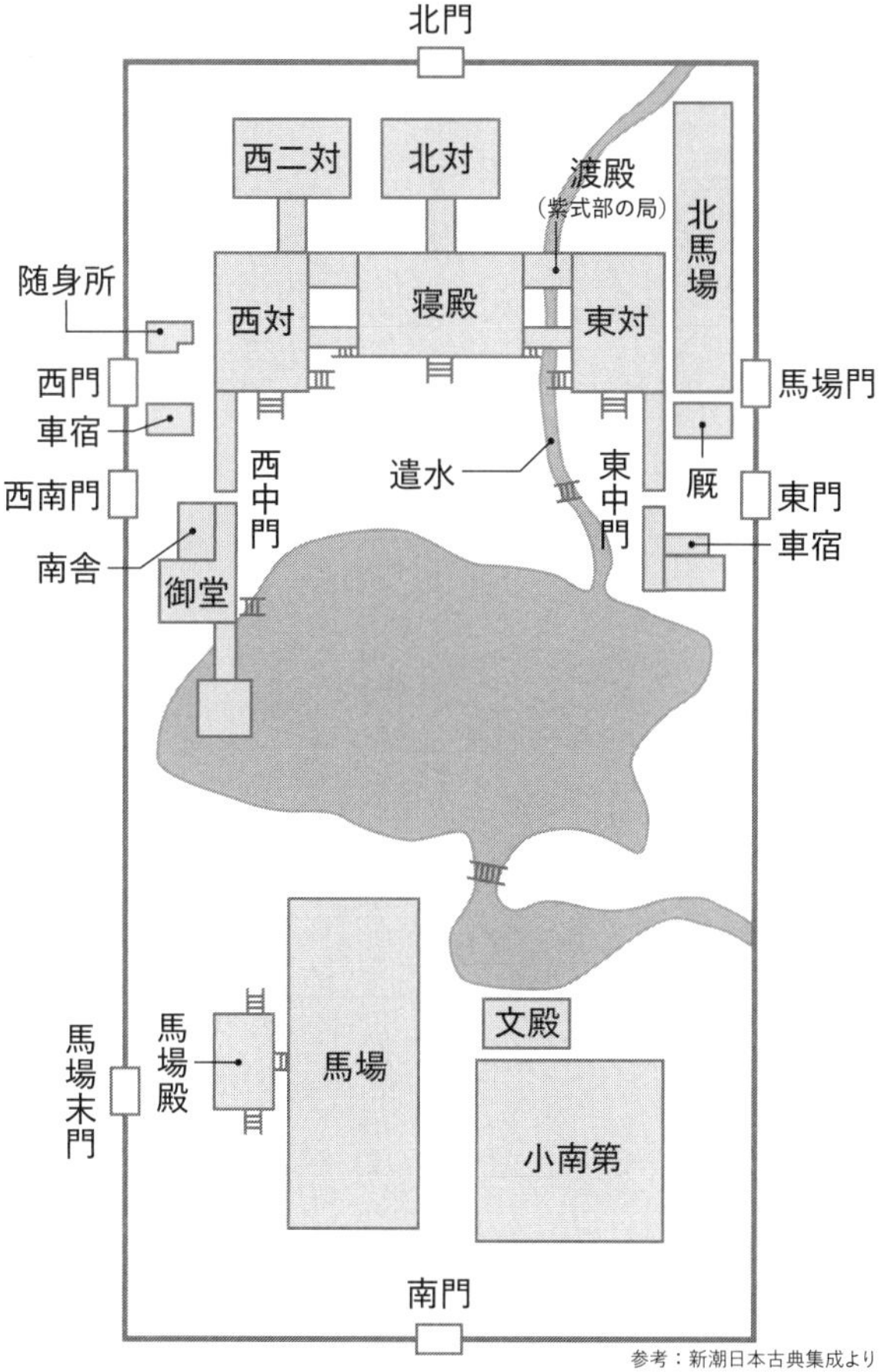

参考：新潮日本古典集成より

心の往復を、我ながら「かつはあやし」、不思議だというのです。

『紫式部日記』には宮仕えの中で経験した、彰子の出産と若宮《わかみや》誕生の晴れやかな場面や、女房たちとのいくらかコミカルな場面もあるにもかかわらず、スッキリと笑える風情ではありません。夫を亡くした悲しみを背負い続けるというだけではない、何らかの屈折を感じさせるところがあります。

まだ宮仕えに馴れないというだけでなく、そもそも宮仕えに向かない性格だった向きもあるのでしょう。華やかで賑やかな雰囲気をともに楽しみ、興じるような気質ではなさそうです。多くは寡黙《かもく》にじっと控えながら、周囲の人々の動きを見ては、その心の内を推し量っている姿が目に浮かぶようです。

人々の眼、多くの視線が行き交う中で、自身をどのように位置づけるか、どのように振る舞えば人がどう見るか、自他を往還する視線の中で、身じろぎもせずじっとしている——そんな印象です。しかしだからといって、ただひたすら卑屈に、縮こまっていたようにも思えません。

『源氏物語』では、たとえば賢木巻《さかきのまき》冒頭で光源氏は、嵯峨野《さがの》の野宮《ののみや》に、斎宮《さいぐう》となった娘とともにいる六条御息所《ろくじょうのみやすどころ》を訪れます。光源氏は、葵の上《あおいのうえ》に生霊《いきりょう》となって取り憑《つ》いた六条御息所と向き合ってしまったがために、気が進まないながらも無理をして訪問するのですが、嵯峨野の風情ある秋の野を行き、虫の声を聴くにつれて、その風情に心掻《か》き立てられ、億劫《おっくう》に感じていたことを忘れ、これまで訪れなかったことを後悔するのです。

こうした描写の背景にあるのは〈**景情一致**《けいじょういっち》〉と言われる意識です。風景と心情が対応する、連動する、といった場面の作り方です。

平安時代の和歌《わか》では、風景を詠みながら、それに掛けて気持ちを詠むのがよくある形でした。「秋《あき》」といえば人の心の「飽《あ》き」を連想する、といった具合です。「女郎花《おみなえし》」といえば「女」を連想するなど、字面《じづら》からくる言葉遊びの要素もあるものの、風景と人の心理を一体のものとして描写する方法は、和歌的な連想に基づいたものです。

さて、『紫式部日記』に戻りましょう。そこに描かれる風景は、秋のうらぶれた庭やら、ほこりをかぶった琴やら、趣深いというのを通り越して憂愁に満ちています。とすると、しめやかな庭やさびれた物の様子は、そこにいる人物の心の空虚を物語ると考えるのが自然な読み方でしょう。そうしたしめやかな風景が『紫式部日記』の基調となる風景であることは疑いありません。

しかし紫式部の個人としての風景の基調が暗く沈んでいればいるほど、彰子周辺の出産前後の緊張、誕生の悦び、荘厳な儀礼は、より一層華やかに生き生きと際立ってくるのです。そこには、静と動の、実に好対照な場面が鮮やかに描き分けられているのです。

特別な役目を負った女房

さて、この里下がり中の紫式部に文を寄越した人とは別人のようですが、紫式部と親しかったらしい女房で、「宰相の君《さいしょうのきみ》」「弁宰相の君《べんのさいしょうのきみ》」と呼ばれる人が『紫式部日記』に登場します。藤原道綱《みちつな》の娘の豊子《ほうし》とされる人です。

この「宰相の君」については、紫式部はその昼寝の姿を描写しています。萩《はぎ》や紫苑《しおん》の色目《いろめ》の袿《うちき》に、濃い紅の打衣《うちぎぬ》をかぶって顔を襟《えり》の中に引き入れて硯《すずり》の箱を枕にうたたねをしている様子に、「まるで物語の絵の中の姫君のようでいらっしゃるわね」と口元の装束《しょうぞく》を少し引きやると、目を醒まして、「もの狂《ぐる》ほしの御さまや」と、「狂気じみているじゃないの、寝ている人を起こすなんて」と起き上がる様子が本当に美しかったと絶讃しています。

『源氏物語』常夏巻《とこなつのまき》では、雲居雁《くもいのかり》が昼寝をしていると、父親の内大臣（もとの頭中将《とうのちゅうじょう》）が、そのように無防備に昼寝姿を見せるものではないと叱っています。宰相の君を見るのが男性であったら、と考えると、内大臣の父親としての叱責もわかりますね。

さてその宰相の君は、藤原道長《みちなが》の異母兄である藤原道綱の娘ですから、彰子とは従姉妹《いとこ》にあたります。讃岐守《さぬきのかみ》の大江清通《おおえのきよみち》の妻でした。こうした主君と血筋の近い女性が、もっとも身近な女房として仕えるのは、当時しばしばあることでした。

彰子出産に際しては、心配して泣いてしまって化粧崩れして顔が変わるほどだったというこの宰相の君は、誕生した皇子《おうじ》の「**お湯殿の儀**《ゆどの》」、つまり赤ちゃんにお湯を使わせる儀式でも、「お湯殿」の役目を大納言《だいなごん》の君とともに務めています。敦成《あつひら》親王の乳母《めのと》となるのです。

このように同じ女房とはいえ、彰子の従姉妹にあたる宰相の君の立場を考えれば、紫式部は自身の身分の割には、ずいぶん格上の女房と親しくしていたことになりますね。

紫式部は、本来の身分よりはよほど大事に処遇されていたと見えます。また、かなり自由に「里下がり」といって自宅に戻り、また出仕することを繰り返している様子から、一種の特別待遇だったのではないかとも言われています。

それは必然的に、他の女房たちとは一線を画して、日常的な生活の奉仕だけではなく、**中宮に漢文を教え、物語を執筆する**という特別な役目を負った女房である証だということになるのでしょう。

緊張した空気がみなぎる中

当時の貴族たちが、官位に従って序列が明瞭にあるのと同じで、女房集団にも序列がありました。

『紫式部日記』の彰子出産の場面では、「殿《との》の上《うへ》、讃岐《さぬき》の宰相《さいしやう》の君《きみ》、内蔵《くら》の命婦《みやうぶ》」と「仁和寺《にんなじ》の僧都《そうづ》の君《きみ》、三井寺《みゐでら》の内供《ないぐ》の君《きみ》」だけが、彰子の出産場所である北廂《きたびさし》の二間《ふたま》に招かれます。「二間」とは柱と柱の間のことで、邸の格式が高いほど広く、道長の邸の場合、三メートル以上あったかもしれません。「殿の上」とは、道長の妻で彰子の母の倫子《りんし》で、宰相の君、先ほどの道綱の娘や内蔵の命婦が中に入っているのは、出産の経験があったからではないかと考えられます。
そのそば近くの「いま一間」には、「大納言《だいなごん》の君、小少将《こせうしやう》の君、宮《みや》の内侍《ないし》、弁《べん》の内侍、中務《なかつかさ》の君、大輔《たいふ》の命婦、大式部《おほしきぶ》のおもと、殿の宣旨《せんじ》よ」と女房の名が列挙されています。いずれも長く仕えた女房たちで、彰子が無事出産できるか心を乱している、自分はまだ新参者だけれど尋常ではない大変なことと感じています。ここも、上席の女房から順に名を連ねたと見てよいし、「心ひとつにおぼゆ」とありますから、長年仕え

女房の階層

上臈《じょうろう》：身分の高い女官。大臣や公卿《くぎょう》の娘。御匣殿《みくしげどの》・宣旨《せんじ》・尚侍《ないしのかみ》、二位三位の典侍《ないしのすけ》など。禁色の装束を着することを許される。

中臈《ちゅうろう》：殿上人《てんじょうびと》の娘。掌侍《ないしのじょう》、命《みょう》婦《ぶ》など。紫式部は本来この階層だが、上臈女房たちと一緒に行動しており、破格の待遇。

下臈《げろう》：上記以下の格。摂関家の家司の娘。女蔵人《にょくろうど》。

＊「尚侍《ないしのかみ》」は本来、内侍所の長官だが、皇妃に類する立場にもなった。

中宮付きの女房集団

中宮の女房集団の幹部の三名、いわゆる「女房三役」は、「御匣殿《みくしげどの》」は装束や調度、女房たちの統括、「宣旨」は中宮の言葉の取次役で渉外担当、「内侍」はそれ以外の内務を担当する。

た格上の女房たちの中にまじって、紫式部自身はどうやらこの席にいる様子です。

さらに後ろの几帳の外に、「尚侍《ないしのかみ》の中務の乳母《めのと》、姫君の少納言の乳母、いと姫君の小式部《こしきぶ》の乳母」などが入り込んで、御帳台《みちょうだい》二つの後ろの細い通路は、人が通れないくらいに混み合っていた、とあります。この人たちは道長の次女・三女・四女に仕える女房たちなので、本人たちの身分序列のためではなく、彰子自身との関係がやや遠かったから次の間に居た、と考えられます。

このようにしてみると、紫式部自身は格下ではありますが、一人前の彰子付きの女房として出産の場に居合わせ、**記録する役割**を負っていた可能性があります。

出産を終えた彰子が、再び宮中に戻る時の牛車《ぎっしゃ》の乗車順は次のようになっています。

御輿《みこし》には、宮の宣旨《せんじ》乗る。糸毛《いとげ》の御車《みくるま》に、殿の上、少輔《せふ》の乳母《めのと》若宮抱きたてまつりて乗る。大納言、宰相《さいしやう》の君、黄金造《こがねづく》りに、つぎの車に小少将《こせうしやう》、宮《みや》の内侍《ないし》、つぎに馬《むま》の中将と乗りたるを、わろき人と乗りたりと思ひたりしこそ、あなことごとしと、いとどかかる有様、むつかしう思ひはべりしか。　（紫式部日記）

彰子中宮と同じ車には宮の宣旨、彰子の意向を伝言する女房が御輿に乗ります。これだけは、**葱花輦**《そうかれん》と呼ばれる、天皇や皇后などだけが乗ることができる、人が担ぐ乗り物です。

以下、「糸毛の御車」とあるのは、主に上流貴族の女性が乗る牛車で、その形や糸の色は身分に応じて分けられていました。そこに、倫子と少輔の乳母が若君を抱いて乗ります。次に、大納言と宰相の君は黄金で装飾した車に乗り、次に小少将と宮の内侍の乗る牛車が続きます。その次に、馬《むま》の中将と紫式部が同乗したというのです。

紫式部が同乗した馬の中将とは、左馬頭藤原相尹《すけまさ》の娘だといわれます。母が源高明《みなもとのたかあきら》の四女で、道長の妻の明子《めいし》の姪にあたる人で、その血筋ゆえか、紫式部と同乗したことは不本意だった様子です。

さらに次の車には、「殿司《とのもり》の侍従《じじゅう》の君、弁《べん》の内侍《ないし》、

つぎに左衛門《さゑもん》の内侍、殿の宣旨式部」と順番通りに乗ったとあります。これらは内裏《だいり》女房や道長の女房で、彰子との関係が遠いと考えると、紫式部は彰子付きの格上の女房たちの末席に近いとも言えます。しかし、通常ならば牛車は四人乗りのところ、紫式部たちまでは二人ずつで乗っているわけですから、特別な位置づけと考えられ、本来の紫式部の出自からすれば、やはりたいそう過分なことだったのでしょう。

鳳輦

中宮が内裏に戻る時の牛車の順

1　中宮彰子・宮《みや》の宣旨《せんじ》（御輿《みこし》）
2　中宮母倫子・若宮敦成親王・少輔《しょう》の乳母《めのと》
（糸毛《いとげ》の御車）
3　大納言《だいなごん》の君・宰相《さいしょう》の君（黄金造《こがねづく》りの車）
4　小少将《こしょうしょう》・宮《みや》の内侍《ないし》（以下、檳榔毛《びろうけ》の車か？）
5　馬《むま》の中将《ちゅうじょう》・紫式部
6　殿司《とのもり》の侍従《じじゅう》の君・弁《べん》の内侍《ないし》
7　左衛門《さゑもん》の内侍・殿の宣旨式部

網代車

糸毛車

※画像はすべて『輿車図考附図』（弘前市立弘前図書館蔵）より

男子を産まねばならない重圧

——彰子出産の記録

初産の怖さ

今日の長寿の祝いは還暦・古稀・喜寿・米寿とありますね。六十歳、七十歳、七十七歳、八十八歳のお祝いです。今では還暦くらいなら現役の人がほとんどで、老人という感じもしません。まあ単に自分が還暦に近くなったからかもしれませんが。

平安時代の長寿の祝いとしては、四十賀、五十賀、六十賀といった、いわゆる**算賀**《さんが》というお祝いの機会がありました。その年齢層を考えれば、今日よりは三割程度は短命だったことになるでしょうか。

しかし、すべての人が短命だったわけではなく、たとえば藤原道長も九六六年生まれの一〇二八年没で六十三歳まで、『小右記《しょうゆうき》』を書いた藤原実資《さねすけ》などは、九五七年生まれの一〇四六年没で九十歳まで生きており、相当な長寿です。

疫病《えきびょう》が流行《はや》ったり幼児の死亡が多かったり、といった事情に加えて、何より現代と異なり命がけだったのは、女性の出産でした。一条天皇の厚い寵愛《ちょうあい》を受けた定子も、媄子《びし》内親王を出産した折に亡くなっています。『源氏物語』の中でも光源氏の最初の妻、葵の上は夕霧《ゆうぎり》を出産して没します。出産を危険視するのは、当時としては常識でしょう。

『紫式部日記』の主たる話題は、彰子の出産に関わるものです。懐妊したとはいえ、無事に生まれるのか、生まれるのが男子か女子か、とハラハラする思いは、筆舌に尽くし難いものでしょう。このまま彰子に皇子《おうじ》が誕生しなければ、定子の産んだ敦康《あつやす》親王が皇位を継承することになります。その可能性を見越して彰子の手元で育ててきたわけですけれども、道長にしてみれば、もとより彰子に男子が生まれ、無事に立太子し、やがて即位することが望ましいのに決まっています。

のみならず、当時の女性にとって出産は命がけでした。とりわけ、定子が出産の折に亡くなった記憶の冷めやらぬ今、母子の安全が気がかりです。『源氏物語』若菜上《わかなのじょう》巻《かん》でも、光源氏と明石《あかし》の君の娘の明石の姫君が、東宮《とうぐう》の子を出産する場面では、まだ十三歳と若いため、なおさら「ゆゆし」、不吉だ、と心配されています。彰子は二十一歳と、充分に成熟した大人でしたが、待ち望まれた初産には期待が大きいだけに、さぞ不安も大きかったことでしょう。

ただこうした懸念は、若い女性ゆえの身体能力への慮《おもんぱか》りというだけではなく、平安朝独自の別種の事情も関わっています。

彰子出産に際しては、多くの祈禱《きとう》が捧げられています。祈禱の目的は物の怪《もののけ》退散です。当時、心身の不調は物の怪の仕業であり、その場合の物の怪とは、彰子側の家、すなわち**道長の栄華を妬む家の人々の死霊のなせる業**と考えられたのです。栄華を達成するまでには何らかの優劣を競う機会があり、その場面で負けた側が失脚するわけで、負けた側の家には怨《うら》みが残ります。家の将来の期待を背負った娘の出産という一大事に乗じて、その怨みを晴らすために物の怪として現れると考えたのです。

出産に際しては「御物の怪のねたみののしる声などのむくつけさよ」と、物の怪が恨めしがってわめく声が不気味だ、とされます。しかしともあれ無事に男子が誕生、道長にとって一条天皇の皇子である孫の誕生は、特筆すべき慶事だったに違いありません。

皇子の誕生と儀礼

現代では出産は病院でするのが一般的ですね。まれに自宅で産む人もいるようですが、あまり推奨されないでしょう。病院で産む場合も、昨今は計画出産が多いでしょうか。お医者さんも大変ですし、産む側も不安ですから、合理的ではあるのでしょうね……。

さて、赤ちゃんが生まれた後のお祝いはどんな具合でしょうか。現代にも残っているのはお七夜《しちや》で、名前を付けて祝いのお膳を囲んだりします。あるいは記念撮影や親族へのお披露目もするのでしょうか。平安時代には、現代よりももっと多くの誕生の儀礼があり、初夜《しょや》、三夜《さんや》、五夜《ごや》、七夜《しちや》、九夜《きゅうや》と延々とお祝いが続くのです。それらを総称して、「**産養**《うぶやしない》」といいます。

『紫式部日記』では、無事に敦成《あつひら》親王が誕生した後に、僧侶たちには布施《ふせ》を、医師や陰陽師《おんみょうじ》には褒美として「禄《ろく》」を与えています。「禄」とは仕立てた装束や仕立てる前の絹などです。何か奉仕を受ければ「禄」を与える、というのが、上の立場の人から下の立場の者への謝礼や報酬の形なのです。

一方、中では**お湯殿《ゆどの》の儀式**の準備が進められます。宮中から下される守《まも》り刀《がたな》の御《み》佩刀《はかし》を頭中将《とうのちゅうじょう》の源頼定《みなもとのよりさだ》が持参しました。その後、へその緒を切るのは「殿《との》の上《うへ》」、彰子の母親の倫子《りんし》、「御乳《ち》付《つけ》」といって、赤子に最初に乳を含ませる役目は「橘《たちばな》の三《さん》位《み》」、橘仲遠《なかとお》の娘の徳子《とくし》、「御乳母《めのと》」には古参の女房で「大左衛門《おほさゑもん》のおもと」という橘道時《みちとき》の娘で藤原広業《ひろなり》の妻だといいます。

お湯殿の儀、初めての産湯を使うのは、午後六時頃、酉《とり》の刻《とき》で、桶《おけ》を御簾《みす》のもとに運び、水取役を女房から「御ほとぎ」、十六個の素焼きの土器にお湯を汲み入れて、残りを湯槽《ゆぶね》に入れ、宰相の君と大納言の君が産湯《うぶゆ》を使わせます。

その赤子を「殿」、道長が自ら抱きあげて、御佩刀は小少将の君、虎《とら》の頭《かしら》は宮の内《ない》侍《し》が持ってお先払いをします。「虎の頭」は、虎の頭の剥製《はくせい》やそれに似せた作り物で、お湯に姿を映したり、煮る真似をしたりして、生涯の邪気を払って無病息災を願うものです。

道長の息子たちが「うちまき」、米を撒《ま》いて邪気を払います。僧都《そうず》は護身の法を行い、博士の藤原広業は、『史記《しき》』第一巻を朗読します。弦打《つるうち》、これも邪気を払うために弓を鳴らす人が、二十人並びました。

「夜《よ》さりの御湯殿」の儀式は、夜の十二時頃行われ、中原致時《なかはらのむねとき》が『孝経《こうきょう》』を読み、大江挙周《おおえのたかちか》は『史記』文帝《ぶんてい》の巻を読んだとされます。

産養では祝宴をし、親族や縁者から祝いの品が贈られます。三日の夜には中宮職の官人たちによる産養が行われます。

五日の夜は、道長の産養で、女房たちが陪膳《ばいぜん》、食器を載せたお膳を中宮に差し上げる様子が描写されています。女房たちの裳《も》や唐衣《からぎぬ》も、刺繍《ししゅう》や銀泥《ぎんでい》、銀箔《ぎんぱく》をほどこした贅《ぜい》を凝《こ》らした特別なものでした。上達部《かんだちめ》たちは、渡殿《わたどの》の橋の上で、「攤《だ》」を打ちます。筒にさいころを入れて優劣を競う遊びのようで、紙を賭けたのはよろしくない、と紫式部は批判的な眼で見ています。「女房、さかづき」と言われて、杯を受けて歌を詠むように言われたらどうしようかしらと、皆、心の中で歌を用意します。九月十五日、満月の夜でした。

めづらしき光さしそふさかづきはもちながらこそ千代《ちよ》をめぐらめ　（紫式部日記）

「若宮がお生まれになって、素晴らしい光が加わる杯は、満月のように千年を巡るでしょう」と紫式部は歌を作ったものの、披露する機会は得られなかった様子でした。

産養いの盛儀

翌晩は月が素晴しく、女房たちは舟遊びをします。「左の宰相の中将、殿の中将の君」、源経房《みなもとのつねふさ》や道長の五男の教通《のりみち》が誘ったのでした。「右の宰相の中将」、藤原兼隆《かねたか》が棹《さお》を取ったとあります。恥じらった女房が一部そっと抜け出して残ったものの、うらやましいのか、舟の様子を見ていました。白い庭に月の光があいまって、女房たちの白い装束が美しく映えるのです。そこに、内裏の女房たちが祝いに訪れたので、舟に乗っていた女房たちは慌てて中に入ったのでした。

さらに、七日の夜は、「おほやけの御産養」、朝廷主催のお祝いです。「蔵人《くらうど》の少将」、藤原伊周《これちか》の長男の道雅《みちまさ》が、贈り物の目録を持参したので、彰子はそれを見てそのまま返しました。勧学院《かんがくいん》の学生も参賀し、その名簿を献上しますが、これも見ては返すのでした。それが作法なのでしょう。この日の儀礼は一段と盛大でした、もちろん帝主催だからです。

さて、当の彰子は、国母《こくも》ともなる人というほどに凛《りん》とした様子ではなく、少しほっそりと面瘦《おもや》せして、若々しく可愛らしい様子だと描かれています。小さな灯に照らされてこの上なく美しく、髪は結い上げていてさらに美しい、などとしながらも、これ以上は畏《おそ》れ多くて書けないと筆を止めています。

八日の日に女房たちはそれまでの白《しろ》装束《しょうぞく》を、色とりどりの装束に改めまし

貴族の通過儀礼

誕生：「乳付《ちつけ》の儀」で初めて乳を与え、「お湯殿《ゆどの》の儀」で初めて湯を使う。「産養《うぶやしない》」は誕生三日・五日・七日・九日に祝う。「五十日《いか》の祝い」「百日《ももか》の祝い」も。

袴着《はかまぎ》：3歳から7歳くらいの間に、初めて袴を着ける儀式。

元服《げんぷく》：男性の成人式。11歳から16歳くらい。髪形を変えて、髻を結って冠をかぶる。

裳着《もぎ》：女性の成人式。12歳から14歳くらい。裳を着ける。結婚を前提に行う。

結婚：仲立ちを介して求婚する。三日通って「三日夜《みかよ》の餅《もち》」を食べ、「露顕《ところあらわし》」をする。

算賀《さんが》：長寿の祝い。四十の賀ののち十年ごとに行う。

臨終：僧都の加持祈禱《かじきとう》、陰陽師《おんみょうじ》の祓《はら》えなど。往生を願って出家することも。蘇生を祈願。

た。九日の産養いは、「東宮《とうぐう》の権《ごん》の大夫《だいぶ》」、道長の長男の頼通《よりみち》によるものでした。その儀式の様子は「いまめかし」、現代的だとされています。

儀礼は、**誰が主催し、誰が参加して行われるか**が重要でした。つまりその出産が誰によって祝われ、支援されているかが、人々に誇示される場なのです。それ自体が政治の場だと言っても過言ではありません。

『源氏物語』で明石の姫君が最初の男子を出産した折も、冷泉《れいぜい》帝や秋好中宮《あきこのむちゅうぐう》、そして親王や大臣たちから、祝いが寄せられます。明石の姫君当人は知らなくても、冷泉帝は自分が光源氏の不義の子だと知っているため、明石の姫君が実は妹だと認識しているはずです。秋好中宮は冷泉帝の妻ですが、夫の出生の秘密は知らず、光源氏の養女である自分の立場から、明石の姫君を寿《ことほ》ぎます。秋好中宮は明石の姫君の東宮の後《こう》宮《きゅう》に入る際も「腰結《こしゆい》」という女性の成人式での重要な役を担っており、姫君の親族の女性の中で最も格式高い人という位置づけです。

こうして、時の帝と中宮に祝われる明石の姫君の産んだ皇子が、やがて皇太子になるのは、もう既定路線のように感じさせるのです。明石の姫君の父親である明石の入道は、この皇子誕生を耳にして、自らの家が繁栄する宿願はかなったとして、山奥に入ります。

翻って、彰子の出産した敦成親王の産養は、明石の姫君の皇子の産養以上ににぎにぎしく、荘厳に感じられます。その中で紫式部は一番の側近ではないものの、その様子を観察し、書き留めるべく、その場近くに立ち会ったようなのでした。

乳母という立場

子どもが生まれると乳母《めのと》が付けられます。高貴な人の場合、乳母は一人でなく複数いました。「乳母」は「うば」ではなく、「めのと」と読みます。紫式部は乳母ではなかったようですが、ここで参考までに、乳母の話をしておきましょう。

乳母については吉海直人《よしかいなおと》氏に一連の重厚な研究があります。それによると、乳母は子どもを産んだ女性が務めましたが、赤子に乳を与えるとは限りません。子育ての経験のある熟練した先達が、**養育係として付き添う**ようです。

『源氏物語』では、印象深い乳母が、幾人も登場します。光源氏が北山で見初《みそ》めた少女、後の紫の上には、しっかり者の「少納言」という乳母が付いています。実母を早くに亡くし、母方の祖母にも先立たれて天涯孤独の紫の上を養育してきたのは、実はこの乳母です。

光源氏とまだ男女の仲にならない頃、この乳母がしっかりと紫の上を守っており、結婚後も光源氏は、須磨《すま》に下る際には二条院の土地の権利書などを紫の上に預け、倉や財宝などの管理は、この少納言の乳母に託して出かけます。しかし、光源氏が帰京した後の物語には、もはや姿を現しません。紫の上が自立した大人の女性になったということでしょうか。

そのほか、明石の地で知り合った明石の君との間に姫君が誕生すると、光源氏は、都からわざわざ乳母を決めて下らせます。「宣旨《せんじ》のむすめ」と呼ばれるこの人は、宮《く》内卿《ないきょう》の宰相《さいしょう》を父、桐壺《きりつぼ》院に仕えた宣旨を母とする娘で、しっかりした身分でありながら両親が亡くなり零落していました。光源氏はこの人を訪ねて決心を促します。わざわざ訪ねたからには何もなかったとは思えず、一夜の関係を結んだとも想像されます。ともあれその眼鏡にかなったようで、明石に下らせます。

この乳母は明石の君と身分もさほど変わらない、あるいは本来ならば格上ともいえる教養ある人でしたから、明石の君の良き相談相手にもなりました。後に明石の君と姫君が京に上るときにも付き従い、姫君が紫の上に引き取られて養女になる際には、実母の明石の君ではなく、この乳母が姫君に付き添います。場合によっては実母よりも乳母のほうが、主人の身近な存在だったのです。

子どもの養育にたけた乳母の実の子、「**乳母子**《めのとご》」は、主君と同年齢というよりは、むしろ主君より年上である場合も多いようです。光源氏のお忍びの恋にいつも同道している惟光《これみつ》は、光源氏の乳母の子です。惟光は、光源氏の秘密を最大限に守り、不届きな恋の後始末をします。夕顔が亡くなった後など、死の穢《けが》れに触れることを厭わず、亡骸《なきがら》を東山《ひがしやま》の父の乳母のもとまで運びます。光源氏の不遇期にはともに須磨に下り、苦楽を共にするのです。

乳母や乳母子は主君を裏切らず、忠誠を尽くし続ける——それは、物語の中だけの理想的な姿だったのでしょうか。そうかもしれませんね。

この頃の乳母は、一代限りではなく何代にもわたって主君の家筋に仕え、家族ぐるみで信頼関係を築くこともありました。**主君の家筋と一体になって、互いに支え合う関係**だったのです。先の「宰相の君」、藤原道綱の娘の豊子《ほうし》のように、道長の親族が乳母になるのも、やがて帝となるべき主君を支える上では重要なことだったのです。

明日知れぬ流れに身を任せながら

——運命に翻弄される憂い

われも浮きたる世を過ぐしつつ

産養を終えて、十月十日余りになっても彰子が臥している中で、道長は夜中も明け方も訪れては、乳母のふところをさぐっては孫の皇子を抱きあげます。若宮のおしっこで装束《しょうぞく》が濡れても、直衣《のうし》を火で炙《あぶ》って嬉しそうにしているのです。とにかくもう、うきうきしている状態ですね。

こうした主君の家の晴れやかな空気をよそに、紫式部自身はどこか物憂さを捨てきれません。行幸《ぎょうこう》が近くなり、土御門殿が磨き立てられるなか、「思ふことの少しもなのめなる身ならましかば、すきずきしくももてなし若《わか》やぎて、常なき世をも過《す》ぐしてまし」と、物思いがもう少し人並み程度の身の上だったなら、風流に振る舞って若々しくして、無常の世を過ごせように、と嘆くのです。水鳥が遊ぶのを見て、歌を詠みます。

水鳥を水の上とやよそに見むわれも浮きたる世を過《す》ぐしつつ

かれも、さこそ、心をやりて遊《あそ》ぶと見ゆれど、身はいと苦しかんなりと、思ひよそへらる。

（紫式部日記）

「水鳥を水の上のものと、よそ事として見ることができるだろうか、自分も水に浮くように、憂き世を過ごしては過ごしては」と歌います。そして、水鳥もあのように気楽に遊んでいるように見えるけれども、その身の上は実に苦しいのだろうと、自分の身を准《なぞら》えるのです。

こうした紫式部の深く沈みこむような憂いは、宮仕え当初の憂愁とはまた少し異なるものなのかもしれません。主君の家の栄華を目の当たりにし、その一翼を担いながら、それゆえに沈み込むように自覚される我が身の拙《つたな》さは、時に、**主君の家の繁栄を**

言祝《ことほ》ぐための装置ともなっています。

この時代、歌を詠む人々はしばしば、自らの悲運を嘆き、不遇を訴えることで、主君の力を讃え、その恩寵《おんちょう》に与《あずか》ろうとしました。たとえば紫式部の父の為時にまつわる説話として有名な、淡路《あわじ》の国守《こくしゅ》に任命されたことを嘆いて帝に漢詩を奉ったことで、越前《えちぜん》国守に替えてもらえたという話も、同様の論理です。私はこのエピソードが事実には思えませんが、不遇を訴えることで引き立ててもらうという恰好は、この時代によくある発想なのでしょう。

自分が卑下《ひげ》し謙遜《けんそん》することが、相手を讃美することにつながる、という感覚は、個人の自由が尊重されている現代人には、なかなか理解しがたいかもしれません。しかし身分社会に生きた平安時代の人々にとっては、自然な感覚だったのではないでしょうか。

十月十六日、土御門殿を一条天皇が訪れ、龍頭鷁首《りょうとうげきしゅ》の船が用意され、船楽《ふながく》でお迎えし、饗応します。道長が若宮を抱いて来て、一条天皇が抱き取ると若宮が少し泣いた声が「いとわかし」、可愛らしい、と記されています。その夜は管絃の遊びに興じ、万歳楽《まんざいらく》の声に赤子の声が重なり、実にめでたいのでした。帝はその場で人々の位を昇進させたのでした。

紫式部の「身」と「心」

紫式部には、「身《み》」と「心《こころ》」の相克《そうこく》を詠んだ歌がいくつかあります。

身を思はずなりと嘆くことの、やうやうなのめに、ひたぶるのさまなるを思ひける

数《かず》ならぬ心に身《み》をばまかせねど身にしたがふは心なりけり
（紫式部集・五五）

心だにいかなる身にかかなふらむ思ひ知れども思ひ知られず
（五六）

自分の身の上を思い通りでないと嘆くことの、次第に人並みになり、ひたすら深くもなっている自分を思って詠んだものと言います。歌は、「数の内に入らない心に我が身を任せられないけれど、身の上に付き従うのも我が心なのであった」「心だけでもどんな身の上ならば満足するだろうか、満足などないとわかっているけれども納得できない」といった意味です。

ここでの「身」とは単なる身体の意ではなく、**自己とその周辺の関係を含みこんだ**

広がりのある世界です。市川浩《ひろし》さんは、『〈身《み》〉の構造——身体論を超えて』（講談社学術文庫）の中で、「身」が自己の身体にとどまらず、自在に周辺にまで広がることを指摘しています。公園でベンチに座る人は、人のいない横の空間も自己の領域と感じるし、眼鏡をかけている人なら眼鏡も身体に組み込まれている、というのです。心身の単純な二元論を超えた、日本語の「身」「心」の関係を意識していると思われます。

古代語における「身」は、現代語の「身の上」に相当することも多く、紫式部の和歌を覆っているのも、置かれた環境を含みこんで、その中に位置づけられた自分自身を指していると考えられます。それが、自身の「心」と時に対立的でありながら、時に連動する、不可思議な関係を詠んでいるといえましょう。

こうした紫式部の心身の相克《そうこく》については、これまで多くの研究者が問題にしてきました。中にはそうした「身」の意識の背景に、漢詩の発想の影響を読み取る人もいます。張龍妹《ちょうりゅうまい》さんは、『白氏文集』の発想を指摘します。平安時代の和歌や物語には、漢詩文など中国の文芸が、随所に影響を及ぼしているのです。心身の相克という課題も、漢詩文から学んだ発想であることは否めません。

「身」の語はその文脈上、どんな語と対立的に用いられるかによって、語義が変化する言葉でもあります。時には「心」と対立的に用いて、身体、の意に近くもなる、また一方で時には「人」と対立的に用いて、自己の意にもなり、また「世」と対立的に用いれば、社会性を帯びた自分自身を意識する、といった具合です。そして「身」の語は、必ずしも対立する語を伴わなくても、単純な身体の意味に留まらない広がりを、しばしば帯びて用いられるのです。

冒頭の紫式部の歌で、「身」は「心」と対立的に置かれていますが、ただの身体の意ではないでしょう。さまざまな人間関係のしがらみにからめとられた、今の境遇にある私は、**自分の心に望む私ではない、でも否応なく従わざるを得ない現在の境遇**にやむを得ず生きる自分を認めざるを得ない――、そういう葛藤《かっとう》を感じさせる歌です。『源氏物語』には、六条御息所のように、身体から魂が抜けだすような心身の分裂を感じる「身」の意識もあれば、明石の君のように、取るに足らない自分の境遇に身の程を自覚する「身」の意識も見られます。

そうすると、先の紫式部の歌は、自分の意志のままには生きられず、否応のない情況の中で流されながらも、それに応じていく自分自身が変容していく、そういう自己の在り方を慨嘆《がいたん》した歌、とでも言えましょうか。

藤原道長と紫式部

――日記が語る深淵なる関係

二人の間に何があったか

紫式部は道長とどんな関係だったのか、もちろん気になりますよね。

『尊卑分脈《そんぴぶんみゃく》』という南北朝時代に作られた系図には、「御堂関白道長妾」とされています。ですが、これは後の時代のもので、さして信憑《しんぴょう》性がない、と言われてきました。『紫式部日記』には、**男が紫式部の局《つぼね》を訪れたけれども戸を開けなかった**というくだりがあって、これをもって紫式部は道長を拒んだ貞女《ていじょ》だ、とも言われます。

そうした印象を植え付けるのは、『源氏物語』の最初のほうに登場する空蟬《うつせみ》という女性が、方違《かたたが》えに訪れた光源氏とひとたびは関係を持つものの、二度と関わらなかった物語を連想させるからかもしれません。なるほど、空蟬はいくら光源氏に言い寄られてもなびかず、ついに光源氏が忍び込んできても継子《ままこ》の軒端荻《のきばのおぎ》を置いて自分は逃げてしまうくらいです。なかなかの強者ですね。

ところが内心では光源氏に心惹かれ、もし夫と巡り合う前に父親のもとで暮らして、たまさかに訪れる光源氏を待つことができる身の上だったら、と夢想するほどなのです。この空蟬の心理は、なかなか興味深いものです。

さて紫式部と道長はどうだったのでしょうか。訪れたのは道長で、中に入れなかった、それはその折だけだったのかもしれません。あるいは、中には入れなかった、と

1　貴族の一日

▶宮中への出仕

6時ごろに出勤、10時ごろ退出（一か月に20日以上）

宿直《とのい》（午後と夜の勤務、一か月に7～11回くらい）

▶食事　1日に2回、10～12時頃と16時頃

2　貴族の朝（藤原師輔《もろすけ》『九条殿遺誡《くじょうどのゆいかい》』に見える教訓）

▶星の名を唱える、鏡を見て星の吉凶を知る。▶楊枝を使う（歯を磨く）。▶西に向かって手を洗う。仏名を唱える。▶昨日のことを日記に書き記す。▶汁粥を食べる。

▶頭を梳《くしけず》り、手足の爪を除け、沐浴《もくよく》（これらは毎日ではない）

あえて書くことで、道長との関係を糊塗《こと》しようとしたのかもしれません。

そもそも、紫式部や空蝉を貞女として褒め讃えようとする動きは、封建時代、厳しい倫理観に縛られていた社会で、『源氏物語』をその時代の倫理観の中で受け入れようとした際の、一種の方便《ほうべん》だったのではないでしょうか。平安時代そのものの倫理観からすれば、むしろ**主君と女房とが男女の仲になることなど、何の問題もなく、ごく当たり前の日常だった**時代なのです。

『源氏物語』でも、葵の上に仕える中務《なかつかさ》の君などという女房は、実は光源氏のお手付きです。それは別段不倫だとかなんだとか、周囲から糾弾《きゅうだん》されることではなく、だから物語内部の世界に普通に潜伏しています。しかし、だからといって快く思われていないことも事実です。葵の上の母親の大宮《おおみや》は内心、光源氏に想いを傾けている中務のことは、息子の頭中将が気に入っているのにと不快さを隠せないでいると、末摘花《すえつむはな》の巻《まき》の主たる話とは無関係にちらっと書かれていたりします。

この中務と同じ人物かどうかは定かでないものの、光源氏が晩年、新たな若い妻である女三宮を迎えたときに、紫の上に仕える女房たちの中にも、中務や中将の君という名があります。この人たちは以前光源氏と深い関係にあったようです。

そもそも光源氏と特別な関係にあった人が紫の上に仕えていること自体が、現代人にはかなり理解に苦しむ複雑な関係なのですが、当時としてはさほど無理のない設定で、いわばよくある話です。それにしても、紫の上にとって脅威ともなる新たな若い妻の出現に、光源氏のお手のついた女房たちが、半ば紫の上に同情しながら、半ば好奇の眼で見ているというのは、なかなか厳しい情況ではないでしょうか。

紫式部が道長と特別な関係であっても何ら不自然ではないとして、その上でなお、彰子の教育係を務め、彰子の母の倫子らとも友好的に振る舞うことが求められるというのは、現代人から見ればなかなか過酷な情況のようにも感じられ、それが当時の女房勤めの実態だったのだろうと想像されるのです。

からかう道長、かわす紫式部

『紫式部日記』には、紫式部と道長の歌のやりとりがいくつか出てきます。

源氏の物語、御前《おまへ》にあるを、殿の御覧じて、例のすずろごとども出《い》できたるつ

いでに、梅のしたに敷かれたる紙にかかせたまへる、

すきものと名《な》にし立てれば見る人の折らで過《す》ぐるはあらじとぞ思ふ

たまはせたれば、

「人にまだ折られぬものをたれかこのすきものぞとは口《くち》ならしけむ

めざましう」と聞こゆ。

（紫式部日記）

彰子の御前に「源氏の物語」があるのを道長がご覧になって、いつものように、ちょっと戯《たわむ》れた話も出てきたその話の流れで、梅の実の下に敷いた紙に、「「すきもの」だと評判なので、お前を見る人は、手折《たお》らないで通り過ぎることができないだろうと思う」と書いて詠みかけます。「すきもの」とは好色者《すきもの》の意で、梅の実が「酸っぱい物」であることを掛けているのです。掛詞《かけことば》と言えば、「まつ」に「松」と「待つ」を掛ける、といった一種の定番化した表現が知られますが、これは、その場ならではの掛詞です。

紫式部は、「誰にもまだ折られていないのに、お相手していないのに、いったい誰が私のことを「すきもの」だなんて、言いふらしたのでしょうか」と、つらっと言い返し

ます。「すきもの」「折る」「人」といった言葉が、道長の贈歌《ぞうか》と共通していますね。贈答歌ではこのように、**相手の歌の言葉を自分の歌に取り込む**のが基本的な作法なのです。

同時に、相手の言いかけた内容に切り返して、それは違う、私は好色者なんかじゃない、と反発するのも、贈答歌の一つのパターンです。特に男性から懸想《けそう》されたり、からかわれたりしたときには、正面からそれに従ったり屈したりせず、かわしたり、いなしたりする詠み方は、女性の返歌によくある、いわば典型的な応じ方でした。

道長を相手に堂々と言い返して失礼でないのかと、怪訝《けげん》に思われるかもしれませんが、歌の中には**一般に敬語は不要**で、少なくとも表現の上では身分の上下は気にしなくてもよい、自由な表現が許される場だったのです。とはいえ主君が相手であれば従順に応じ、むしろ謙遜したり不遇を訴えたりする場合もありますから、紫式部は道長と比較的伸び伸び向き合える関係だったのでしょう。

歌の後に「めざましう」とあるのも、卓抜《たくばつ》です。「めざまし」とは、**相手が分不相応に活躍していることなどを不快に思う言葉**です。たとえば『源氏物語』桐壺巻《きりつぼのまき》冒頭で、光源氏の母が更衣の身分以上に寵愛を受けていることを、より上位の女御《にょうご》たちは「めざましきもの」と感じています。だとすると、紫式部は「好き者」と自分を批評する周囲に対して、分不相応にくそ生意気に、と言っているのです。これは風評の担い手である周囲の女房や官人たちへの「源氏の物語」の作り手としての密やかな自負のあらわれでしょう。「何にも知らないくせに、偉そうに、何言ってるのよ」といった感じでしょうか。そしてその「めざまし」という批評は、実は微妙に、道長に対しても向けられているかもしれず、だとすれば、けっこう鼻息の荒い印象で、なかなか面白いではないですか。

戸をたたく人あり

これに引き続いて『紫式部日記』に載るのが、例の有名な贈答歌です。

渡殿《わたどの》に寝《ね》たる夜、戸をたたく人ありと聞けど、おそろしさに、音《おと》もせで明かしたるつとめて、

夜《よ》もすがら水鶏《くひな》よりけになくなくぞ真木の戸口にたたきわびつる

かへし、

ただならじとばかりたたく水鶏ゆゑあけてはいかにくやしからまし

土御門殿、道長の邸《やしき》の寝殿《しんでん》と東の対の屋をつなぐ渡殿に、紫式部は局をもらっていた様子です。寝ていると戸を叩く人がいたけれど、恐ろしくて潜んだまま夜を明かした翌朝、道長か誰からか、「一晩中、水鶏が叩くように鳴くのよりももっと泣く泣く、真木《まき》の戸口を叩いては嘆いたことだ」という歌が届きます。式部は、「ただならぬこととばかりに叩く水鶏なものだから、開けたらどれほど悔しかったでしょうね、開けなくてよかったわ」と返します。

これをもって、紫式部は道長の誘いを断った貞女だ、という話になるのですが、本当にそうでしょうか。そもそも、訪問したのに門を開けない、という歌のやりとりは、この時代によく見かけるパターンです。『蜻蛉《かげろう》日記』上巻には、夫の兼家《かねいえ》が「町の小路《こうじ》」に住

む、新しい女に通い始めた頃、夜明け方に自分の家の戸を叩く音がしたけれども、気にくわないと戸を開けさせなかった次第が記されています。『和泉式部日記《いずみしきぶ》』にも、女のもとに人が訪れたようだがよく聞こえなかった折が五月に二度あっていずれも翌日、帥宮《そちのみや》が昨夜訪ねたのに気づかなかったね、と恨み言を言ってきます。宮は、他の男が訪ねて来ていたと感じたようです。九月下旬の夜には、門を叩く音がするので女房を起こして下男《げなん》に応対させるがなかなか起きてこない、その間に訪問者は帰ってしまい、翌日、帥宮から戸を開けてもらえなかった恨みの歌が届けられたから、女も五首の歌で弁明したというやりとりもあります。

これら『蜻蛉日記』や『和泉式部日記』の例では、門を開けるまでに、邸の内部と外との間に物理的な距離があったり、女房たちや家人が介在していたりする点では、『紫式部日記』の情況とはかなり違います。しかし、いずれもすでに男女の仲にある関係の、いわば、こじれたやりとりの一幕での贈答歌である点が気にかかるのです。

つまり門を開けないことが歌の題材になり、それを恨んで翌朝二人が歌を交わすのは、男の側としては開けてしかるべきと期待して訪問したのに、女の側が応じなかった場合なのです。『蜻蛉日記』も『和泉式部日記』も、どちらも**すでに二人が男女の**

仲になった後の話です。とすれば、『紫式部日記』の贈答歌は、すでに相手とわりない仲だったからかもしれません。するとやはり相手は道長で、一度関わったからと言って、いつでも応じるとは限らないわよ、という歌かもしれません。少なくとも二人に関係がなかった証拠にはならないのです。「おそろしさに」と地の文にあるのは言い訳かもしれません、何しろ物書きは嘘つきですから。

ちなみに、「**水鶏**」とは「くひな」、夏の水鳥で、戸を叩くようにコツコツと鳴くといいます。「水鶏」はその鳴き声を戸を叩く音に準《なぞら》えて歌に詠むのですが、この言葉は『古今集』『後撰集』には見られず、『拾遺集』に見られ、和泉式部にも詠まれていることから、一条朝に流行した言葉だった可能性もあります。

『紫式部集』での小少将の君との贈答でも、「水鶏」が詠まれています。「**天の戸《あまのと》の月の通ひ路《かよぢ》ささねどもいかなるかたにたたく水鶏ぞ**／**真木の戸《まきのと》もささでやすらふ月影《つきかげ》に何をあかずとたたく水鶏ぞ**」（六七・六八）、いずれも戸を叩くように鳴く水鶏を詠んだ歌で、鳥の声にかこつけて、男の来訪の気配を詠んだ歌なのでしょう。さらには、『源氏物語』澪標《みおつくしのまき》巻で、光源氏と花散里《はなちるさと》の間で交わされる贈答歌にも、「**水鶏だにおどろかさずはいかにしてあれたる宿《やど》に月を入《い》れまし**／**おしなべてたたく水鶏におどろ**

かばうはの空なる月もこそ入れ」と、「水鶏」は詠まれていますす。当時の流行《はや》りの歌ことばだった、というだけでなく、紫式部が好んだ言葉だったのかもしれません。

朝顔と女郎花にまつわる贈答歌

道長と紫式部の贈答歌といえば、朝顔と女郎花《おみなえし》にまつわる贈答歌も有名です。

渡殿の戸口の局《つぼね》に見いだせば、ほのうちきりたるあしたの露もまだ落ちぬに、殿ありかせたまひて、御随身《みずいじん》召して、遣水《やりみづ》はらはせたまふ。橋の南なる女郎花《をみなへし》のいみじうさかりなるを、一枝《ひとえだ》折らせたまひて、几帳《きちやう》の上《かみ》よりさしのぞかせたまへる御さまの、いと恥づかしげなるに、わが朝がほの思ひしらるれば、「これ、おそくてはわろからむ」とのたまはするにことつけて、硯《すずり》のもとによりぬ。

女郎花《をみなへし》さかりの色を見るからに露のわきける身こそ知らるれ

「あな疾《と》」とほほゑみて、硯召しいづ。

白露《しらつゆ》はわきてもおかじ女郎花《をみなへし》心からにや色の染《そ》むらむ

（紫式部日記）

紫式部が、渡殿の戸口にある自分の局から外を見やると、霧のかかり、朝露も落ちないうちに庭を歩き回っては、道長は随身に遣水を払わせています。庭の様子に目配りして歩く道長は、ゆうゆうとした感じですね。

橋の南にある女郎花のじつに美しいものを一枝手折って、几帳の上から差し入れなさったご様子はなんとも素敵で、紫式部は自分が朝の寝起きの顔が見苦しいと思い知らされたと言います。「遅いと格好がつかないだろうよ」とおっしゃることにかこつけて、紫式部は即座に硯《すずり》に身を寄せて、「女郎花の盛りの色を見ると、露が分け隔てして自分には置いてくれないと、つたない我が身の上が知らされます」と詠みます。「これはまた、素早いね」と道長は微笑んでこちらも硯をお取り寄せになります。「白露は人を区別して置いたりはしない。女郎花は自分の気持ち次第で美しい色に染まっているのだろう」と返しています。

ここでのやりとり、なぜ道長が紫式部に女郎花を差し入れたのに対して、紫式部が歌をもって応じているのか気になりませんか。『和泉式部日記』の冒頭にも、帥宮が和泉式部に橘《たちばな》の花を贈ると、それに対して女の側は歌をもって応じており、そののち宮が返歌をしています。高貴な男が枝を差し出し、格下の女房クラスの女が歌を詠み、それに男が応じる、という形である点では、非常によく似た構図になっています。だとすると、こうした場合、男が花の枝を差し出すのは、心底では女をあなどった振舞いだともといえるでしょう。もし高貴な女性であれば、**枝に歌を添えて、男の側から詠みかけるのが礼儀**なのです。

遅いとみっともない、というのは、これも歌のやりとりの際の基本です。歌の出来不出来はどうであれ、とにかく早いほうがよいというのは、今日のビジネスのシーンでも、返事は早いほうが仕事はできる、特に断るのは早く、などと言われるのと似ています。いつの時代も、相手の返事を待ってイライラするのは嫌なものなのでしょう。「女郎花」とは秋の七草の一つで、その文字面から、「おんな」を連想させます。紫式部はその植物の名から、道長の差し出す枝の、少し色めかしい意味を感じ取って、「女」としての自分を卑下します。自信の持てない朝の顔には、はかなくしぼむ植物の朝顔の連想もあったかもしれません。**卑下や謙遜は、目上の人への敬意の表し方**なのです。道長はもちろんその謙遜の意味をよく承知して、余裕で女を慰めとりなして見せるのです。

なぜ清少納言に苛立ったのか

——世の人に言いたい

『枕草子』と『紫式部日記』

清少納言と紫式部、ともに平安中期の女性の書き手として名高い人です。二人を並び称するところがある一方で、清少納言は明るく社交的な性格の人で、紫式部は内向的でやや社交下手な人のような印象を持たれがちです。

それは本当でしょうか。

なるほど『枕草子』には、定子のもとに訪れる貴族たちと優美に、また機転の利く会話をする才知あふれる様子がのびのびと書かれています。清少納言自身も、当代の男性貴族との気の利いた応酬を、やや手柄顔に書き残しており、「我褒《われぼ》め」、自慢話、とも言われます。

しかし、そうした『枕草子』全体を覆っている、明るく伸びやかな雰囲気は、必ずしも当時の事実さながらであるとは限りません。むしろ、一条天皇の寵愛を受けながらも、道隆《みちたか》の死後、道隆の子の伊周《これちか》が権勢を振るうことができず、中関白家《なかのかんぱく》が没落して苦境に立たされた中で、その凋落《ちょうらく》を記したくない書き手が、あえて、明るく華やかに優美に描き出した、それが『枕草子』だったと言ってよいでしょう。

一方で、『紫式部日記』には、紫式部自身の孤独な内面が迫《せ》り出してくるような描写が少なからずあります。庭で水鳥が遊ぶのを見ながら、独りで歌を詠む紫式部には、他者との対話よりも常に自問自答するかのような風情が見えます。先述したように、

水鳥を水の上とやよそに見むわれも浮きたる世を過《す》ぐしつつ

水に浮かぶ水鳥を、よそ事とは思えない、自分も水に浮かぶようにこの世にはかなく漂っているのだから、と歌いつつ、「かれも、さこそ、心をやりて遊ぶと見ゆれど、身はいと苦しかんなり」と、水鳥もゆうゆうと遊んでいると見えるけれど、内実は苦

しいこともあるのだろう、と想像し、自分の身のつらさを準えるのです。

こうした場面が、敦成《あつひら》親王誕生後の豪華な産養《うぶやしない》の描写と、道長の邸である土御門殿に帝が行幸する、まことに晴れがましい機会といった、いかにも道長や彰子が権勢をきわめ、最も華やいでいる描写の狭間《はざま》に据えられていることが、注目されるのです。**主君の家が華々しく輝けば輝くほど、自らの身の憂さを思い知らされる**――そこには、一定の説得の循環があるはずです。

つまり、紫式部自身の身のつたなさや不運を強調すればするほど、それと対照的な主君たちの家の晴れやかさが際立つという恰好なのです。その意味では、自らの卑下や謙遜、不遇についての嘆きは、主君への讃美に転換するはずです。要するに『紫式部日記』は、『枕草子』とは異なる手法で主君を讃える形式を、自ら演じたのではないでしょうか。

紫式部が単なる社交下手などでないことは、『紫式部日記』に多くの贈答歌が見えることや、『紫式部日記』でも、藤原公任《きんとう》に声をかけられたり、自ら藤原実資《さねすけ》に声をかけたりする描写からもうかがえます。実のところ、案外達者に男性たちと会話していたとも思われるのです。

伊勢大輔とのこと

紫式部と同僚の関係については、別の有名なエピソードがあります。

一条院御時、奈良の八重桜《やへざくら》を人の奉《たてまつ》りて侍《はべ》りけるを、その折、御前に侍りければ、その花をたまひて、歌よめとおほせられければよめる　伊勢大輔《いせのたいふ》

いにしへの奈良のみやこの八重桜《やへざくら》けふ九重《ここのへ》ににほひぬるかな（『詞花和歌集《しかわかしゅう》』春）

『小倉百人一首』にも採録されているこの歌は、奈良から八重桜が献上された折に、御前に居た女房に、それを題に歌を詠むように言われたところ、伊勢大輔が、「古い都である奈良の都の八重桜は、今日はこれまで以上に、九重で美しく咲き誇っていることですよ」という意味です。「**九重**」とは宮中の意味、「八重桜」からの連想で、それよりも一重多い「九重」と呼ぶことで、八重桜の美しさと、それにもまさる宮廷の華やぎを言祝《ことほ》いだものです。

奈良の興福寺《こうふくじ》から献上された八重桜を取り入れる役は、紫式部が譲ったものだと、『伊勢大輔集』の一つの写本に載っています。その結果、優れた歌だと道長らに愛でられ、高く評価されたということは、『古本説話集《こほんせつわしゅう》』にも載っています。
伊勢大輔は、生没年未詳ながら、紫式部よりも十から十五歳ほど年下でしょうか。この歌は伊勢大輔が出仕間もない頃のものだと言われますが、いつの春かについては一〇〇七~九年まで説があってよくわかりません。ちょうど『紫式部日記』の記述の時期に近いのですが、この話は『紫式部日記』にも『紫式部集』にも載っていません。
これがもし本当ならば、紫式部が自分より新参の若い女房に、華を持たせたことになるのでしょう。しかし『伊勢大輔集』には、これに対する中宮の返歌が載っています。

九重《ここのへ》ににほふを見れば桜狩《さくらがり》重ねてきたる春かとぞ見る

実はこの歌に非常によく似た歌が、『紫式部集』に載っているのです。

九重《ここのへ》ににほふを見れば桜狩《さくらがり》重ねてきたる春の盛りか

（九八）

宮中で華やかに美しく咲くのを見ると、桜見物の春の盛りがもう一度やってきたかと思われる、といった意味です。つまりこれは諸注釈が指摘するように、紫式部が彰子のために代わりに作った、その元の歌なのではないでしょうか。少し形を変えて、その場では彰子の歌としたのだ、という事情がうかがえるのです。

だとすると、紫式部は単に伊勢大輔に役割を譲ったわけではなく、より重要な「代詠《だいえい》」という役割を担ったと考えるのが自然でしょう。『紫式部集』は実に巧妙に、紫式部の栄誉ある手柄を、きちんと記録として残して私たちに語りかけているのです。

彰子付きの女房たちを批評

紫式部が周囲の女房たちをどのように見ていたか、興味深い記事が『紫式部日記』にはあります。道長の娘の彰子の出産の記事とはやや断絶があるため、「消息文」と呼ばれたりする部分です。文末に「侍《はべ》り」という丁寧語がついていて、誰かに話しかけるような文体になっていることから来た呼び方です。

この部分の内容を見ると、『紫式部日記』がなぜ書かれたのか、単に道長の家の記録というだけでは説明のつかない空気を感じてしまいます。時に、娘のために、女房勤めをする上での心得や教訓のようなものを書き残したのではないかとも想像されているところです。

さて「ものいひさがなくやはべるべき」と自嘲気味に繰り広げられる内容はというと、まずは、宰相《さいしょう》の君《きみ》は、小少将《こしょうしょう》の君《きみ》は、宮《みや》の内侍《ないし》は、式部《しきぶ》のおもとは……、といった具合に、同僚の女房たちを批評していきます。

「**宰相《さいしやう》の君《きみ》**」と評される人物は、これまで登場していた讃岐の宰相の君、道綱の娘とは別人で「北野の三位《さんみ》」、藤原遠度《とおのり》の娘だと説明されています。「ふくらかに、いと様態《やうだい》こまめかしう、かどかどしきかたちしたる人」と、ふっくらとして美しく、才知のある人だといいます。何度も会うにつれて魅力的に見えて、「らうらうしくて、口つきに、恥づかしげさも、にほひやかなることも添ひたり」と、可愛らしく、口元もこちらが決まり悪くなるほど品よく、つやつやと輝くような美しさがある、というのです。「心ざまもいとめやすく、心うつくしきものから、またいと恥づかしきところ添ひたり」と、気立てもよい、かわいらしい人柄で、気品高いところもあると、ほとんど絶讃しています。

「**小少将の君**《こせうしやうのきみ》」、この人は紫式部が親しかった人のようで、源時通《みなもとのときみち》の娘です。「そこはかとなくあてになまめかしう、二月ばかりのしだり柳のさましたり」、何となく高貴で優美で、二月のしだれ柳のようだというのです。「様態《やうだい》いとうつくしげに、もてなし心にくく、心ばへなども、わが心とは思ひとるかたもなきやうにものづつみをし、いと世を恥ぢらひ、あまり見ぐるしきまで児《こ》めいたまへり」と、かわいらしく振る舞いは奥ゆかしく、気立ては自分で何も決められないかのように遠慮がちに世を恥じらって、みっともないほど子どもっぽい様子だといいます。その頼りない様子が、『源氏物語』の女三宮に似ているともいわれる人です。

さらに、「**宮の内侍**《みやのないし》」は堂々と現代風で華やかな愛嬌のある人、「**式部のおもと**《しきぶのおもと》」はその妹で、色白で髪が短いのでつけ髪をして、太っていて美しい人などと、順々に批評は続きます。「**宮木の侍従**《みやぎのじじゅう》」は整った美しくほっそりと子どものようなのに、出家して出仕しなくなってしまった、「**五節の弁**《ごせちのべん》」は絵にかいたような顔立ち、引目鉤鼻《ひきめかぎはな》の美女のようで、額が広く色白で、髪は最初に会った頃は豊かだったけれど最近は抜け落ちてはかばかしくない、「**小馬**《こま》」という人は、髪が長くて美しい人だけれど、このところは実家に籠って出てこないというのです。

なかなか口さがないですね。このあたりまでは彰子付きの女房たちに対する批評です。総じてとても素晴らしく美しい人から、少しずつ難点のある人へと、批評は広がっているようです。『源氏物語』の中でも何度も人物評は見られますが、装束や筆跡など、やや間接的な批評が多く、このように直接的に人物の印象を語るところを見ると、ああ紫式部も結構俗っぽいのね、と感じてしまったりします。

こんなことまで書いている

一通り、彰子付きの女房たちの、一人一人の紹介めいた文章が続いたのち、斎院《さいいん》の女房に話題は移ります。「**中将の君**」という人が仕えていて、その人の手紙をこっそり見せてもらったらしいのですが、「いとこそ艶《えん》に、われのみ世にはもののゆゑ知り、心深き、たぐひはあらじ、すべて世の人は、心も肝《きも》もなきやうに思ひてはべるべかめる」、と、自分こそが物の情緒がわかって深い情感が理解できる、他には似たレベルの人はいない、世間は皆ろくな分別もない、風流がわかるのは斎院様だけだ、という様子だというのです。紫式部は我慢ならない様子で、ちょっと興奮しています。

そのまま話題は、彰子付きの女房たちと斎院付きの女房たちの比較になります。なるほど斎院のほうでは風流を競うような雰囲気で、風情ある夕月夜《ゆうづくよ》や有明《ありあけ》や、花や時鳥《ほととぎす》につけて出かけてみると、御所の様子は神々しく優美ではあるけれど、彰子の女房たちだって劣っているわけではない、と主張します。ただこちらの中宮は、他の女御たちと帝の寵愛を競い合うような雰囲気でもなく、中宮様も色めいたことは厳しく戒めていらっしゃるので、女房たちも皆引っ込み思案になっているだけだ、と言うのです。

こうした批評の背後には、おそらく宮中で直接間接に、**彰子周辺の落ち着き過ぎた、華やぎの足りなさに対する暗黙の不満**があったのでしょう。かつて定子が健在だった頃の『枕草子』に見えるような機知に富んだやりとりを懐かしむ空気が依然として残っていて、比較されることへの抵抗感が彰子周辺にあったのだろうと察せられるのです。

斎院のところでは風流事に長《た》けた女房たちがいる様子で、その一方、彰子周辺では姫君のまま宮仕えをしている人たちばかりで、「宮《みや》の大夫《だいぶ》」、中宮大夫の藤原斉信《ただのぶ》が来ても、取次《とりつぎ》の応対に出ようとしない、それは教養がないからではなく、過度に恥じらっているからなのだと弁解と防衛に回っている印象です。反転して、斎院のところの女房への批評も、手厳しくなりがちです。

もっともそうした中にも、

人はみなとりどりにて、こよなう劣りまさることもはべらず。そのことよければ、かのことおくれ、などぞはべるめるかし。
（紫式部日記）

と、「人というものは、皆それぞれ個性があって、劣りまさりが一辺倒にあるわけではありません、あることがよければ、別のことが劣っている、などといったもののようですよ」、と語るところなど、実に冷静な観察眼で、『源氏物語』の随所に見える、物事の善悪や好悪を一辺倒に決めつけない、緩やかに複眼的な観察と思わせるところもあります。

ともあれ、この一連の女房評では、同じ彰子に仕える女房たちが、**総じて地味で引っ込み思案な気風**だということを、他の主君、たとえば斎院に仕える女房たちの風流に長じた雰囲気と比べながら、彰子周辺を擁護する傾向にあります。彰子に仕える女房仲間には比較的穏当で、他家の女房には手厳しいといった傾向は、女房批評もそれ自体、やはり自らの主君の家を讃美するための一方法だったからでしょう。

書くほどに筆は奔り

そして『紫式部日記』は、いわゆる文筆家として後代に名の残る人の批評に移ります。**和泉式部**を評した一節は、「和泉式部といふ人こそ、おもしろう書きかはしける」と始まります。「書きかわす」という表現からして、歌の贈答の呼吸が優れていると言っており、単に歌がうまいと評価しているだけではないと、わかります。

されど、和泉はけしからぬかたこそあれ、うちとけて文《ふみ》はしり書きたるに、そのかたの才《ざえ》ある人、はかない言葉の、にほひも見えはべるめり。

と続きます。「けしからぬかた」とは好色な噂のことでしょうか。橘道貞《たちばなのみちさだ》と結婚しながら、冷泉天皇の皇子、為尊《ためたか》親王を通わし、さらにその没後には敦道《あつみち》親王とも通じて子をもうけるといった来歴は、当時評判だった様子です。『栄花物語』「とりべ野」巻には、為尊親王の死は、感染症が流行する中で和泉式部のもとなどに通い続けたせいかとも暗示されます。本当の死因は感染症ではなかったともされますが。また、『大鏡』には敦道親王と和泉式部が牛車に同乗して賀茂祭《かものまつり》の見物に出かけた様子があり、とかく目立つ振る舞いも多かったようです。

歌は、いとをかしきこと。ものおぼえ、うたのことわり、まことの歌詠《よ》みざまにこそはべらざめれ、口にまかせたることどもに、かならずをかしき一ふしの、目にとまる詠みそへはべり。

（紫式部日記）

和泉式部は、歌には風情があって、歌の詠み方や方法の点では正統派の歌い手ではないけれど、口をついて出てくる言葉で歌を作る、なんということのない歌だけれども、歌の受け答えは上手だ、とほめつつも、「恥づかしげの歌詠みやとはおぼえはべらず」、こちらがきまり悪くなるほどでもない、と少しけなしています。

実は和泉式部も、いわゆる掛詞や縁語《えんご》を駆使《くし》した『古今集』時代の和歌の一般的な歌の詠み方をきちんと学んでいるのですが、一方で、**感情をそのままに訴えるような詠み方が巧《たく》み**なのです。音を大切にした語呂のよいフレーズも見られ、そのあたりをうまく言い当てているのでしょう。

これに比べると、丹波守《たんばのかみ》の北の方、おしどり夫婦で知られた夫の大江匡衡《おおえのまさひら》の名を冠して「匡衡衛門《まさひらゑもん》」と呼ばれたという**赤染衛門**《あかぞめえもん》は、

ことにやむごとなきほどならねど、まことにゆゑゆゑしく、歌詠みとて、よろづのことにつけて詠みちらさねど、聞こえたるかぎりは、はかなきをりふしのことも、それこそ恥づかしき口つきにはべれ。

と、ことに身分高い家の人ではないが、由緒正しい歌詠みで、簡単に詠み散らしはしないけれど、知られている歌はみな優れた詠みぶりであると、正統派の歌人として、その教養の高さに敬意を払っている様子です。

『源氏物語』を見る限り、紫式部は人への観察力も鋭く、人の情をよく理解する人物に見えます。ここでもその観察眼の鋭さは存分に発揮されているようです。ただ、『源氏物語』に見られる露骨な描写を避けた、柔らかな物言いの印象からすると、『紫式部日記』に見える人物評はやや、人への生々しい嫉妬や嫌悪が現れているようにも

感じられ、紫式部の内に秘めた激しい感情があったのだと思わせるものがあります。
時に辛辣《しんらつ》で、この紫式部がとても聖人君子でもなければ、温厚で温和な性格でもなく、なかなか俗っぽく人間らしい感情を抱いていたことがわかって興味深いのです。

清少納言ときたら……

和泉式部と赤染衛門への女房評に続き、清少納言に対する評価が記されています。

清少納言こそ、したり顔にいみじうはべりける人。さばかりさかしだち、真名《まな》書きちらしてはべるほども、よく見れば、まだいとたらぬこと多かり。

清少納言は知ったかぶって、賢いように振る舞って、漢字を書き散らしている様子も、よく見れば、大した学はなく、実力の足りないところが多い、と批判的です。

かく、人にことならむと思ひこのめる人は、かならず見劣りし、行末《ゆくすゑ》うたてのみはべれば、艶《えん》になりぬる人は、いとすごうすずろなるをりも、もののあはれにすすみ、をかしきことも見すぐさぬほどに、おのづからさるまじくあだなるさまにもなるにはべるべし。そのあだになりぬる人のはて、いかでかはよくはべらむ。

こんなふうに、人とは違って自分は特別だという様子をしたがる人は、よく知ってみるとがっかりするもので、その果てには嫌なところばかりになるので、風流ぶった人はひどくつまらない折にも、ものの情趣を感じ取り、風情あることも見逃さないでいるうちに、自然にあってはならない軽佻浮薄《けいちょうふはく》な様子にもなるはずで、その「あだ」な人のなれの果ては、いったいどうしてよいはずがありましょう、といった意味です。

和泉式部、赤染衛門、清少納言と並ぶ女房批評は、前の二人が彰子のもとにいる同僚、清少納言は定子に仕えた女房ですから、主君の違いを超えて並列化されており、やはり紫式部の眼から、文筆で名高い当代の女性を批評する、一連の記事なのでしょう。それにしても、特別に清少納言には辛辣で、明らかな対抗意識が見られますね。和泉式部のこともよく言っていませんから、つまり、**紫式部を苛立《いらだ》たせるくらいの才**

能を兼ね備えた人たちだったということなのでしょう。

　こうした辛辣さは、『源氏物語』では一貫して優美さが尊重され、悪役ともいえる立場の人についても非難しきらないという具合に、物語から透けて見える作者像がどこか寛容に見えることに対して、ずいぶん素朴で生々しい対抗心にあふれています。

　主君の家の記録として書かれただけであれば、やや品がなく、なぜこのようなときに手厳しい女房評が出てくるのか、主君に対しても失礼なのではないか、と感じさせるところです。こうした点からしても、『紫式部日記』は単に主人の家の記録としての性格に閉じるものではなく、自分自身の身近な人に何かを伝える手段でもあった、と考えられています。自らの娘の大《だい》弐三位《にのさんみ》に、女房としての心得を伝える教育の書としての性格があるのだ、とも評されます。

　とはいえ、仮に教育の書としての性格があったとし

清少納言？
ああ あの 知ったかぶりの たいしたことない 女ね…

ても、それだけが目的であれば、この書が後代に残り、私たちが読むことはできなかったことでしょう。やはり道長の家の記録としての性格があってこそ、後世に残ったと考えられるからです。

だとすれば、『紫式部日記』自体、かなり多面的な、一筋縄ではいかない性格を抱えていることになります。そもそもこの日記の冒頭からして、本来あった冒頭が失われて現在の形になったのだという説もあるくらいですから……。

立ちはだかる壁

清少納言と紫式部は、平安中期の「女流作家」として並列的に取り上げられ、ライバルだったと評されることも少なくありません。ですが、それはどうも何か変だな、という気がしてしまいます。

そもそも当時の女性たちが、作家や文筆家として扱われることに、違和感が拭えません。彼女たちは、ただの侍女、当時の言葉で言えば「女房」でしかありません。つまり高貴な人の身近に仕えて、その人たちの生活を補佐するのが役目です。

主君として仕える姫君や女君のもとに、和歌が届けられたとします。それに応じるのはもちろん女君自身ではなく、周囲に仕える女房でした。だからこそ、能力の高い女房を集めることが、主君の女君の格式を高めるために必要だったのです。

清少納言が仕えたのは、一条天皇の後宮に入っていた藤原定子でした。定子は時の権力者だった藤原道隆の娘でした。定子周辺の教養高い華やいだ雰囲気は、『枕草子』を通して今日に残っています。皆さんもよく知っている、「**香炉峰《かうろほう》の雪**」の逸話もその一つです。定子に「香炉峰の雪いかならむ」と問われて、御簾《みす》を高く上げて庭の雪を見せることで応じたというやりとりは、定子も清少納言も、ともに典拠である『白氏文集』を知っていたから成り立つ会話であり、また、漢詩を踏まえた言葉に、口頭の和歌や漢詩で答えるのではなく、振る舞いで答えるという応じ方にも機転を感じさせます。ともすれば清少納言の「我褒《われぼ》め」、自慢する雰囲気が前面に出てやり過ぎの印象を受けるのですが、それにふさわしいだけの評価を得ていたのでしょう。

そうした定子周辺の理知的で洗練された雰囲気はもちろん、一条天皇の心を掴《つか》むために演出されたものでした。定子自身、高階成忠《たかしなのなりただ》の娘を母としています。学問をよくする家筋《いえすじ》ですから、文化的な環境に育ったのでしょう。女性だから漢文の教養はいらないというのは言い過ぎで、やはりそれは一定の尊敬を受けるに値したのではないでしょうか。

道隆はやがて病気で亡くなり、息子の伊周《これちか》は失脚して、定子も出家せざるを得なくなります。こうした定子周辺の凋落《ちょうらく》があったからこそ、『枕草子』はひときわ華やかで輝かしい定子周辺の反映を記録に残したのだと言われます。いわば清少納言は、定子周辺の輝かしかった過去の記憶を残すべく、暗い顛末《てんまつ》を避けて記しているのです。

道隆の没後、息子の伊周らが失脚したのちに、藤原道長の娘である彰子が入内しました。しかし定子の没後、彰子は定子が産んだ敦康《あつやす》親王をわが子のように育てており、決して対立的ではなく、むしろ敦康親王を支える立ち位置にありました。しかし彰子に皇子が望まれるにつれ、次第にかつて寵愛を受けた定子やその周辺を意識せざるを得なくなった、そうした中で紫式部の彰子のもとへの出仕や、紫式部の物語制作への期待があったのです。定子の没後に彰子が皇子を産み、その子が東宮として期待されるにつれて、あとから追いかける彰子周辺の側に、一条天皇や宮中の人々の記憶の中で**美化される定子周辺への対抗意識**が生まれたのではないでしょうか。

『紫式部日記』の清少納言への評価はなかなか辛口ですが、それだけではありません。『源氏物語』朝顔《あさがおのまき》巻の末尾には、先の香炉峰の雪の逸話に似た場面があり、冬の雪の月を「すさまじき例に言ひおきけむ人の心浅さよ」、興醒めな例だと評した人は、ものの情緒がわからないね、などと光源氏に言わせてもいます。これもどうやら、古くは『枕草子』にあった章段を意識しているらしい、対抗意識のあらわれのようなのです。

とはいえ、清少納言に対する手厳しい評価は、紫式部個人の感慨だと言えるかどうか、微妙なところです。『枕草子』の中には、定子たちのサロンの明るく伸びやかな教養高い雰囲気が存分に綴《つづ》られています。それは、すでに亡くなった定子の美しい記憶を人々の心に刻み付け、現に生きているよりもずっと理想化され、偶像化されてしまっていたことでしょう。

紫式部は彰子に対して、その姿を見ると心が慰《なぐさ》められる、と無上の愛情を覚えている様子です。こうした、高貴な人に接するとそれだけで心が慰む、というのは、この時代の文章に時々出てくる讃美の表現です。しかしそれにとどまらない愛着があったのではないでしょうか。彰子と一条天皇の仲が愛情深く続くことを、一介《いっかい》の女房でありながらも、願っていたのではないでしょうか。

定子を讃美する『枕草子』を凌駕《りょうが》したいという強い対抗意識は、主君の家の繁栄を願う気持ちというだけではない、もう少し血の通った、深い愛着に根差しているようにも感じられるのです。

才女たちのその後

先ほどの清少納言への評価の中に、「行末《ゆくすゑ》うたてのみはべれば」、「そのあだになりぬる人のはて、いかでかはよくはべらむ」と、重ねてはかばかしくない末路を想像させる言葉が混じっているところが、実に暗示的です。

清少納言のその後といえば、鎌倉時代初期の物語評論の書『無名草子《むみょうぞうし》』に、興味深いエピソードがあります。後に零落《れいらく》して男性貴族の狩衣の「襖《あを》など」（一説に「青菜」）を干しに外に出て、「昔の直衣姿《なほしすがた》こそ忘られね」、昔の直衣姿が忘れられないと独り言を言っていた、見ると粗末な衣を着て、「つづり」という継ぎはぎの布の帽子をかぶっていた、というのです。清少納言自身が卑しい身なりで自ら物を干しに外に出る、それは宮廷で中宮に評価されて仕えた女房の晩年としては、著しい没落でしょう。この話は『枕草子』能因本《のういんぼん》と呼ばれる写本の奥書にも見られ、わりあいよく知られていたようです。

若い頃に評判だった女性が晩年に零落する話としては、小野小町《おののこまち》も同様です。同じく『無名草子』などに、野ざらしの髑髏《どくろ》が、

秋風の吹くたびごとにあな目《め》あな目小野《をの》とは言はじ薄生《すすきお》ひけり

秋風が吹くたびに目にススキが生えたので「ああ目が痛い」と泣く、それが小野小町だというのです。

このように**歌が上手だったり、名高い才女が晩年に零落する**という話のパターンとしては、『大和物語』一二六段に見える、筑紫にいた「檜垣《ひがき》の御《ご》」と呼ばれる女性もその一人でしょう。「らうあり」と言われ歌詠みとして名高かった女が、晩年には自ら水を汲みに出るほど落ちぶれて、

むばたまのわが黒髪《くろかみ》は白川《しらかは》のみづはくむまでなりにけるかな

などと、黒い髪は老いて白くなって零落した、と歌うほどだったというのです。

女性は賢くなく目立たないほうが、男性優位の社会において都合がよい、というのは、現代にまで脈々と残っている論理です。田中貴子さんは、一連のフェミニズム批評的な説話研究において、中世における女性たちを卑《いや》しめた説話化を多く論じています。時には有名な女性が性的に淫乱であるという悪い評判が作られたのです。荒唐無稽《こうとうむけい》な話によって人々の心を惑わした、いわゆる「**狂言綺語**《きょうげんきご》」によって仏教上の罪が問われ、女性が地獄に堕ちたといった類いの伝説もこの頃生まれるのです。

いずれにしても、紫式部が狂言綺語の罪ゆえに地獄に落ちたという、堕地獄《だじごく》伝説はあります。それは先に挙げた清少納言や小野小町らと同様、才女たちを卑しめる中世の価値観の中で生まれた評価であり、伝承だったと言ってよいでしょう。

さて、実態としての紫式部の晩年については、ほとんど何もわかっていません。『紫式部日記』の記述は寛弘《かんこう》七（一〇一〇）年で終わっており、その後の実像が、ほとんどわからないのです。藤原実資の『小右記』の長和二（一〇一三）年の記述には姿を見せるがその後は姿が見えないためその頃亡くなったとも、『小右記』寛仁《かんにん》三（一〇一九）年に見える女房は、紫式部らしいともされます。もっと長く、一〇三〇年代まで生きていたとの説もありますが、現在のところ決着はついていません。

第4章

『源氏物語』の世界に分け入る

冊子制作を始めるころ

――研究史の上で重要な一言

五十日の祝いの席

二〇〇八年、「源氏物語千年紀」といって、盛り上がっていたのを覚えていますか？京都を中心に『源氏物語』関係のイベントがたくさん催されて、関連の本もたくさん出版されましたね。えっ、まだ生まれてなかったから知らない……!?

二〇〇八年の千年前は、一〇〇八年、寛弘《かんこう》五年です。敦成《あつひら》親王誕生五十日《いか》の祝いは、十一月一日に、にぎやかに催されました。女房たちは着飾り、彰子の前に集います。若宮《わかみや》の前には小さなお膳が据えられて、「雛遊《ひひなあそ》びの具」のようだとあります。禁色《きんじき》という、身分高い人でないと着られないと定められた色の装束を身に着けた少輔《しょう》の乳母《めのと》が、若宮を抱いて道長《みちなが》の北の方の倫子《りんし》に抱き渡します。五十日の祝いの餅を若宮に含ませるのは、道長だったのでした。

祝いに訪れた公卿《くぎょう》たちには、折櫃物《おりびつもの》や籠物《こもの》が振る舞われました。ご馳走を入れた折箱や籠です。酒が回ってきたのか、だいぶくだけた様子になってきます。右大臣藤原顕光《あきみつ》が几帳《きちょう》の絹を引きちぎって、寄ってきて、大納言《だいなごん》の君、宰相《さいしょう》の君、小少将《こしょうしょう》の君、宮の内侍《ないし》……、と居並ぶ女房たちに戯《たわむ》れかけます。

顕光はすでに六十五歳で、「いい歳をして」と女房たちに陰口を言われているのに、やめません。そう、この本の最初のほうでお話しした、後に道長の娘たちに祟《たた》ったとされる、あの顕光ですよ。彰子《しょうし》が皇子《おうじ》を産んだことを手放しに喜んでいたとは思えず、複雑な感情も抱えていたことでしょう。

次の間では右大将藤原実資《さねすけ》は、女房たちの装束の襟《えり》元《もと》や袖口《そでぐち》の色合いを数えて、じっと見やっています。紫式部が声をかけると、風流な応対だったといいます。

紫式部日記絵巻断簡（東京国立博物館蔵）

実資とは小野宮流《おののみやりゅう》で、実頼《さねより》の孫にあたり、『小右記《しょうゆうき》』という日記を残した人です。

ちなみに紫式部がいつまで生きていたか、最後の文献上の消息らしきものはこの『小右記』の中に見られます。実資を彰子に取り次いでいるのが紫式部だったからです。紫式部の実資への親近感のようなものがすでにここに現れているのは、たいへん面白いところです。

左衛門《さえもん》の督《かみ》、藤原公任《きんとう》が几帳の隙間から様子をうかがいます。「**あなかしこ、このわたりに、わかむらさきやさぶらふ**」、このあたりに若紫さんがいますか、という意味です。これに対して紫式部が、「源氏に似るべき人も見えたまはぬに、かの上《うへ》は、まいていかでものしたまはむ」、光源氏に似ている方もお見えでないのに、ましてどうして紫の上がおられるでしょうか、と感じたといいます。物語の作者ならではの矜持《きょうじ》でしょうか。

宴席はさらにたけなわで、道長もずいぶん酔って羽目を外している様子です。「おそろしかるべき夜の御酔《ゑ》ひなめり」、これはとんでもなくご酩酊《めいてい》と、宴席が終わると、紫式部は同僚の女房、宰相の君とともに、几帳の後ろに隠れます。それでも道長は几帳を取り払って引っ張り出すようにからんできます。今の時代なら「ハラスメントです！」と言うところでしょうが、当時はそんなものが通用するはずもなく……。

道長に捕まえられて、歌を詠んだら許してやる、と促された紫式部は、

いかにいかがかぞへやるべき八千歳《やちとせ》のあまり久しき君が御代《みよ》をば

「どうしてどのように、数えることができましょうか。八千年を超えるほど久しく続く、若宮様の御代のことを」と詠みます。道長は二度ほど口ずさんで即座に、

あしたづのよはひしあらば君が代の千歳の数もかぞへとりてむ

「千年も生きるという鶴ほどの寿命が私にあれば、若宮様の御代の千年の数も数えるだろう」と、即興で詠みました。「数ならぬ心地」、取るに足らない私と卑下する紫式部自身も、末永い若宮の将来を願うのでした。

光源氏を気取る公任

さてその藤原公任が声をかけたという、「このわたりに、わかむらさきやさぶらふ」の「**わかむらさき**」というのは、おそらくは、『源氏物語』で光源氏が最も大切にした女性、紫の上《むらさきのうえ》が登場する巻の名前が「若紫巻《わかむらさきのまき》」というので、一般に、その巻の名前から、作中の紫の上のことを「若紫」と呼んだと考えられています。

すでに紫の上にまつわる一連の物語が世に知られており、紫式部がその作者として有名だったから、物語の中で最も華やいだ人物になぞらえて、書き手の紫式部をからかったというのです。

しかし、不審なところもあります。少なくとも現存する物語には、この女君を「若紫」と呼ぶ箇所はないのです。そればかりか、実は『源氏物語』の巻名は一般的に、その巻の中にある言葉、とりわけ和歌《わか》の言葉によって命名されているのに、若紫巻の中には「若紫」という言葉は和歌にも地の文にも一切見当たらないのです。

それではなぜ、「若紫」という言葉が独り歩きするのか、この言葉の由来は『伊勢物語』初段にあります。

春日野《かすがの》の若紫のすり衣《ごろも》しのぶの乱れかぎり知られず

この歌は、「男」が春日の里、奈良県にある古い都を訪れたときに、美しい姉妹を見て、とっさに自分の着ている「すり衣」、信夫摺《しのぶずり》の狩衣《かりぎぬ》、草で染色した乱れた模様の外出着の裾《すそ》を切って歌を書いて贈ったものだとされています。光源氏が北山で、少女を発見する場面はこれをもとに作られている、だから「若紫」の連想が生まれたのでしょう。

しかし、これでは納得できない人もいるでしょうね。萩谷朴《ぼく》さんは、「わかむらさき」は「若紫」ではなく「我が紫」だと提案します。古い時代の写本には濁点の符号はありませんから、「わか」と読むのか「わが」

藤原公任
我が紫よ!!
だーん
あんた自分が光源氏のつもり!?

と読むのかは、文脈によって判断するしかありません。

しかし当然ながら、「我が紫」と読んだ場合は、相当に問題です。つまり、「私の紫さん!」といった意味ですから、藤原公任が紫式部に、特別な関係をほのめかす形で声をかけたということになり、一方の紫式部の側の、「光源氏もいないのに、紫の上がいるはずがない」という反応も、「あなた、自分が光源氏だと思っているの? 冗談じゃないわよ、何様のつもり!」といった意味にもなって、尋常ならざる会話になるのです。

藤原公任も、実頼《さねより》の孫です。勅撰《ちょくせん》和歌集『拾遺《しゅうい》和歌集』のおそらくはもとになったとされる『拾遺抄』や、『和漢朗詠集《わかんろうえいしゅう》』という漢詩の一節と和歌とを題別に並べた書を編纂《へんさん》したりした、当時よく知られた歌人で、学識高い人物です。このエピソードが、公任と紫式部の痴話《ちわ》げんかだというのは、少し行き過ぎた解釈でしょう。やはり「わかむらさき」は「若紫」と理解して、『源氏物語』の作者、紫式部に敬意を払いつつ、からかった言葉だったと考えておくのが穏当なのではないでしょうか。

『源氏物語』の制作事情

それならば、『源氏物語』がおおかた出来上がった後に、『紫式部日記』や『紫式部集』が編纂された、という考えも、あながち無理ではなくなるのでしょうか。ただし、『紫式部日記』の作中の記事は、主に寛弘五（一〇〇八）年秋から冬のことで、その後寛弘七年正月までの二年数か月ですが、日記を記したのはその時点だとは限りません。当時の日記はしばしば回想録として書かれていたからです。最後の記述の寛弘七年くらいからの回想かもしれませんが、この日記全体が一度に成立したとは感じさせないことから、その間の随時に執筆されたと考えるのが、一応穏当でしょう。

『紫式部日記』には、敦成《あつひら》親王の五十日の祝いののち、彰子が宮中に戻るに際して、紫式部らが冊子《そうし》を作り整えている様子が記されています。「どうしてまた、こんな寒い中に、子どものいる女の人がこんなふうに根を詰めて」と道長にからかわれているのは、彰子自身もそこに参加していたのでしょうか。当時は貴重な品だった、筆や墨を与えられて、思うままに制作することができた、その支援をしてくれたのは道長だということがはっきりわかるように書かれています。

一般にはこのとき書かれたり編集されたりしていたのは、**新作の『源氏物語』の続き**なのだと考えられています。もっとも片岡利博さんなどは、単に『源氏物語』だけでなく他の物語を書き写す作業や、改作する作業を含んでいたのではないかと考えています。当時の物語は筆で写し書かれていくものですから、読むことと書写することであり、書写は次の段階の物語の制作に通じるものでした。既存の物語に手を入れて、よりよい形にすることに対する抵抗感は、今日の活字の本を改訂することより、ずっとハードルが低かったのです。

『更級《さらしな》日記』の筆者も長年『源氏物語』を読みたいと念願し続け、『源氏物語』を一揃えとともに、他のいくつかの物語の本を借りていますから、複数の物語を同時に一《いち》条《じょう》天皇に見せるべく制作したというのは、全く不自然なことではありません。

ただ、この『紫式部日記』の記述は、さらに続いています。紫式部が局にいない間に、道長が勝手に冊子《そうし》を持っていって彰子の妹の妍子《けんし》に差し上げてしまった。推敲を重ねたバージョンが失われて、質の劣るものが世に流出するのは困ったものだ、といった話があるのです。

これも創作途中の『源氏物語』についてだけではないとも考えられますが、一般にはその前にある冊子づくりも含めて、一応『源氏物語』の制作にからんだものと理解されています。真実はなかなかわかりかねますが、仮に冊子づくりの内実に『源氏物語』以外の物語を含んでいたとしても、『源氏物語』の新作部分も含まれていたということで、一応よいのではないでしょうか。

さて、この記述については、もう一つの問題があります。それは、『源氏物語』に制作の当初から、**複数のバージョンがあった**ことを示唆するからです。この複数のバージョンに関わらせて、今日残る写本の系統を説明する向きも、かつてはありました。『源氏物語』の写本については、藤原定家《ていか》周辺で書写されたと言われる〈青表紙《あおびょうし》本系《ぼんけい》〉と源光行《みつゆき》・親行《ちかゆき》親子に書写された〈河内《かわち》本系《ぼんけい》〉、その他の〈別本《べっぽん》〉に分類されるのが、今日いくらか批判されつつあるものの、一応、池田亀鑑《きかん》氏以来の通説です。青表紙本系と河内本系のもととなる本文は、もともと紫式部の手から異なるバージョンが元になっているのだ、という考え方がかつてはありました。しかし今日、そのようなふうに単純には考えられないと理解するのが一般的です。

道長が勝手に持って行った、ということは、物語が魅力的だったと同時に、その作者がそれほど尊重されていなかった、という現実をも物語っているのです。

『源氏物語』の作者ということ

——はかなき物語

紫式部は女流作家か？

紫式部を平安時代の「女流作家」だと言われると、なんだか抵抗したくなります。「男流作家」とは言いませんからね。それなら「女性作家」と言えばいいのかというと、しかしそもそも紫式部は「作家」なのか、気になってきます。

「作家」と言えば、漱石や鷗外、あるいは太宰など、近現代の作家を思い出すでしょうか。小説や詩や戯曲など、創作が世に流布して皆が知るところとなった人といった印象ですね。紫式部だって同じじゃないか、どう違うのか、と思われるかもしれません。

紫式部はまず、高貴な人の身近に仕える侍女、いわゆる「女房《にょうぼう》」です。当時の「女房」であるかぎり、仕事の一部として仕えている主君のために和歌を代わりに作ったりしたのでしょう。また彰子に漢文を教えていた、いわば家庭教師のような役どころだったことも、『紫式部日記』に記されています。しかしだからといって、「職業作家」だったわけではありません。

平安時代の物語の作者は、往々にして名前が判明していません。それは、創作の担い手の身分が低く、また、**創作すること自体が社会的に価値あることとして認められていなかった**からだ、とも言われます。なるほど『竹取物語』など『源氏物語』以前の物語は、その文体が漢文調であることや物語内部の傾向から、男性の官人の制作だとおよそ想定されています。『うつほ物語』などは源 順《みなもとのしたごう》といった人物が作者として想定されはするものの、明確な証拠に乏しいのが現状です。

あるいは、物語を単純に一人の創作と言い切れない事情もあったはずです。つまり、書き写すうちに書き換えられることができる環境にあったことも影響しているでしょう。作者も読者もが無名の作り手である時代、まだ「作家」という概念が成り立ちにくい時代だった、と言ってもよいでしょう。

ですが、次第に物語の制作に女性が参加するようになったとして、だから即座に『源氏物語』が紫式部の作として世に残ったのかと言えば、もちろんそれも違います。『源氏物語』の作者が紫式部であることを証し立てるのは、『紫式部日記』の存在です。『紫式部日記』は、彰子が産んだ一条天皇の皇子、敦成親王の誕生前後の記述が圧倒的に多く、執筆の主たる目的がこの誕生の記録であることは疑いありません。しかしその中で、親王誕生五十日の祝いの宴席で、藤原公任が「このわたりに、わかむらさきやさぶらふ」と語りかけたといった文言が記されているため、この日記の書き手が『源氏物語』の作者だとわかるのです。

そのような形で作者が判明することは、当時の物語としては稀有《けう》なことです。あえて言えば、紫式部の雇い主が権力者で、制作を支援しただけでなく、世に残るべく保護したからにほかなりません。雇い主とは、もとより藤原道長です。

では、物語の作り手が個としての「作家」という評価を得られなかった時代に、道長は紫式部に、作者として表明するように、暗にうながしたのでしょうか。あるいはそうなのかもしれません、なぜなら一条天皇の時代を彩るもう一つの重要な制作、『枕草子』も比較的きちんと残っているからです。あるいはもしかすると、紫式部自身が、主君の家の記録のうちに自身の成果を独自にひそかに埋め込んだのでしょうか。だとすると、とてつもなくしたたかな、一種のテロリストかもしれません。

男主人公の物語と女主人公の物語

独立した職業としての〈作家〉ではなかったとして、それでも〈物書き〉としての自負が紫式部にあったかどうか、そのあたりもなかなか難問です。

そもそも平安時代の人々にとって文章を書くといえば、男性の官人が漢文でもろもろのことを記録するのが基本でした。創作的な文筆活動としては、当然まず、漢詩文を作ることだったわけです。ただ、漢詩文が疑いなく文化の基軸であったのは、平安朝初期の勅撰漢詩集が編まれた時代、すなわち九世紀の初頭から前半にかけてでした。その後、仮名文字の発明、あるいは政治の場への女性の関与によって、文筆についても女性が参加する機運が盛り上がる下地ができたことは確かです。

平安朝開始から約百年後の十世紀初頭に『古今和歌集』という最初の勅撰和歌集が編まれます。漢詩文から和歌へ、権威の中軸が移ったともいえるでしょう。相前後して『竹取物語』が制作されますし、『伊勢《いせ》物語』の中核になるいくつかの章段は、『古今和歌集』以前からすでにあったらしいのです。いわば仮名で書かれた作り物語や歌物語の草創期が、九世紀末から十世紀初頭なのです。ただしこの頃には、仮名書きのものであっても、その創作の担い手は、男性でした。

当初の物語は、比較的わかりやすく素朴な展開の、予定調和的な話も多かったのです。『竹取物語』では、竹の中から生まれた小さな女の子が急速に成長して大人になり、その後、五人の貴公子と帝に求愛されるものの、すべてを拒んで本来の故郷の月の国に帰ってしまいます。学校の教科書などでは、かぐや姫の誕生と、月への昇天だけが載っていることが多く、途中にある求婚のお話はあまり知られていません。でも一番面白いのは、貴公子たちの求婚が失敗して笑われたり恥をかいたりするくだりです。こういうものは「**求婚難題譚**《きゅうこんなんだいたん》」と呼ばれて、世界的に広く見られるパターンなのです。

あるいは『落窪《おちくぼ》物語』や『住吉《すみよし》物語』など――後者は今に残る写本はかなり時代が下りますが――、いずれも継母《ままはは》にいじめられた姫君が素敵な貴公子に出会い、結婚することで救われる物語です。シンデレラもその類例で、世界的に見られる継子《ままこ》譚《たん》、あるいは**継子物語**です。これら、『竹取物語』のような求婚難題譚、また『落窪物語』

『住吉物語』のような継子物語は、女が主人公となる物語となっています。

その一方で、『伊勢物語』は在原業平《ありわらのなりひら》とおぼしき「男」の元服《げんぶく》から死までのさまざまな人間関係を、和歌を中心とした小さな話を通して語る格好です。男が主人公になる典型的な物語の形で、**男の恋愛遍歴の物語**の骨格が、ここにはしっかりと根付いています。その原型としては、『古事記』などに見られる英雄、スサノオノミコトやヤマトタケルノミコトの複数の女性との恋愛譚などがあるのでしょう。

要するに、女が主人公の物語では結婚が中心的話題である一方で、男が主人公の場合は恋愛遍歴に主眼が置かれる、ということになって、それはコインの裏表のような関係にも見えます。

ですから、この時代の物語においては、恋愛や結婚が重要な話題であり、**結婚は人に幸せをもたらすのか**という永遠の課題が、ずっと問われ続けているのです。『落窪物語』などの継子譚では結婚は幸せをもたらすように一応見えるものの、『竹取物語』では、理想的な女性である「かぐや姫」は男性の求愛を拒否してこの世を去ってしまいます。とすれば、平安朝の物語では、結婚、あるいはより広義での異性関係に対する不信感が、脈々と課題になり続けているのです。

女が物を書く難しさ

こうした初期の物語が、男性たちの手によって作られたとすると、女性たちはどのようにして、「物を書く」という営為に参加し始めたのでしょうか。

当時の女性にとって何かを書くとすれば、第一にそれは、「歌」でした。歌を記録にとどめようとするとき、歌の制作事情を示すべく、歌の前に添え書きふうに記したものを「**詞書**《ことばがき》」と言います。その詞書は単に事実をさながらに再現する方向に向かうとは限らず、むしろ歌の中の表現を先取りするようにちりばめ、いかにもその歌が詠まれたことに必然性があったかのように説明する格好になっています。

「**私家集**《しかしゅう》」と呼ばれる、ある個人の名を冠した和歌集は、歌を中軸に据えて、その歌を導くための制作事情を語る詞書を添えた体のものです。

平安時代の初期、『古今集』の歌人たちの私家集は、必ずしもその本人の歌だけを集めたものではありません。たとえば『伊勢集』と呼ばれる九世紀末から十世紀前半の歌人伊勢の名を冠した私家集には、伊勢本人の歌ではない、古歌を集めた箇所があります。当初の私家集は当人がまとめるものではなく、多くはその本人の没後に周囲の親族らによってまとめられた可能性もある、といった事情も関わっているのでしょう。故人が日頃大切にしていた、備忘録のような古歌の一群も、一緒に綴《と》じられてしまうのだとすれば、そこには今日考えるところの〈個〉の意識とはかなり異なる、自他の関係認識があったと言えます。私家集という言葉の通り、家の記録としての和歌集、といった性格を備えたものでした。

私家集は、より物語的な膨らみを帯びて、場合によっては後の時代に〈歌物語〉と呼ばれるような形にもなります。『伊勢物語』のことは「在五《ざいご》が物語」「在五中将《ざいごちゅうじょう》の日記」などとも呼ばれ、また『業平集』といった私家集としても流布します。〈日記〉〈物語〉〈私家集〉といえば、それぞれ別のジャンルとなりますが、その境界は、実は微妙なのです。

さて私家集と呼ばれるような形式が、次第に人々に広まり、自分で仕立て上げる自撰の私家集が生まれてくることと、『蜻蛉日記《かげろう》』の成立には大きな関わりがあります。『蜻蛉日記』はその冒頭で、これまでにあった物語への飽き足らなさを宣言しています。たとえば『竹取物語』のように荒唐無稽に月の国に帰る話や、『落窪物語』のように継母にいじめられていた娘が結婚によって救われるなどといった、わかりやすい予定調和的な枠組みのある話ではなくて、よりリアルな日常を書いたものはどこを探してもない、それならば自分で書いてみようと思ったとき、その模範となるものは、私家集しかなかったのです。

ですから、女性たちが仮名で書く日記も、私家集から発展していったと考えてもよいでしょう。『伊勢集』の冒頭にもやや散文が長い歌群があり、「伊勢日記」とも称されます。同様に『蜻蛉日記』は当初、道綱母《みちつなのはは》の和歌を中軸に据えた私家集的なものだったと言われます。ですが、夫の兼家が新たに通う、町の小路の女への憤りを書くあたり、妙に生き生きと長文で、感情的な言葉を交えて記されており、興奮や憤りが散文で書く原動力になっていると感じさせます。

文章を書くことはいつの時代にも少し敷居が高く、なかなか筆の進まないものなのです。感情のたかぶりと興奮によって、すらすらと言葉が出てきたのだとすれば、何やら感慨深いものがあります。

道長なくしては……

『蜻蛉日記』は上・中・下の三巻に分かれていますが、当初の上巻は兼家との贈答歌《ぞうとうか》も多く、私家集的とも言われる一方で、中巻・下巻と次第に散文が長く伸びやかになっていきます。散文の中に和歌の一部を引用する「**引歌**《ひきうた》」と呼ばれる技法も自然に盛り込まれるようになるのです。『蜻蛉日記』が開拓した文体は、その後の女性たちの文章のモデルとなりました。

その『蜻蛉日記』も、実は夫の兼家の私家集に類するものだったのではないか、とも言われたりします。兼家の私家集が残っていないせいでもあるでしょう。

ただ、兼家の私家集だというには、道綱母の夫への不満がずいぶん書かれていて、何だか違和感もあります。一方で、本当に兼家側の理解や支援がないとすれば、そのような著述が後世に伝わることもなかったはずです。もっとも『蜻蛉日記』は江戸期の写本しか残らず、それも多くの誤写を含んでいて、あまり良質とは言えません。『源氏物語』はもちろん『枕草子』などに比べても、後代の人々にあまり大事にされてこなかったということかもしれません。

一九九〇年代の研究、たとえば鈴木登美《とみ》さんや吉野瑞恵《みずえ》さんによれば、近代の女性解放運動の中で、その先達を歴史上に求める意識が高まり、平安時代の女性の手になる日記類が評価されるようになったとされます。『和泉式部日記《いずみしきぶ》』などは、多くの写本が『和泉式部物語』という題を持っているのに、「日記」として文学史的に位置づけられたのは、近代になって国文学史を作るときの判断だ、とも言われます。

そもそも『和泉式部日記』は「宮」と「女」の間に交わされる贈答歌を中心に展開されていて、和泉式部は一貫して「女」としか呼ばれず、「我」と一人称で語られることはないのですから、「日記」というよりは「歌物語」の体裁に近いのです。古い時代に女性が自らの生を自覚的に捉えた著作として位置づけたかったのは、近代の女性たちのほうだった、ということです。自立的に生きる女の先達を見つけたかったということでしょう。

あらためて振り返ってみると、平安中期の女性たちの文筆行為は、どの程度評価されてきたのか、疑問に思われるところも少なくありません。

『源氏物語』に心酔した菅原孝標女《たかすえのむすめ》は、のちにその気持ちを『更級日記《さらしな》』に記しています。孝標女は『夜の寝覚《ねざめ》』や『浜松中納言物語《はままつちゅうなごん》』の作者ではないかとも言われる人です。『更級日記』には、経験を物語的な枠組みに落とし込んで書く姿勢が見られて、単純な事実の記録とは思えないところが随所にあって、その書き手が物語の制作に関わっていただろうと自然に感じさせるものがあります。しかし、『夜の寝覚』などの作者である、確たる証拠はありません。作者名がはっきりしないといえば、歴史物語の『栄花物語』なども、その一部が赤染衛門《あかぞめえもん》の作だと言われている一方で、明確な証拠が残っていないのです。

こうした『源氏物語』に近い時代に生み出された他の女性たちの著作が、その形式や題名、作者名など、やや混沌とした不透明な形でしか伝来していないのに比べて、紫式部の制作物が『源氏物語』『紫式部日記』『紫式部集』と、物語、日記、私家集という、それぞれ**明確にジャンルの異なる三種類の形で残っている**ことは、大変稀有《けう》なことであり、いかに紫式部が突出した存在であったかを想像させて余りあります。

そこには、紫式部という個人の秀でた知力、教養とともに、それを藤原道長が庇護《ひご》して支え、持てはやした背景があったと考えるべきでしょう。

女性に漢文の素養は悪か？

さて、物語を歴史書と比べるというくだりも、『紫式部日記』にあります。

一条天皇が「源氏の物語人に読ませたまひつつ聞こしめしけるに」と、源氏の物語を人に読ませなさってはお聞きになって、「この人は日本紀《にほんぎ》をこそ読みたるべけれ。まことに才《ざえ》あるべし」と評します。これは、紫式部が『源氏物語』の作者であると同時に、その才能が高く評価されていたことを証し立てる、重要な一節です。

朋輩《ほうばい》の女房「左衛門《さいも》の内侍《ないし》」は、これを聞きつけて「いみじうなむ才がある」、たいそう学がある、と殿上《てんじょう》人《びと》たちに言いふらし、「**日本紀の御局《みつぼね》**」と紫式部のあだ名を付けたのが、「いとをかしくぞはべる」とあります。この実家の女房たちの前でさえ、憚《はばか》っていますのに、宮中で学問をひけらかしたりしましょうか、ときまり悪がって抵抗しています。

一般には女性に漢文の教養があったことが恥ずかしかったのだ、と評されるところですが、本当にそうだったのか、疑問に感じます。紫式部は彰子に、『白氏文集』を教えています。白居易《はくきょい》という中唐《ちゅうとう》の詩人の作品です。もし本当に、漢文の教養が女性にとってふさわしくないものであれば、そのような家庭教師めいたことをする必要はなかったはずです。

その背後には、一条天皇に先に入内していた定子《ていし》が、教養高い人だったことが関係しているとも考えられます。定子は藤原道隆《みちたか》と高階貴子《たかしなのきし》の間に生まれています。高階貴子は高階成忠《なりただ》の娘、学者の家の出身でした。定子はその母を通じて、漢文の教養を得ていた、それが定子のサロンの魅力を支えていたのでしょう。

清少納言《せいしょうなごん》の『枕草子《まくらのそうし》』にも、漢文の教養を思わせるウィットに富んだ会話が多く出てきます。香炉峰《こうろほう》の雪の逸話で有名な「雪いと高う降りたるを」の段、『史記』孟嘗君《もうしょうくん》列伝の函谷関《かんこくかん》の故事《こじ》を踏まえた『小倉百人一首』でも知られる、「**夜《よ》をこめて鳥のそら音《ね》にはかるとも世に逢坂《あふさか》の関はゆるさじ**」の歌を載せる「頭《とうの》

弁《べん》の、職《しき》にまゐりたまひて」の段、『白氏文集』の「三時雲冷カニシテ多ク雪ヲ飛バシ、二月山寒ウシテ春有ルコト少ナシ（三時雲冷多飛雪　二月山寒少有春）」を踏まえて「空寒《さむ》み花にまがへて散る雪に」と応答する「二月つごもりごろに」の段など、いずれも漢文の素養を感じさせます。これは清少納言だけでなく、それを理解して誉めて評価する主君、定子がいたからこそだったのではないでしょうか。

『源氏物語』紅葉賀巻《もみじのがのまき》でも、光源氏の贈歌に藤壺《ふじつぼ》が応じた歌に、中国の『飛燕外伝《ひえんがいでん》』の故事が踏まえられているらしいのを見て、「御后《きさきことば》言葉のかねても」と光源氏は藤壺への尊敬の念を強くしています。天皇の第一夫人である「后」になるにふさわしい教養だ、と感嘆するのです。これは紅葉賀巻の最後で藤壺が中宮になるという結末への、重要な伏線ともなっています。

中宮にふさわしい人として、漢文の素養が求められるとすれば、そのような素養が突然、高貴な人にだけ備わるはずもなく、それを支える貴族の女性一般の教養の水準が問われるはずです。にもかかわらず、『紫式部日記』には「一といふ文字をだに書きわたしはべらず」と、一の字も書けないふりをして、人前では中宮への新楽府《がふ》講読も隠していた、とあります。**女性にも教養が必要とされつつも表立ってひけらかさな**

いほうが良い、といった情況だったのではないでしょうか。
それはさほど特殊なことではなく、女性は男性よりも賢くないほうがよい、勉強ができないほうがよい、という価値観は、時代を超えて脈々と、少なくとも私の若い頃まではごく自然に続いていたようですから。えっ、今もなんですか⁉

三つの作品を連動させた

さて、藤原公任が紫式部に話しかけた、敦成親王誕生の五十日《いか》の祝いの日に話題を戻しましょう。

「わかむらさき」という文言は、「紫のゆかり」の物語を暗示するのかもしれません。『更級日記』には「紫のゆかり」という言葉があります。今日「紫のゆかり」と言えば、藤壺への憧れから、姪である紫の上、そして同じく姪の女三宮《おんなさんのみや》へと血縁関係にある女性に心を移す文脈のことを意味しますが、のみならず、〈紫のゆかり〉編、といった感じに、それらは一まとまりの物語として流布《るふ》していた可能性も想像できます。

今日でも『源氏物語』は少なくとも五、六冊の本に分かれており、多ければ十冊以上に分かれるのです。当時は巻ごとに写本が分けて仕立てられ、その数巻が一まとまりとなって流布したのでしょう。

だとすれば寛弘五年、一〇〇八年の段階で、一連の〈紫のゆかり〉の物語ができていたと考えられるでしょうか。なるほど、藤壺との密通や紫の上との出会いにとどまるものではなく、その後の不義の子の成長や藤壺の死と差し替えに、最愛の人として光源氏の愛情を一身に集めた、紫の上のその後の物語がある程度流布していなければ、『源氏物語』を象徴するような「わかむらさき」という言葉は出てこないでしょう。とすれば、光源氏晩年の物語くらいまで、あるいはできていたのかもしれません。

この寛弘五年の段階でどこまで書かれていたのかは、わかりません。私はこの時点で今日見られる『源氏物語』の全部が制作済みだったとは考えていませんが、ほぼ完成していたと考える立場の人もいるようです。

『紫式部日記』の記述や『紫式部集』の文言を、『源氏物語』の叙述と結び付けて、いつどのあたりが書かれたのかを考えようとする試みも少なくありません。しかし、私はこれには同調する気になれません。一人の人物が書いたものであれば、言葉の趣向や発想は、時を隔てても同じ傾向を保っているのが、むしろ自然だからです。

ただはっきりしているのは、『紫式部日記』や『紫式部集』を見ると、この書き手は『源氏物語』の書き手なのだな、と感じさせる点が多いことです。**文体、語彙、場面描写、感性、さまざまな点で共通**し、この人が『源氏物語』の作者なのだ、と具体的に指させる箇所があるのです。その一つが、この公任の「わかむらさき」発言なのです。

物語の作者名が流布し、後の時代に残るのは、稀有なことなのです。ですから紫式部は自分自身の手で、自らこそが作者であると宮廷社会に対して宣言しようとし、後の世に伝えようとした、そのように考えるべきでしょう。

光源氏というスーパースター

——知ってるようで知らない

類いまれな美しさと才能をもつ貴公子

ヒカルゲンジといえば、ひと世代前の人には「ローラースケートを履いて踊っている少年たち」ですよね。それは古い？　スミマセン、結構なおばさんなんですよ、わたし……。

アイドルグループに「光GENJI」という名がつけられたということは、当時の人たちにとって、「光源氏」は素敵なヒーローの代名詞として、ふさわしかったということでしょう。一九八〇年代後半のことです。

それは、ちょうど私が源氏物語研究に魅せられて研究を始めた頃でした。『源氏物語』自体が魅力的だったというより、『源氏物語』をめぐる研究や議論がとても盛んで、面白そうだったからでした。昭和という時代が天皇の死とともに終わる、それがいつなのかわからない、という空気が続いた一九八〇年代、とりわけその後半、フィクションだとはいえ天皇の物語として注目されたのです。

光源氏は美貌と才能に恵まれ、非の打ちどころのないような理想の男性です。平安中期の当時の人々にしてみれば、天皇になってほしいと思わせるような魅力だったのでしょう。ですが、**光源氏は天皇にはなれない運命にある**、その意味では、〈悲劇の主人公〉です。幼くして母を亡くし、亡き母とよく似た女性、しかも父の新しい妻になった「藤壺」に憧れて密通して、その不義の子がやがて天皇になることで、天皇の父として栄華を極めます。ですがその栄華も結局は破綻していく、いわば哀愁漂う、滅びゆく王の末裔《まつえい》の物語なのです。

そして古代の王は、物語では、往々にして好色なものでした。だからでしょうか、光源氏も恋を重ねます。亡き母に似るという藤壺は父の皇妃でしかなく、心満たされない光源氏は、正妻の葵の上にも満たされないまま、多くの女性と関わります。

身分高くて嫉妬深い六条御息所、セクシーな魅力で男たちを惹きつける朧月夜《おぼろづきよ》、藤壺の姪で容貌も瓜二つの紫の上、およそ美貌とは言えない零落した宮家の姫君の末摘《すえつむ》花《はな》、由緒ある家柄ながら地味に分をわきまえて控えめな花散里《はなちるさと》、中流貴族の人妻で気丈な空蟬《うつせみ》やその継娘の軒端荻《のきばのおぎ》など、女性たちもバラエティーに富んでいます。女性の読者からすれば、その中の誰が自分に似ているか、男性読者からすれば誰が好みの女性か、そういう個性豊かな女性像は読者を魅了するに十分だったのでしょう。

それに比べると、光源氏の魅力は単純ではありません。美貌でリッチなスーパーヒーローはいつの時代も女性の理想です。ですが、それだけでは自分が関わる男性としての現実味はないでしょう。なぜ光源氏は、不細工な末摘花をも見放さないのでしょうか。美しい藤壺や紫の上に魅了される光源氏のみならず、一方で、不細工な末摘花や、経済力をなくした花散里をも見捨てないところが、むしろ、安心できて共感しやすかったからではないでしょうか。

帰る家がなければ路上で死なねばならない当時、安心して暮らし、安心して死ねる場所と人間関係を約束するという意味では、光源氏は極論すれば、〈老人ホーム〉の経営者でもあったのです。

光源氏のモデルか？

在原業平《ありわらのなりひら》（825 ～ 880）

平城《へいぜい》天皇の孫、阿保《あぼ》親王の子。『伊勢物語』の、色好みの物語の主人公として名高いが、実際には東国にも下っておらず、斎宮や皇妃との恋も虚構か。六歌仙の一人で、優美な歌の趣から物語が作られたと考えられる。『伊勢物語』は、光源氏の恋の遍歴の物語の原型。

源　融《みなもとのとおる》（822 ～ 895）

嵯峨天皇の皇子。「源」の姓を賜って臣下に下った。左大臣にまでなり、「河原院《かわらのいん》」という広大な邸を造り、風流に暮らした。夕顔巻の廃院はこの河原院がモデルとされる。また、光源氏の六条院造営の物語の、着想の種になっている可能性もある。

菅原道真《すがわらのみちざね》（845 ～ 903）

学者で公卿。宇多天皇に重用され、遣唐使廃止などを行う。藤原時平らによって大宰府に下されて亡くなり、没後、天神として祀られた。光源氏不遇期の須磨行の物語の着想の種になったようで、須磨巻には道真の詩句も引用される。

源　高明《みなもとのたかあきら》（914 ～ 983）

醍醐《だいご》天皇の皇子。七歳で「源」の姓を賜り臣下に下る。藤原師輔の娘を妻とし、師輔を後ろ楯とし、師輔没後、左大臣にまでなる。村上天皇皇子の為平親王に娘が入内し、将来外戚となることを警戒され、大宰府に流された。光源氏の前半生の下敷きとなっているか。

藤原道長《ふじわらのみちなが》（966 ～ 1028）

藤原兼家の五男ながらも兄たちの没後、政権をとる。紫式部執筆を支援しており、第一の読者とも考えられる。紫式部が権力者の実像として参考にした可能性はあるが、物語中に根拠は乏しい。

敦康親王《あつやすしんのう》（999 ～ 1019）

一条天皇の第一皇子。生まれて間もなく母の定子を亡くし、彰子のもとで育つ。彰子の皇子たちの誕生により、皇位継承の可能性を断たれた。『源氏物語』制作時期にはまだ幼少のため、光源氏のモデルというよりも、光源氏をモデルにして語り継がれたというべきか。

光源氏には誰がお似合い？

『源氏物語』はこれまで何度も映像化されました。光源氏役はそれぞれの時代の代表的な二枚目俳優が務めてきています。映画では長谷川一夫、風間杜夫、天海祐希、生田斗真など、ドラマでは伊丹十三、沢田研二、東山紀之など……。しかしどんな名優が務めても、イメージと違う、こんな人じゃないはずなのに、といった悲鳴にも似た感想が飛び交います。まあ小説や漫画をドラマや映画にする場合によくある、「原作のイメージが壊れる！」の典型です。

とはいえ光源氏の場合、よくある話に加えてもう少し別の事情もあります。つまり、もともと**光源氏はおよそ具体像がはっきりしない**、つかみどころのない人物なのです。

そもそも神話の英雄の話を持ち出して、光源氏を神話的な主人公だから色好みでよいのだとするのが、国文学研究上の説明です。なるほど古代の神話では、スサノオノミコトやオオクニヌシなど、多くの女性と関わりながら土地を平定していきます。

ですがたとえば、映画００７でジェームズ・ボンドのお相手役の女性であるボンドガールはいつも新しいヒロインだし、「寅さん」の映画にだっていつも別の新しいマドンナが出てきます。そのたびごとに新しいヒロインが出てくるのは、主人公の男役は一応は一貫させながら――ジェームズ・ボンドを演じる俳優さんは何代か交替していますが――、より新鮮味のある今を時めくヒロイン役をぶつけることで、映画の興行を成功させようとする、いわば興行上の動機も少なからずあるはずです。人気のある映画をシリーズ化する場合、馴染《なじ》んだコンセプトの繰り返しを楽しみながら、新しい魅力を加えてその都度独自の〈売り〉を作る、典型的な手法でしょう。

『源氏物語』に先立って生まれた歌物語、「昔、男……」で始まる『伊勢物語』では、ありとあらゆる人間関係を一二五の短編――通常の「定家本」と言われる系統の場合の数で、他の写本では話の数に増減があります――を通して、盛りだくさんに語ります。ここでの「男」は一人かどうかわかりません。しかし『源氏物語』は、**光源氏一人がすべての恋愛模様や人間関係の要《かなめ》になっている**わけです。そんな人はどんな時代であっても実在することはないでしょう。それは現代の現実の中に「島耕作」が実在しないのと同じです。

一般向けの講演などをすると、光源氏は漫画の主人公である「島耕作」に似ている、という感想をよく耳にします。私に言わせればそれは逆で、「島耕作」のほうが光源氏を模しているのです。一話一話で数々の女性と関わりながら、次第に出世していくという骨格、その女性の中にもその場限りの人もいれば、のちまで出てくる人もいるといった具合に、登場が短編的・長編的と緩急あるところなど、当初のコンセプトは、かなり『源氏物語』の骨格にアイデアを得たのではないかと私などは感じてしまいます。最近はどうなっているのか知りませんが……。

昭和の末期に、男性向けのコミック誌『モーニング』に連載され始めたものですから、当時の若い男性の夢を体現しているのでしょう。所詮は夢であって、もちろん当時、島耕作が実在したわけではありません。では、一人の夫に多くの妻が許された平安時代ならば、現実に光源氏のような人がいたのでしょうか。いえいえ、そもそも光源氏も、千年前の夢物語なのです。

男から女へ、主役の転換

漫画『島耕作』シリーズが始まったのは一九八三年だそうです。一九八九年には栄養ドリンクのコマーシャルで「24時間戦えますか？」というキャッチコピーが流行りました。まだ企業で働く主役は男性で、良し悪しはともかく、女性は本格的には参加できずに補助的な職種にとどまるか、退職して家庭に入るという時代でした。

その一九八〇年代、昭和の末期、人文系の研究分野では「王権論」と言われる議論が盛んでした。昭和天皇という第二次世界大戦敗戦と深く関わる存在の終焉《しゅうえん》に向き合いながら、天皇制についての議論が盛んになったのです。これと連動して『源氏物語』についての研究においても、**〈天皇になれない宿命を負った光源氏がいかに天皇の座に近づくか〉**という大まかな見取り図でとらえることが一般的になりました。

そういう王権論的な光源氏中心の源氏物語理解は、当時大多数の研究者が男性だったこととも無関係でなかったのかもしれません。どの分野の学問もそうでしょうが、研究者のほとんどは男性でした。もちろん

源氏研究者、その中でも発言力を持つ有力な研究者は男性研究者でしたから、物語を説明する際には、男性目線での論調に傾きがちでした。

その一方で、おもに比較的年齢層の高い女性が多い一般読者たちの間では、たくさん登場する女性たちのそれぞれに感情移入しながら『源氏物語』を楽しむのが一般的でした。それらの女性のすべてと関わる光源氏は、いったいどんな人物なのか、具体的な実像を結びにくいのも当然です。

光源氏がどんなヒーローだと思われていたのか、そのあたりはそれぞれの読者が好き勝手に光源氏のイメージを作っていた、だからこそどの俳優が演じても今一つしっくりこない厄介な主人公なのです。

そういえば当時、『金曜日の妻たちへ』などという不倫ドラマが流行ったのを覚えているでしょうか。多くの妻たちが専業主婦だった時代ならではの不倫ドラマの流行でした。あるいは九〇年代に一世を風靡《ふうび》した『東京ラブストーリー』は、個性の典型的に異なる二人の女性の間で揺れる男性や、あるいは逆に、個性の異なる二人の男性の間で揺れる女性のドラマでした。そうしたテレビドラマがヒットすること自体、男性との関係に翻弄《ほんろう》される女性の内面を深く掘り下げた『源氏物語』を、日本の一大名作として暗黙に支える環境だったのかもしれません。

さてそれから三十年以上の時が過ぎ、時代は移ります。男女雇用機会均等法が導入されて間もない頃の、まだぎこちなかった女性たちの社会的な活躍は、今ではずいぶん社会に浸透しています。政治家や芸能人の不倫が、声高に糾弾される昨今の風潮からすれば、『源氏物語』はある意味で、肩身が狭い存在にもなっているようにも見えます。光源氏が空蟬や朧月夜と出合い頭《がしら》に関係をもつのは、つまりはレイプではないのか、複数の女性と同時に関わることをよしとする平安時代の社会そのものが、現代人にとっては相当に破廉恥《はれんち》なものではないのか、とも見られがちです。

もしかするとそれは今現在、男女ともに、個人的な人間関係を大切にしつつ社会生活を維持していくこと自体が、いささか難しい時代に突入していることを意味するのかもしれません。恋愛が困難な時代になっている、だとすれば少しわびしい気持ちになります。

ともあれそれでは現代、私たちが『源氏物語』を読む価値はどこにあるのでしょうか。

『源氏物語』がなければ……

現代における『源氏物語』を読む価値、それを、歴史的に大切にされてきた日本文化の基盤だからだ、と過去の実績を語って説明するのは比較的たやすいです。

『源氏物語』は平安中期に成立して以降、『夜の寝覚』や『狭衣物語《さごろもものがたり》』など、その後の物語のモデルとなり、大きな影響を与えました。和歌を詠むに際しても『源氏物語』中の和歌や名場面が意識されるようになり、『六百番歌合《ろっぴゃくばんうたあわせ》』では、**源氏を読んでいない歌詠みは残念**だと批評されるまでになりました。そうした和歌の伝統の中に組み入れられることで、『源氏物語』より百年ほど前に編纂された最初の勅撰和歌集、『古今和歌集』とともに、現代にも残る美意識の基礎を作っています。

光源氏が春夏秋冬を象徴する四つの町に、それぞれにふさわしい女を住まわせた、という物語は、単に好色の所業というだけでなく、当時の季節感や美意識を象徴的に物語化したものでしょう。春には桜を愛で、秋には紅葉を楽しむ、夏は短い夜を惜しみ、冬は雪の寒さに身を縮める――四季の移り変わりをその代表的な風物を通して感じ取る意識は、『古今和歌集』や『源氏物語』を基盤に作られたものです。

やがて後の時代には、四季折々に特徴的な風物は、俳諧《はいかい》の季語になり、歳時記として編まれていきます。季語といっても現代では俳句を嗜《たしな》む人以外には関係ないと思われるかもしれませんが、手紙や文書の冒頭の「時候の挨拶」には今も生きていますし、少し趣味的と思うかもしれませんが、贈り物の包装や部屋の飾りつけ、生け花などには、季節感のある物が取り入れられています。現代では大きく薄められているにしても、全く無縁というわけではありません。

時代が下るにつれ、長い物語を簡単に理解するための梗概本《こうがいぼん》も多く作られます。また、鎌倉時代や室町時代には為政者《いせい》たちに大切にされ、物語中の場面を題材に絵画や工芸品なども制作されました。着物の柄の中にも、ひそかに『伊勢物語』や『源氏物語』の場面を踏まえた図柄が、巧妙に取り入れられている例も少なくありません。江戸時代には版本《はんぽん》という印刷物によって、多くの読者に親しまれるようになりました。なかでも『湖月抄《こげつしょう》』はそれ以前の『源氏物語』の注釈を簡単にまとめたもので、昭和初期まで親しまれたテキストです。

このように古典の名作はそれぞれの時代の文化の中に取り込まれて、潜伏するように継承されて初めて、脈々と生き続けるものなのです。

近現代の小説にも、ああこれは『伊勢物語』や『源氏物語』のもどきかも？　と気づくことがあります。とかく近現代文学については、西洋の文物の影響が指摘されがちですが、明治・大正まではいわゆる前近代、江戸期の文物は生活の中に多く残っていましたから、その基盤に潜流する平安文学は、直接間接に近現代文学にまで影響を及ぼしているのです。

このように、生活の中に取り込まれた古典の残滓《ざんし》は、それに気づくかどうかで暗黙のうちに私たちの教養のレベルが試されているのです。知らないと恥ずかしい、教養人の素養だ、という側面は否めないでしょう。

しかし、素養だから学ぶ必要があるというだけでは、実に味気ないものです。それ自体が魅力的で面白くて初めて、知りたい気持ちも学びたい意欲も湧いてくるはずだからです。

古典的名作の条件

古典文学の読者は、大きく言って二つのタイプに分かれます。一つは現代と違うところに関心を持つ人たちであり、もう一つは現代と同じところに関心を持つ人たちです。

「現代と違うところに関心を持つ人たち」とは、どんな人でしょうか。

たとえば、平安朝を現代とは異なる「みやびな世界」だと思い描いたとしましょう。この場合、しばしば装束《しょうぞく》や調度《ちょうど》、建物といった今日の現実社会とは明らかに別種の風物に目を向けます。なるほど確かに、唐衣裳《からぎぬも》装束、いわゆる十二単《じゅうにひとえ》を身にまとった女性は、豪奢《ごうしゃ》で美しく見えます。試しに着てみる体験ができる場所も各所にありますね。宝塚のヒロインの衣装を試しに身に付けるのと同じく、お姫様気分を味わいたいという需要もあるのでしょう。平安朝の宮廷文化への憧れは、ヨーロッパ旅行で古城を見に行くのに似たような感覚だとも言えるかもしれません。

現代にない優雅で豪奢な世界への憧れは、単に風俗に対してだけでなく、潜在的に、貴族文化への憧れを含んでいるようです。現代にも天皇家は残り、世界の王侯貴族はいくつかの国で残るものの、かつてに比べれば圧倒的に減り、貴族と庶民という階級差は少なくとも表面上は失われつつあります。

もっとも、一部の超富裕層と一般庶民という新たな階級差はあります。まあ、現代のスーパーリッチはそれほどわかりやすい風体《ふうてい》はしていませんけれども。いつの時代も圧倒的多数は庶民ですから、到底手の届かないリッチで優雅なものへの潜在的な憧れは否めません。広々とした優雅で典雅な場所、歴史ある伝統的な血脈、豪奢で重厚な装束、それらが現代の現実と程遠いほど、現実的な生々しさを超えた憧れの対象になりやすいのでしょう。

その一方、「**現代と同じところに関心を持つ人たち**」は、物語に何を求めるのでしょうか。

社会的環境、身分意識、あらゆる点での異なりを超えて、人の心理や人間関係には変わらないところがあります。夢を見たり憧れたり、愛したりすれ違ったり、憎んだり妬んだり、人のあらゆる感情は、身分や制度、社会や風俗、時代や言語とは無縁に、誰にでも萌《きざ》すものなのです。そうした人間の普遍的な心理が、全く異なる文化や社会風俗の中で萌すのを見たとき、「こんなに時代が違うのに、こんなに環境が違うのに、人間って変わらないものなんですね」という、どうにもならない感慨にたどりつくのです。

その感慨の奥には、現状への不満を紛らわしたい、眼の前の不安を慰めたい、自分の判断の妥当性を確かめたい等々、現在の自分の抱える種々の問題をどうやって受け入れるか、妥協するか、納得するか、乗り越えるか、そうした現在の自分を知るための何らかのきっかけを手に入れたいという欲求があるのでしょう。人生のさまざまな局面で経験するあらゆる感情を受け止める力があること、すなわち人生のあらゆる多様な局面を包摂《ほうせつ》していることは、古典的名作の条件なのです。

人は現実にできないことを、仮想の世界で擬似的にでも体験したくなります。特に日常的には道徳に縛られて許されない邪悪なことへのひそかな願望は、誰にでもあるものです。ミステリーの中で主人公がいくら殺人を重ねても、普通の読者は真似しません。真似をすれば犯罪者になるからです。光源氏の物語を読んだからといって、いったい誰が天皇の妻と密通できるでしょうか。庶民にはできるはずがない絵空事です。それらはいわば、パリ・コレでモデルさんが着て舞台で練り歩いた洋服を着て、街中を闊歩《かっぽ》するようなものなのです。

では不倫ならばどうでしょうか。こちらは殺人を犯すよりも、天皇の妻との密通よりも、ふと手を伸ばせば実現できそうですね。だからこそいささか物議を醸《かも》すのです。

あらすじで読む『源氏物語』

——読み始めたら、もうやめられない

まずおさえておきたいこと

ところで、そもそも『源氏物語』ってどんなお話でしょうか。知っているようで知らない、というあなたのために、簡単にあらすじをたどっておきましょう。

「いづれの御時にか」、何代か前のどの帝の時代だったか、という書き出しで、この物語は始まります。一人の帝が何人もの女性を妻妾《さいしょう》とする時代、ある帝が大変思い入れた女性がいました。あいにく中宮になれる「女御《にょうご》」の身分ではなく、一段格の低い「更衣《こうい》」でした。父の大納言《だいなごん》はすでに亡くなり、力になれる男兄弟もいません。そうした弱々しい境遇だからこそでしょうか、帝は深く心を寄せます。

第一皇子の母は「弘徽殿《こきでん》」という宮中の建物に住む右大臣の娘の「女御」で、いずれは帝の第一夫人、「中宮《ちゅうぐう》」になるつもりでいました。しかし、帝は**「桐壺《きりつぼ》」に住む更衣**を愛し、第二皇子まで生まれます。実に愛らしく天賦《てんぷ》の才を備えた類《たぐ》い稀《まれ》な男の子でした。他の女御や更衣たちに意地悪をされた挙句、桐壺更衣は病がちになり、皇子が数え年で三歳の夏に亡くなってしまいます。

帝は第二皇子をやがて天皇に即位できるように皇太子にしたいと考えますが、あれこれの予言を受けた挙句、無理矢理に皇太子にして世が乱れることを懸念し、**「源《みなもと》」の姓**を与えて臣下に下します。「光源氏」と呼ばれるゆえんです。

桐壺帝は、先帝の女宮が桐壺更衣によく似ていると聞いて、宮中に入るように求めます。光源氏も亡き母に似ている**藤壺《ふじつぼ》**に、憧れを抱くのでした。光源氏は元服とともに左大臣の娘の葵《あおい》の上《うえ》と結婚しますが、藤壺への憧れを抑えきれずにいました。

藤壺への満たされない思いを抱えながら、光源氏は、中《なか》の品《しな》の女たち、空蟬《うつせみ》、軒端《のきばの》荻《おぎ》、夕顔たちと巡り合っては恋を重ねます。がついに、病治療に訪れた北山で、藤壺によく似た少女、若紫に巡り合います。藤壺の姪でした。それとほぼ同時期、藤壺とついにひそかに関係を結んでしまい、藤壺は不義の子を出産、その子は桐壺院の子として育ちます。後に冷泉帝《れいぜい》となる人です。

光源氏は**紫の上**を手元に引き取って理想的な女性に育てる一方、零落した宮家の娘の末摘花《すえつむはな》に接近しては醜い容貌《ようぼう》に落胆し、右大臣家の娘の朧月夜《おぼろづきよ》とも関係を結びます。亡くなったかつての皇太子妃である六条御息所《ろくじょうのみやすどころ》との関係は、正妻の葵の上側の対抗心を招き、結局六条御息所は生霊《いきりょう》となり、葵の上は亡くなってしまいます。ただその後は、これまで妹のように慈《いつく》しんできた紫の上を妻として大切にして、次第に女性遍歴もおさまっていきます。

父の桐壺院の没後、兄の朱雀帝《すざく》が大切にする朧月夜と、光源氏は密会を重ね、その関係が発覚して都に居られなくなり、須磨《すま》に下ります。さらに明石《あかし》に移り住み、元の播磨国《はりまのくに》の国守《こくしゅ》である明石の君と関係して娘をもうけます。

やがて光源氏は都に復帰、藤壺との間にもうけた不義の子は帝位につきます。実母の藤壺が亡くなった後、自らの出生の秘密を知った不義の子冷泉帝は、世間には内密にしたまま光源氏を父として重んじて、**帝を退位した太上《だいじょう》天皇に准《じゅん》ずる位**に処遇しました。光源氏はこの世の栄華をほしいままにします。

ところが光源氏は晩年、朱雀院の最も大切にしていた娘で、藤壺の姪にあたる女《おんな》

光源氏と女君たちの関係

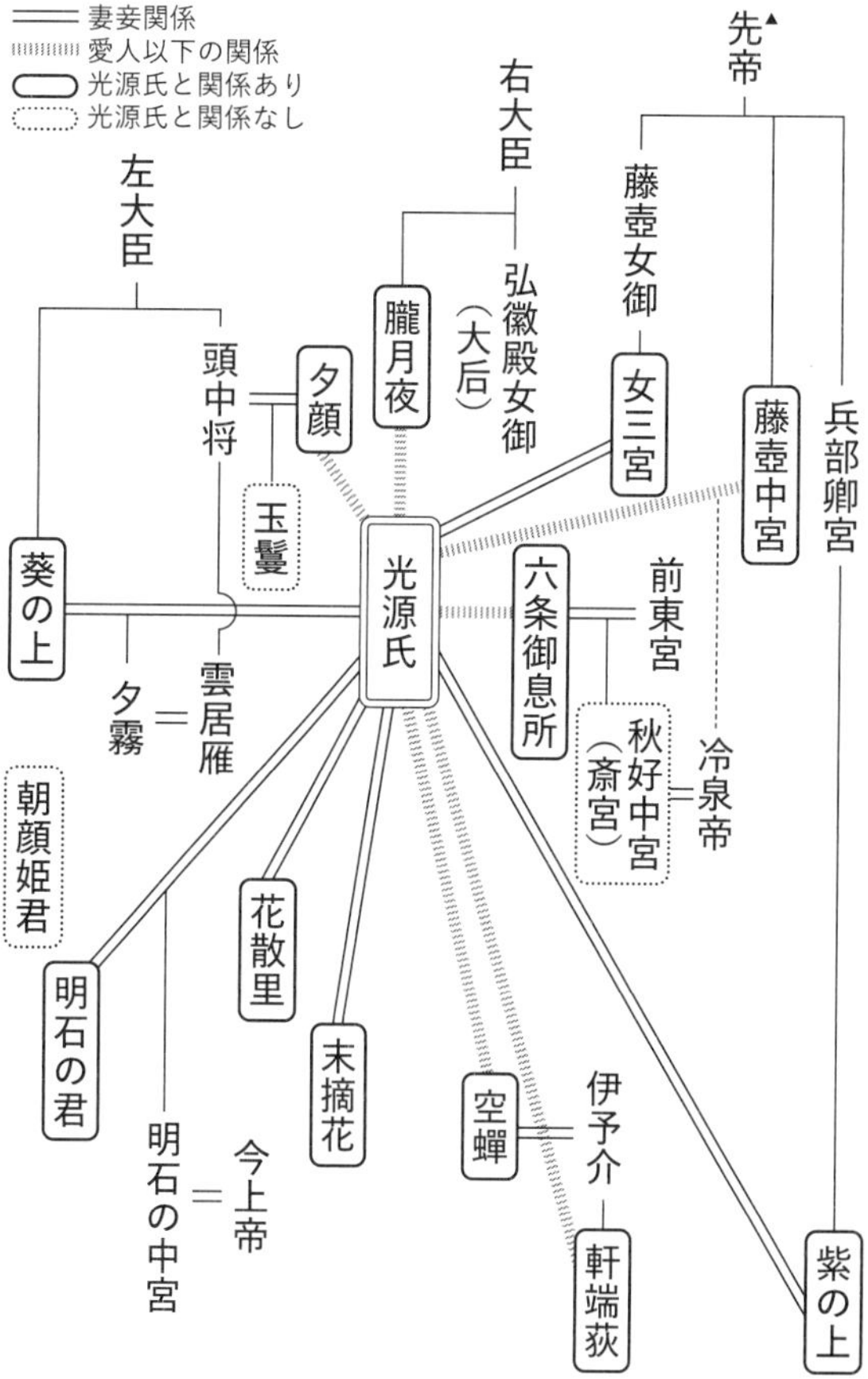

妻妾関係
愛人以下の関係
光源氏と関係あり
光源氏と関係なし
先帝
右大臣
左大臣
藤壺女御
弘徽殿女御（大后）
朧月夜
頭中将
夕顔
女三宮
藤壺中宮
兵部卿宮
玉鬘
光源氏
葵の上
六条御息所
前東宮
夕霧
雲居雁
秋好中宮（斎宮）
冷泉帝
朝顔姫君
花散里
末摘花
明石の君
明石の中宮
今上帝
空蟬
伊予介
軒端荻
紫の上

三宮《さんのみや》を妻として迎えます。光源氏は幼稚な女三宮に関心を持てませんが、かつての頭中将《とうのちゅうじょう》の息子である柏木《かしわぎ》は、女三宮に憧れて密通してしまいます。

女三宮は柏木との不義の子を出産して間もなく出家、柏木は光源氏に睨《にら》まれて病気で亡くなります。光源氏は、晩年には妻を寝取られて不義の子「**薫**《かおる》」を我が子として育て、自身の若き日の罪の報いを受けることになるのです。

一気読み五十四帖

『源氏物語』は今日一般に、三部に分けて理解されています。第一部は光源氏の誕生から栄華の物語、第二部は光源氏の晩年の物語、第三部は光源氏没後の次世代の人々、匂宮《におうみや》や薫の物語です。

以下に、各巻の概説を記しておきますので、ご参考になさってください。

○第一部（桐壺巻～藤裏葉巻）

桐壺巻《きりつぼのまき》、桐壺更衣は、今は亡き父大納言の遺言に従って、はかばかしい後見《うしろみ》もなきままに帝の後宮《こうきゅう》に入りました。帝は桐壺更衣を格別に寵愛《ちょうあい》、男子が誕生します。ですが、すでに右大臣の娘の弘徽殿女御《こきでんのにょうご》との間に第一皇子がいました。桐壺更衣は後宮の女たちに妬《ねた》まれて病に臥《ふ》し、帰らぬ人となりました。遺《のこ》された男子は類いまれな美貌と才能に恵まれました。帝は内心、皇太子にと願うものの、高麗《こま》や日本の占いの結果が思わしくなかったため、「源」の姓を賜《たまわ》って臣下《しんか》に下すことにしたのでした。帝は、桐壺更衣に似ている先帝の四《し》の宮《みや》を入内《じゅだい》させます。藤壺《ふじつぼ》です。光る君は元服、左大臣家の娘と結婚しましたが、藤壺を思慕し続けました。

帚木巻《ははきぎのまき》、光源氏と頭中将《とうのちゅうじょう》らは雨の夜に宮中で宿直《とのい》をし、女性談義を繰り広げました。そこから中流の身分の女に関心を抱いた光源氏は、方違《かたたが》えの先で、抵抗する伊予介《いよのすけ》の後妻と関係を持ってしまいます。

続く**空蟬巻**《うつせみのまき》、光源氏は紀伊守《きのかみ》邸で、伊予介の娘で美しい軒端荻《のきばのおぎ》と、やや不器量な空蟬が碁を打つ様子を垣間見《かいまみ》たのでした。夜に忍び入ると空蟬は装束を残して逃げ、光源氏は軒端荻と関係してしまい、とうとう空蟬とは逢えなかったのでした。

夕顔巻《ゆうがおのまき》、光源氏は五条の乳母《めのと》の病気見舞いの折、隣の家の花とその家の女に関心を抱くのでした。光源氏は惟光《これみつ》に手引きさせ、名乗り合わぬまま逢瀬《おうせ》を重ねます。八月十五夜、いやしい家の様子に落ち着かない光源氏は、女を「なにがしの院」、荒れた人気《ひとけ》のない院に連れ出して逢瀬を楽しみます。しかし、女は物の怪《もののけ》に取り殺されてしまいました。実は、頭中将との間に玉鬘《たまかずら》をもうけた女だったのでした。

若紫 巻《わかむらさきのまき》、三月下旬、光源氏はわらわ病の治療のため北山を訪れます。山では桜が盛りでした。光源氏が風情ある家で垣間見すると、少女が雀の子が逃げたと泣いています。藤壺の姪でした。光源氏は里下がりをした藤壺と、とうとう夏の短い夜を共にしたのでした。その後、不思議な夢占いを聞いて、いぶかしんでいたところ、藤壺は懐妊してしまいます。晩秋、北山の尼君が孫娘を光源氏に託して亡くなったので、二条院に引き取ったのでした。

末摘花 巻《すえつむはなのまき》、光源氏は乳母子《めのとご》の女房の世間話で、亡き常陸宮《ひたちのみや》の姫君の存在を知ることになります。手紙を贈り、垣間見して琴の音に心惹かれ、頭中将も求愛していると知って焦った光源氏は、秋の夜に訪問し関係を持ちました。だが、何か奇妙な様子です。久々に訪れた雪の朝、光源氏は姫君の醜い容貌を見て落胆しましたが、面倒を見ると決意しました。帰邸した光源氏は鼻を赤く塗って、紫《むらさき》の上《うえ》と戯れるのでした。

紅葉賀巻《もみじのがのまき》、朱雀院《すざくいん》への行幸《ぎょうこう》を前にして、宮中で試楽《しがく》が催されました。青海波《せいがいは》を舞う光源氏の美しさに藤壺は感動を禁じ得ません。行幸当日も光源氏の美しさは格別でした。十二月の予定だった藤壺の出産は、二か月遅れ、二月になってしまいます。桐壺帝は光源氏に似た若宮を格別に慈しみます。光源氏はおののきながらも感動します。ですが藤壺はつれなく、妻の葵《あおい》の上《うえ》とはしっくりせず、紫の上に心なぐさめられます。

花宴巻《はなのえんのまき》、翌春の二月二十日過ぎ、宮中の桜の宴で光源氏の漢詩と春鶯囀《しゅんのうでん》の舞を披露します。人々は賞賛、藤壺も魅了されるのでした。酔い心地の光源氏は藤壺のもとを訪れようとしますが守りはかたく、戸が開いていた弘徽殿で、歌を口ずさむ女と契りを交わします。右大臣家の藤の宴で再会したその女は、東宮《とうぐう》に入内予定の六の君、朧月夜なのでした。

葵巻《あおいのまき》、すでに朱雀帝の御代、新しい斎院《さいいん》の御禊《ごけい》の行列に仕える光源氏の晴れ姿を見に出かけた六条御息《ろくじょうのみやす》所《どころ》は、葵の上一行に乱暴に扱われて心身をわずらって

しまいます。出産間際の葵の上に、六条御息所が取り憑《つ》いて、葵の上は夕霧《ゆうぎり》を出産するも急に亡くなってしまったのでした。喪が明けて二条院に戻った光源氏は、紫の上と初めて男女の関係を結びました。

賢木巻《さかきのまき》、娘の斎宮《さいぐう》が伊勢に下るのに同行しようとする六条御息所を、光源氏は嵯峨《さが》野《の》の野宮《ののみや》まで訪れて、別れを惜しみます。桐壺院が崩御、光源氏は藤壺に拒まれて、雲林院《うりんいん》に籠《こも》りました。藤壺は桐壺院の一周忌に出家してしまいます。落胆した光源氏は朧月夜と情事を重ね、ついに右大臣に発覚します。

花散里《はなちるさと》巻《のまき》、心変わりする女もいる一方で、変わらぬ心で待つ麗景殿《れいけいでんの》女御《にょうご》姉妹もおり、光源氏はたまさかに訪れては、わずかな交流をかわします。

須磨巻《すまのまき》、光源氏は須磨への退去を決意し、出立しました。須磨では数人の供の男たちと、月を見て都を懐かしみ、都の女たちと文をかわします。明石の入道《にゅうどう》は光源氏に娘を娶《めあ》わせたいと望みます。都との人々と疎遠になる中、かつての頭中将は、光源氏を須磨にまで訪ねてきました。三月上巳《じょうし》の日、暴風雨に見舞われます。

明石巻《あかしのまき》、暴風雨は数日続き、邸に落雷、火事になってしまいます。疲れ果てた光源氏の夢に桐壺院が現れて励まし、明石の入道の迎えの船がやってきます。明石の地に移った光源氏は、明石の君のもとに通うようになるのでした。都では朱雀院が眼病をわずらい、弘徽殿大后《おおきさき》も病がちになります。懐妊した明石の君と別れ、光源氏は権大《ごんだい》納言《なごん》として都に復帰したのでした。

澪標巻《みおつくしのまき》、不義の子冷泉帝《れいぜい》が即位、光源氏は内大臣《ないだいじん》になります。三月に明石《あかし》の姫君《ひめぎみ》が誕生、かつて帝・后・太政大臣が並び立つと予言されたことを思い出し、お妃教育のために乳母を明石に派遣しました。秋、光源氏は、願ほどきに住吉を参詣、明石の君一行と行きあいます。六条御息所は帰京、光源氏に娘を託して亡くなったのでした。

蓬生巻《よもぎうのまき》、光源氏の庇護《ひご》を失った末摘花は没落、乳母子の侍従も筑紫《つくし》に下ってしまい悲しみに暮れていると、ある日通りかかった光源氏によって見いだされ、のちに二《に》条東院《じょうとういん》に引き取られたのでした。

関屋巻《せきやのまき》、空蟬は、夫とともに常陸《ひたち》に下り、夫と共に上京する途上、石山寺《いしやまでら》に参詣《さんけい》をする光源氏と逢坂《おうさか》の関《せき》で偶然すれ違い、互いに感慨にふけりました。空蟬は夫の没後、継子《ままこ》の懸想《けそう》を拒んで出家したのでした。

絵合巻《えあわせのまき》、六条御息所の娘の前斎宮には朱雀院が心を寄せていましたが、光源氏は藤壺と連携して、冷泉帝に入内させるのでした。冷泉帝は、絵心《えごころ》のある前斎宮に心を寄せるようになります。絵合が開催されると、かつての頭中将の娘の弘徽殿女御ではなく、光源氏の須磨の絵日記で前斎宮が勝利しました。

松風巻《まつかぜのまき》、光源氏は二条東院に明石の君を招きますが、明石の君は母の尼君と娘の姫君とともに大堰《おおい》の地に移り住み、光源氏を通うように仕向けるのでした。

薄雲巻《うすぐものまき》、明石の姫君は結局、紫の上の養女となりました。天変地異が続き、太政大臣に続いて藤壺が亡くなり、光源氏は人知れず悲しみに暮れます。冷泉帝は夜居《よい》の僧都《そうず》から出生の秘密を知らされ、光源氏に譲位《じょうい》する意向をほのめかしますが、光源氏はあくまで固辞します。

朝顔巻《あさがおのまき》、父の式部卿宮《しきぶきょうのみや》を亡くした朝顔前斎院に光源氏は求愛しますが、自らの格式と老いを自覚する朝顔に拒まれます。光源氏の心変わりに不安を抱く紫の上に、これまでの女性関係を打ち明けます。その夜、光源氏の夢に現れた藤壺は、紫の上に語ったことを責めるのでした。光源氏は藤壺を弔《とむら》うのでした。

少女巻《おとめのまき》、なおも光源氏は朝顔前斎院に執着しますが、相手にされないまま終わります。光源氏の方針に従って夕霧は大学で勉強中でしたが、一緒に育ったいとこの雲居《くもい》の雁《かり》と相愛の仲となります。父の内大臣、もとの頭中将は怒って、雲居雁を自邸に引き取ります。光源氏は広大な六条院を造営、女君たちは順々に移り住むのでした。

玉鬘巻《たまかずらのまき》からの十帖、いわゆる「玉鬘十帖《たまかずらじゅうじょう》」は、夕顔の娘、玉鬘の物語です。幼い玉鬘は、母の夕顔の死も知らぬまま、乳母の一族に連れられて筑紫に下っていました。美しく育った玉鬘に、無粋《ぶすい》な肥後《ひご》の豪族が求婚、乳母らは姫君を連れて上京、初瀬《はつせ》詣《もうで》で夕顔の女房の右近《うこん》と再会し、光源氏の六条院に引き取られます。

初音巻《はつねのまき》、光源氏は紫の上と新春を祝い、女たちを訪問して、年末に配った装束を検分するのでした。

胡蝶巻《こちょうのまき》、六条院の船楽《ふながく》の折、紫の上と秋好中宮《あきこのむちゅうぐう》は女房たちを介して交流します。玉鬘には求婚者たちから求愛の手紙が届き、光源氏は検分しつつ、自らも恋を訴えて玉鬘を困惑させます。

蛍巻《ほたるのまき》、光源氏は六条院を訪れた弟の蛍兵部卿宮《ほたるひょうぶきょうのみや》に見せようと、玉鬘の居所に蛍を放つのでした。長雨の中、光源氏は玉鬘を相手に物語談義をします。かつて頭中将だった内大臣は、夢占いで落胤《らくいん》の娘の存在をほのめかされます。

常夏巻《とこなつのまき》、猛暑の中、光源氏は内大臣の息子たちと涼をとりながら、内大臣の落胤の近江《おうみ》の君の噂をし、内大臣の夕霧へのつれなさに恨み言を言ったりします。玉鬘は、実父の内大臣と光源氏との微妙な関係を知って、実父との対面が容易ではないと嘆くものの、実の娘を笑い者にする父の仕打ちを耳にして、光源氏に恩義を感じるようになります。近江の君は異母姉の弘徽殿女御のもとに出仕、恥を広めてしまいます。

篝火巻《かがりびのまき》、秋風の吹く篝火のもとで光源氏は琴をかきなで、玉鬘と歌を詠みかわし戯れます。

野分 巻《のわきのまき》、秋に台風が猛威をふるいます。六条院もひどい被害を受けて、夕霧は見舞いに訪れ、紫の上の姿を垣間見て強く心惹かれますが、光源氏に見透かされてしまいます。夕霧は女君たちを見舞う光源氏に付き従いつつ、明石の姫君のもとから雲居《くもいの》雁《かり》に手紙を送るのでした。

行幸巻《みゆきのまき》、大原野《おおはらの》行幸で冷泉帝の美貌に惹かれた玉鬘は、出仕に心が傾き始めます。光源氏は玉鬘の裳着《もぎ》の腰結《こしゆい》役を内大臣に依頼、玉鬘は内大臣と父娘の対面を果たすのでした。求婚者たちは玉鬘の素姓を知って驚きます。

藤袴 巻《ふじばかまのまき》、玉鬘は秋好中宮や弘徽殿女御と帝寵《ていちょう》を争うのを恐れて悩んでいます。実の姉妹でないと知って夕霧は玉鬘に求愛、逆に柏木は兄弟としての親愛を求めます。

真木柱巻《まきばしらのまき》になると、玉鬘はすでに鬚黒《ひげくろの》大将《だいしょう》のものになっていたのでした。鬚黒の北の方は、心を取り乱して夫に火取《ひとり》の灰を浴びせかけます。住み慣れた家の柱に歌を残す姫君を連れて、北の方は実家に帰ってしまいます。翌春、玉鬘は出仕し帝に気に入られたため、焦った鬚黒はそのまま自邸に引き取り、玉鬘はとうとう六条院には帰ることはできなかったのでした。

梅枝《うめがえのまき》巻、明石の姫君の入内の準備に、六条院では薫物《たきもの》合わせが行われ、蛍兵部卿宮が審判役をつとめます。翌日には姫君の裳着《もぎ》が行われました。嫁入り道具として、名筆の数々も集められるなど準備が進められます。

藤裏葉巻《ふじのうらばのまき》、内大臣は夕霧を自邸の藤の宴に誘い、雲居雁との結婚を許します。明石の姫君は入内、明石の君が後見《うしろみ》役となったのでした。光源氏は准太上《じゅんだいじょう》天皇となり、秋には冷泉院と朱雀院も六条院を訪れ、光源氏は栄華の頂点を極めるのでした。

○第二部（若菜上巻〜幻巻）

若菜上《わかなのじょう》巻、朱雀院は重い病のために出家を願い、娘の女三宮の後見《うしろみ》役に苦慮したあげく、光源氏のもとに降嫁《こうか》させることにしました。女三宮が六条院に降嫁、紫の上は苦悩しつつも忍従《にんじゅう》し、六条院の円満を保つよう努めます。板挟みになった光源氏は、朧月夜《おぼろづきよ》との関係に気を晴らすのでした。明石の姫君は東宮の男子を出産、光源氏の四十の賀が催されます。明石の入道は手紙を寄越して山に入ったのでした。春、六条院の蹴鞠《けまり》の日、柏木は憧れの女三宮を垣間見て心取り乱し、深く惹かれるのでした。

若菜下巻《わかなのげ》、柏木は女三宮への想いを、女三宮の猫を手に入れて心慰めます。四年ののち冷泉帝は譲位し、明石の女御の第一皇子が東宮になり、女三宮は二品《にほん》に叙されて格式高くなり、光源氏にもいっそう重んじられるようになり、紫の上は出家を願うようになります。朱雀院の五十の賀に向けて、光源氏は女三宮に琴《きん》の琴《こと》を伝授します。六条院で女楽《おんながく》を催しましたが、紫の上は直後に発病して二条院に移ります。光源氏が留守になった六条院に、葵祭《あおいまつり》の御禊《ごけい》の前日、柏木が忍び込み、女三宮と密通してしまったのでした。その一方で紫の上は危篤となり、六条御息所の死霊が出現して、自身の仕業だと告白します。紫の上が小康状態になった頃、光源氏は女三宮のもとで、柏木からの女三宮宛の手紙を発見し、密通を知ってしまったのでした。朱雀院の賀宴《がえん》の試楽《しがく》の日、光源氏は柏木をにらみつけ、柏木は病の床に臥したのでした。

柏木巻《かしわぎのまき》、病床の柏木は死を願います。女三宮は男子を出産の後、光源氏の冷淡さに耐えかねて、父朱雀院の手で出家します。これも六条御息所の死霊の仕業でした。柏木は、見舞いに訪れた夕霧に光源氏への詫《わ》びを言い、妻の女二宮、落葉宮《おちばのみや》の今後を託して亡くなります。男子の五十日《いか》の祝いに、光源氏は複雑な思いを抱きつつ、子をいつくしむのでした。夕霧は落葉宮を見舞い、次第に心惹かれていきます。

横笛巻《よこぶえのまき》、柏木の一周忌、人々は柏木の死を悼み、朱雀院は娘たちの不幸を悲しみます。夕霧は落葉宮母娘を訪問し、落葉宮と共に楽器を演奏します。母親の一条御息所《いちじょうのみやすどころ》は夕霧に柏木の笛を託しますが、柏木は夢に現れて不満をもらします。夕霧は光源氏に笛を託し、内実を知ろうと問いますが、光源氏は語らなかったのでした。

鈴虫巻《すずむしのまき》、夏、女三宮の持仏開眼供養《じぶつかいがんくよう》が行われます。光源氏は出家した女三宮にかえって執着します。八月十五日、鈴虫の鳴く夜、六条院で管絃の宴を催しました。一同は冷泉院のもとに参上し、秋の風物を楽しむのでした。秋好中宮は母が死霊となって出ているとい

う噂を耳にして自らの出家を願うも、光源氏に引きとめられます。

夕霧《ゆうぎり》巻《のまき》、病気のため小野に移った一条御息所の見舞いをかねて、夕霧は落葉宮を訪問します。一夜をともに過ごしますが、落葉宮に拒まれてしまいます。だが一条御息所は、夕霧が娘と通じたと思い、悲嘆にくれる中、病が急変し、亡くなってしまいます。母の死後、落葉宮はいっそう夕霧に心を閉ざしますが、夕霧は強引にわが物にしてしまい、光源氏や紫の上も憂慮するのでした。夕霧の妻の雲居雁は、実家の致仕《ちじ》の大臣《おとど》のもとに帰ってしまいます。

御法《みのり》巻《のまき》、体調不良が続く紫の上は、出家を願うものの、光源氏は許しません。光源氏自身も出家を願いながらも、紫の上と離れることは考えられないというのです。紫の上は法華経千部供養《ほけきょうせんぶくよう》を行い、明石の君、花散里、明石中宮の子どもらにも別れを告げ、秋、光源氏と明石中宮に看取られて亡くなりました。

幻《まぼろし》巻《のまき》、紫の上が没した翌年、光源氏は人前には出ずに一年を過ごします。女三宮、明石の君、花散里らとのわずかな交流、召人《めしうど》の中将の君らに慰められます。年末、紫の上との思い出の文を処分するのでした。仏名《ぶつみょう》の日、人前に現れた光源氏は、やはり光り輝いていたのでした。

○第三部（匂兵部卿巻～夢浮橋巻）

匂兵部卿巻《におうひょうぶきょうのまき》、光源氏の没後、女三宮の子の薫《かおる》と、明石の姫君の子の匂宮《におうみや》が、優れていると評判です。薫は出生の秘密を察して悩み、出家への志を心に抱えていました。薫には優れた芳香が備わっており、匂宮は対抗して優れた芳香を焚《た》きしめます。

紅梅巻《こうばいのまき》、柏木没後の旧致仕大臣家では、次男の按察大納言《あぜちのだいなごん》が北の方を亡くして、蛍《ほたる》宮《のみや》の妻だった真木柱《まきばしら》と再婚しました。しかし、連れ子の宮の御方に心を寄せるのでした。

竹河巻《たけかわのまき》、髭黒《ひげくろ》が亡くなったのち、玉鬘は悩んだ挙句、大君を冷泉院に参入させて、中の君は尚侍《ないしのかみ》として出仕、二人に心を寄せていた夕霧の息子は落胆したのでした。

橋姫巻《はしひめのまき》以下の十帖を「宇治十帖《うじじゅうじょう》」と称します。桐壺院の子の八宮《はちのみや》は、北の方を亡くして邸も焼失し、宇治で二人の娘と暮らしていました。八宮を「法《のり》の友《とも》」、仏道上の友と慕って、薫は宇治に通う中、八宮不在の折に二人の娘を見て心惹かれます。その姉妹に仕える弁《べん》の君《きみ》から、薫は自分の出生の秘密を聞くのでした。

椎本巻《しいがもとのまき》、匂宮は初瀬詣《はつせもうで》の帰り、中《なか》の君《きみ》との交流が始まりました。死を予感した八宮は薫に姫君たちを託し、姫君たちには軽々に宇治を離れぬように訓戒《くんかい》して、山寺で亡くなってしまいます。心沈む宇治の姉妹に、薫と匂宮は思いを募らせるのでした。

総角《あげまき》巻《のまき》、薫は大君《おおいぎみ》に求愛しますが、大君は内心の薫への慕情を抑えて、妹の中の君と結婚させようとします。薫は中の君に匂宮を手引きすることで、大君の決心を促します。匂宮は結婚当初の三日間は通うのですが、その後は足が遠のくのでした。妹の結婚の成り行きに悲観した大君は、衰弱して亡くなってしまうのでした。

早蕨《さわらびのまき》巻、翌年の早春、山の阿闍梨《あじゃり》から野の草が届きます。匂宮は中の君を京の二条院に迎えるのでした。

宿木巻《やどりぎのまき》、今上帝《きんじょう》は亡き藤壺女御の遺児《いじ》である女二宮《おんなにのみや》を、薫と結婚させたいと望みます。また匂宮は夕霧に勧められて、娘の六の君と結婚してしまいます。失意の中の君は、宇治に帰りたいと薫に助けを求めますが、薫は中の君に懸想《けそう》します。匂宮は嫉妬によって、かえって中の君への情愛を深めていきます。中の君は薫に、異母妹の浮舟《うきふね》を紹介、薫は心惹かれるのでした。

東屋巻《あずまやのまき》、浮舟の母中将の君《ちゅうじょうのきみ》は、八宮のもとを離れたのち、常陸介《ひたちのすけ》と結婚していました。左近少将《さこんのしょうしょう》は浮舟に求婚していましたが、浮舟が連れ子と知って常陸介の実の娘に乗り換えてしまいます。中将の君は浮舟を中の君に預けますが、匂宮に懸想されたため、中将の君は浮舟を三条の家に移して、薫を通わせることにしたのでした。
浮舟巻《うきふねのまき》、中の君あての新年の挨拶から浮舟の所在を知った匂宮は、宇治を訪れて薫を装って通じてしまいます。浮舟は、薫と違って情熱的な、匂宮に心惹かれるのでした。薫は浮舟の不貞を知って監視を強め、浮舟は母と匂宮に歌を遺して、死を覚悟するのでした。
蜻蛉巻《かげろうのまき》、浮舟が失踪したと知って、母中将の君らは動揺します。薫は遺骸《いがい》のないまま葬儀をして、匂宮は病床に臥すのでした。夏、なじみの女房小宰相《こさいしょう》の君《きみ》を訪れた薫は、氷で遊ぶ女一宮《おんないちのみや》に魅了されます。式《しき》部《ぶ》卿宮《きょうみや》の姫君は父の没後、女一宮に出仕し、薫はそうした浮沈に、女の身のはかなさを慨嘆するのでした。
手習巻《てならいのまき》、入水しそこねた浮舟が倒れていたところ、横川《よかわ》の僧都《そうず》と妹尼《いもうとあま》に助けられました。浮舟は、小野に住む妹尼に引き取られます。妹尼の亡くなった娘の婿が、浮舟に求愛、浮舟は困惑して出家してしまいま

す。横川の僧都から明石中宮を介して、浮舟の消息が薫に伝わることになります。

夢浮橋巻《ゆめのうきはしのまき》、薫は横川の僧都から事情を聴きます。薫は僧都に案内を頼みますが、僧都はそれには応じず、浮舟の弟の小君に手紙を託したのでした。小君は小野に僧都の手紙を届けますが、浮舟は宛先が違うと断ります。薫は浮舟に新しい男ができたのかと疑うのでした。

初心者にオススメの入門書

こんなふうにあらすじだけすらすら話されても、ちっとも頭に入らないという方もおいででしょう。もちろんそうですよね。物語の概略を知りたいという向きには、簡単な漫画かダイジェスト本、解説書などの順で読み進む、あるいは、物語そのものを楽しみたい向きには、漫画、現代語訳、古文、といった順に進むことになるでしょうか。

概略を知りたい人への漫画として、割合私が好きなのは、小泉吉宏《よしひろ》さんの『まろ、ん？――大摑《おおづかみ》 源氏物語』です。『源氏物語』全体をごく簡単な漫画で概説しており、血縁関係が栗で見分けられて実にわかりやすいのです。もちろん漫画としては大和和紀《やまとわき》さんの『あさきゆめみし』が定番中の定番です。物語全体を現代語訳で挑戦したい人には、与謝野晶子《よさのあきこ》、谷崎潤一郎《たにざきじゅんいちろう》、円地文子《えんちふみこ》あたりが古典的な名訳でしょうか。田辺聖子《たなべせいこ》や橋本治《はしもとおさむ》は翻案小説の匂いが強いですのでお好みで。比較的新しい現代語訳としては瀬戸内寂聴《せとうちじゃくちょう》か、最新では角田光代《かくたみつよ》でしょうか。作家の小説の雰囲気が現代語訳にも出てきますから、お好みの作家さんの訳文で楽しむのがよいのではないでしょうか。また私の岩波ジュニア新書『源氏物語入門』もあわせてご覧ください。

より本格的に古文で読みたいという人には、やや古いですが、手軽に古文と現代語訳を同時に読める、玉上琢彌《たまがみたくや》氏の現代語訳付きの角川文庫はいかがでしょうか。よりくわしい解説付きで読みたい人には、やはり小学館の新編日本古典文学全集の『源氏物語』全六巻が定番です。また現代語の全訳はついていませんが、新潮日本古典集成のシリーズや、岩波文庫もお勧めです。概説書としては、秋山虔《けん》先生や日向一雅《ひなたかずまさ》さんの岩波新書が古典的名著でお勧めです。私が書いた岩波新書『源氏物語を読む』も比べてご覧いただけると、時代による研究の変化が感じ取っていただけるかもしれません。

皆さんが、最終的には『源氏物語』の古文の呼吸を楽しんでくださるよう願ってやみません。

おすすめ入門書

1　現代語訳

与謝野晶子『全訳　源氏物語』(角川文庫)
谷崎潤一郎『潤一郎訳　源氏物語』(中公文庫)
円地文子訳『源氏物語』(新潮文庫)
瀬戸内寂聴『源氏物語』(講談社文庫)
角田光代『源氏物語』(河出書房新社)

2　古文の本文

玉上琢彌『源氏物語　付現代語訳』(角川文庫)
石田穣二・清水好子校注『新潮日本古典集成　源氏物語』(新潮社)
阿部秋生・秋山虔・今井源衛・鈴木日出男校注・訳『新編日本古典文学全集　源氏物語』(小学館)
柳井滋・室伏信助・大朝雄二・鈴木日出男・藤井貞和・今西祐一郎校注『源氏物語』(岩波文庫)

3　概説

清水好子『源氏の女君』(塙新書)
秋山虔『源氏物語』(岩波新書)
鈴木日出男『はじめての源氏物語』(講談社現代新書)
日向一雅『源氏物語の世界』(岩波新書)
鈴木日出男『源氏物語歳時記』(ちくま学芸文庫)
鈴木日出男『源氏物語への道』(小学館)
高田祐彦・土方洋一『仲間と読む　源氏物語ゼミナール』(青簡舎)
高木和子『源氏物語を読む』(岩波新書)
高木和子『源氏物語入門』(岩波ジュニア新書)

第5章

読む楽しみは尽きない

さて、ではいよいよ、『源氏物語』の物語世界のご紹介へと話題を移しましょうか。

『源氏物語』は長編物語ですし、多くの巻が時には時間的な重複をしながら、複線的に語られていきます。その分だけ、たくさんの「あらすじ」が潜伏しています。人それぞれが、自分の読みたいストーリーを発見できる物語だ、と言ってもよいでしょうか。

『源氏物語』をどのような物語として語るか、その語り方に、読者の関心の形が現れるのです。光源氏の恋愛に力点を置く語り方、あるいは、光源氏の相手となる多くの女性たちについて、みんなに共通する点とおのおのに特徴的な点など、男女の関係に力点を置いて読むのも、当然一つの読み方です。その一方で、歴史の物語としての特徴に力点を置いた読み方もあるでしょう。ひいては、政治の物語として読むということも可能です。

この『源氏物語』の抱える多面的な性格は、この物語を研究する中でも、多くの〈論点〉を生んできました。巻の成立の順序や構想といった作者のプランに関わるところから、次第に物語自体の構造、語りの視点の移動、和歌《わか》的表現の利用、そして和歌そのものの分析など、実に多岐にわたります。作中で起こる事象への関心としても、たくさんのテーマが注目されてきました。「予言」「夢」「物《もの》の怪《け》」「宿世《すくせ》」「出家」「結婚拒否」「皇女の結婚」「女房《にょうぼう》」「乳母《めのと》」等々。実を言うとこの本は、これまでの源氏研究で問題になったこれらのテーマを少し前倒しにして組み入れながら、平安時代の歴史の諸相を説明し、紫式部の紹介をしてきたのです。

ここからは、『源氏物語』そのものの内容を説明していきますが、こうした研究上の議論の観点や、物語で注目されたテーマを軸に据えながら、なだらかに物語の前から後ろへと進めるようにお話ししていくつもりです。

まず、**光源氏の物語を貫く長編的な原動力はどこにあるのか**、いくつかの課題についてお話しします。次に、**この物語がどのような骨格を持っているか**、成立・構想についての議論と「予言」「夢」「宿世」といった物語の長編的な軸となる課題について、お話しします。これらの二つについては『源氏物語』の最初のほうの巻が、その後の物語とどのように連動しているかについてのご紹介を兼ねています。

続いて、六条御息所《ろくじょうのみやすどころ》などといった物の怪になる女性や、笑いものになる女性など、**この物語中の印象深い人物を紹介**しながら、以下、物語の進行に従って、**光源氏の栄華達成の物語、光源氏の晩年の物語、光源氏没後の次世代の薫《かおる》や匂宮《におうみや》、宇治《うじ》の女君たちの物語**をたどります。

四人の貴公子による恋愛談義

――長編化の原動力

妻を娶《めと》らば……

理想の結婚相手とはどんな相手か、これもまた、千年を超えて関心を呼ぶ課題です。

『源氏物語』の最初から二番目の巻、帚木巻《ははきぎのまき》の冒頭では、元服《げんぷく》間もない光源氏が、正妻の葵《あおい》の上《うえ》にも通いは途絶えがちで、宮中に詰めていることが多いものだから、葵の上の父の左大臣たちは内心はらはらしながらも、まだ若い光源氏の無邪気な様子を憎むこともできず、見守っています。実は光源氏は、父の妻である藤壺《ふじつぼ》に憧れ、元服後はなかなか近づけなくなった藤壺に、それでも接近できる隙はないかと、宮中に入り浸っているのです。

左大臣の息子で、葵の上の兄弟にあたる頭中将《とうのちゅうじょう》は、光源氏と近しく関わっています。よく友人だ、ライバルだ、などと言われますが、全く対等な関係というのではありません。あくまで光源氏より身分は一段下で、引き立てる役どころです。光源氏のそばにいるのも、光源氏を葵の上のもとに通わせるため、左大臣邸に連れて帰るためのお目付け役という部分もあるのでしょう。

頭中将は光源氏のもとに届いた女性たちからの手紙を見せて、と寄ってきます。光源氏は大事な人の手紙は隠して、見せてもよい程度の気楽な関係の手紙をちょっとだけ頭中将に見せて納得させたりしています。今どきなら、高校生が友達のＬＩＮＥをのぞき込んでいるような感じでしょうか。

その日は五月雨《さみだれ》の降り続く日、今でいうところの梅雨どきの夜でした。光源氏と頭中将、さらには左馬《ひだりのうま》頭《のかみ》、藤式部丞《とうしきぶのじょう》らが集って、女性談義が始まります。し

まるで修学旅行の恋バナ

ばしば「**雨夜の品定め**《あまよのしなさだめ》」と呼ばれる場面です。男たちが車座《くるまざ》になって、一晩中、恋愛談義をしているなんて、修学旅行か合宿の夜みたいですね。

美人のほうが良いのはいつの時代も同じだとして、性格はどんな人が好まれたのでしょうか。才気走らず、おっとりとして上品な女性がよい、所帯じみても嫌だ、過度に嫉妬深くなく控えめなほうがよい、しかし不満があると黙って失踪してしまうような女でも困る、もちろん浮気な女は論外だ——、この価値観、もしかすると昭和くらいまでは十分に生きていたのではないでしょうか。えっ、今でもこれが男の本音ですか?

そしてその話はやがて、彼らの具体的な体験談へと移ります。左馬頭が浮気する夫に嫉妬して指をかじった女を懲《こ》らしめるつもりで素っ気なくしていたら気に病んで死んでしまった話や、別の風流ぶった女は実は間男《まおとこ》をしていたのだという話などをします。すると、頭中将はおとなしく控えめな女との話をします。かわいい女の子までできていたのに、正妻の右大臣の四の君が圧力をかけたのか失踪してしまったと悲しんで、「撫子《なでしこ》」「常夏《とこなつ》」を詠み交わした歌とともに披露するのです。ちなみにこの二つは同じ植物を指します。「撫子」は掛詞《かけことば》では「撫《な》でし子《こ》」を連想させてかわいがった子ど

雨夜の品定め

1　女性を身分ごとに批評

上《かみ》の品《しな》（上流）：周りに欠点を隠されて、おのずと格別に見える層。

中《なか》の品《しな》（中流）：考え方や好みなどに、個性が現れる層。
落ちぶれた上流と成り上がりの中流とどちらがよいかも、それぞれ。宮仕えをして、思わぬ良縁を得る者もいる。草深いあばら家で、ひっそり暮らす女には興味を惹かれる。

下《しも》の品《しな》（下流）：対象外。

2　左馬頭《ひだりのうまのかみ》が語る、理想の女性像

・顔かたちも小ぎれいで、手紙のやりとりなどは思わせぶりで、会っても寡黙な様子だが、いざとなると急に好色がましくなる女は気に入らない。

・風流事に夢中になる妻はどうかと思うが、髪を耳に掛けて家事一辺倒の妻というのも、仕事の話をしても理解してくれそうもなくてつまらない。

・子どもっぽく素直な女はいいが、趣味的なことも実務的なことも自分で判断できず、配慮に欠ける女はつまらない。日ごろ不愛想でも、いざという時に頼りになる女がいい。

・身分も顔かたちも問わないから、実直で落ち着いている女性がよい。うわべの風流は後から身につく。突然身を隠したり、勢いで出家したりする女は信用できない。

・夫が少々浮気をしても、すぐに仲たがいするのは愚かしい。嫉妬も少し匂わせる程度にとどめるのがよい。かといって、まったく嫉妬しないのも物足りない。

もという意味であるのに対し、「常夏」は「床《とこ》」、男女の共寝の意を掛けるのだから別の連想のある言葉だ、というのは私の師匠の今は亡き鈴木日出男《ひでお》先生の十八番でした。

ともあれ、最後には藤式部丞に漢文を教えてくれた女は、ある日、風邪の薬にニンニクを食べていて臭くて閉口して逃げたという話をしたものだから、みな笑い転げます。「藤式部丞」という藤原氏の「式部丞」という呼び名は、紫式部の父や兄弟と同じで、なんとなく連想させますね。しかも漢文を教える女って、もしかすると紫式部自身の投影かなとも思えてしまいます。作り話なのでしょうが、まあやや自虐ネタでしょうね。

理想の女性を探す旅へ

光源氏は「雨夜の品定め」の間、聞いているのかいないのか、半分寝ているような感じです。おそらく年かさだろう左馬頭の蘊蓄《うんちく》に耳を傾けながら、頭中将は自分の姉妹の葵の上こそが正に理想の女性だと考えている一方で、光源氏は心のうちに藤壺を追い求めているのです。

なるほど、理想の女を話題にして、ずいぶん具体的に話しているつもりでも、聴いている側がそれぞれ別の人物を思い浮かべている、なんてことは、充分ありそうですね。

『源氏物語』の中で、この「雨夜の品定め」の場面の議論は、案外のちのちの物語にまで影響を及ぼします。おっとりとして不平不満を言わない女は花散里《はなちるさと》、所帯じみて夫に飽《あ》きられてしまう女は雲居雁《くもいのかり》、浮気な女は朧月夜《おぼろづきよ》、失踪する女は浮舟《うきふね》、嫉妬する女は六条御息所《ろくじょうのみやすどころ》……といった具合です。これらの気質を複数あわせ持っている女性もいるでしょう。つまり、この物語に登場するさまざまな気質の女性のいくつかのタイプを最初に披露している部分もあるのです。

雨夜の品定めの後半は、それぞれの具体的な体験談となるのですが、唯一、光源氏だけは何も語りません。それはむしろ、このあとの物語の何十帖かは、すべて光源氏の体験談の披露に相当します。ですから光源氏の場合は、自分で告白する形ではなく、物語の語り手が読者に披露する格好なのです。

雨夜の品定めで耳にした左馬頭たちの体験談から、中流階級の女性に関心を抱き始めた光源氏は、「方違《かたたが》え」、凶となる方角を避けて移動するために一晩の宿を借ります。そこで空蝉《うつせみ》と出会い、その継娘《ままむすめ》にあたる軒端荻《のきばのおぎ》とも関わります。これらは帚木巻の末尾と空蝉巻の内容です。それに続く夕顔巻《ゆうがおのまき》で出会う夕顔は、実は雨夜の品定めで頭中将が話していた常夏の女だったことが後で判明します。これらいわゆる「帚木三帖」での光源氏の恋愛模様は、雨夜の品定めに触発された**中流貴族の女性との恋愛談**になっています。

ですがそれだけではありません。光源氏は藤壺を想いながらも満たされず、葵の上にも心馴染まず、たくさんの女性と関わりながら心の放浪を重ねます。その挙句、どの女性も魅力的だが、さりとて本当に理想的な女性はいないなあ、と深く嘆息する場面があります。雨夜の品定めで議論された「理想の女性像とは？」という問いを、長く長く引きずっているのです。

光源氏は紫《むらさき》の上《うえ》と関係を結び、やがて、藤壺と紫の上が似ていることを、時を経て何度も確かめながら、藤壺の没後は紫の上こそを理想的な妻だとしていきます。しかし、**光源氏が紫の上を本当に理想の妻だと認めるのは、晩年の若菜上《わかなのじょう》巻**です。光源氏は明石《あかし》の君に、紫の上こそが非の打ち所のない理想の妻だと語ります。それはすでに、より格上の妻である女三宮《おんなさんのみや》を迎えた後で、また一方で、入内《じゅだい》した明石の姫君の実母としての明石の君に存在感が増している中で出てきた言葉でもあり、なんとも皮肉なことです。

人は失ってからでないと、大切なものがわからないものなのでしょうか。

藤壺のことをずっと考えている

理想の女性を探す旅は、母の面影を探す旅でもありました。光源氏は、数え年の三歳の夏、母、桐壺更衣《きりつぼのこうい》と死に別れています。幼くして母を亡くした光源氏は、父の桐壺帝の後宮に招かれた、母とよく似た女宮、藤壺に憧れます。

光源氏は元服し、葵の上と結婚するものの、藤壺への憧れはとどまることはありません。やがて藤壺に接近し、とうとう結ばれます。あろうことか、藤壺は光源氏との間の子を宿してしまうのです。しかし、藤壺との関係にはそれ以上の進展はありません。ただ不義の子は桐壺帝の子として育てられ、やがて東宮《とうぐう》になって、光源氏の栄華を支える存在となります。

とはいえ、光源氏の満たされなかった気持ちはそのままではすみません。くしくも病治療に出かけた北山で巡り合った少女に、藤壺の面影を見て、藤壺の身代わりに手元に引き取り、育てます。やがては光源氏の最愛の妻となる、紫の上です。

ところで、幼少の頃に母を亡くしたと言えば、光源氏の息子の夕霧も同様です。光源氏が結婚した最初の正妻は、左大臣と大宮の娘の葵の上です。父の帝からも世間からも認められた、押しも押されぬ関係です。ですから光源氏にとっては特別に情念の掻《か》き立てられる関係ではなく、気持ちが燃え上がることはありません。その葵の上は、夕霧の出産の折に、物の怪に襲われて亡くなってしまいます。

その遺児である夕霧は、光源氏の息子にしては、奇妙に真面目です。いわゆる好き者の血を受け継いでいないかのように、生真面目《きまじめ》なのです。しかし、夕霧は光源氏の秘密に接近する重要人物でもあります。

光源氏が藤壺に憧れたように、夕霧は実母ではない継母《ままはは》の紫の上に憧れてしまいます。光源氏は自身の中にあった美しい継母への憧れが、息子の夕霧のうちに萌《きざ》すことを恐れて、徹底的に紫の上から遠ざけます。ですから、夕霧が紫の上の姿を見るのは、野分巻《のわきのまき》、台風にあおられた、いわば非常事態の折と、紫の上が亡くなった後だけということになっています。

光源氏は、夕霧の養母の役割を花散里に託します。花散里は、女性としての魅力には欠けるために、光源氏としては安心して託すことができたのでしょう。いずれにしても、**母親を求める旅に出る男の子が、繰り返し物語に登場する**ことは重要です。

母親との関係ということで言えば、継母に憧れる男の子の一方で、継母にいじめられる女の子の話はたくさんあります。当時の物語としては、継母が継子《ままこ》の女の子をいじめる話、『落窪《おちくぼ》物語』『住吉《すみよし》物語』などのほうがむしろ典型的で、継母に憧れる男子、光源氏や夕霧の物語は、継子物語の一つの変形なのでしょう。

夕顔の娘の玉鬘《たまかずら》は、継母にあたる右大臣の四の君に圧力をかけられて、身を隠す羽目になり、実母の夕顔と生き別れになってしまいます。紫の上も、継母にあたる兵部卿宮《ひょうぶきょうのみや》の北の方からとかく陰口を言われています。このような継母にいじめられる娘たちの一方で、たとえば明石の姫君は、継母の紫の上から非常に大切にされて育てられています。継子いじめをしない継母は、それによって、素敵な女性であることを約束されるものでもあるのです。

大好きな継母に似てる…!
藤壺
キュン
育てちゃお♡

物語と歴史との関係

『源氏物語』について少し勉強した人は、この物語が、一条天皇当時の歴史よりもむしろ数十年さかのぼった、歴史上の事実を踏まえているらしいことをご存じかもしれません。桐壺帝には醍醐《だいご》天皇の時代を踏まえているというものです。作中の**桐壺帝、朱雀《すざく》帝、冷泉《れいぜい》帝**という系譜を、歴史上の醍醐天皇（在位八九七―九三〇）、朱雀天皇（在位九三〇―九四六）、村上《むらかみ》天皇（在位九四六―九六七）に准《なぞら》えるのです。

桐壺巻には伊勢《いせ》や紀貫之《きのつらゆき》など、醍醐天皇の前の宇多《うだ》天皇（在位八八七―八九七）の時代に活躍した歌人たちの名が出てきて、過去の優れた歌人として評価しています。高麗《こま》から人相見《にんそうみ》が訪れたという場面でも、「外国人は内裏《だいり》には入るべきではない、という戒めがあるので」などというくだりがあります。外国の人と会うことへの警戒は宇多天皇の『寛平御遺誡《かんぴょうのごゆいかい》』（八九七年）にもとづくものですから、なるほど宇多天皇の治世を継承しているのは、醍醐天皇に代わる桐壺帝、といった印象を受けます。

しかし史実を踏まえるといっても、単純に史実をそのままになぞるというのではなく、ややねじれていたり、ずらされていたり、その形は融通無碍《ゆうずうむげ》です。

たとえば、母とともに伊勢に下るのは前例がない、と物語中には書いてありますが、実は先例がある、などといった場合もあります。醍醐天皇の皇子である重明《しげあきら》親王の娘、徽子《きし》女王は自分自身が斎宮《さいぐう》になった後、母の死によって都に戻って村上天皇の女御《にょうご》となり、さらに村上天皇崩御後に娘の規子《きし》が斎宮になった際には、娘とともに伊勢に下っています。

『源氏物語』中では朱雀帝の時代に六条御息所の娘が斎宮となって、母の御息所とともに伊勢に下り、やがて母と娘は帰京し、母の死後、斎宮が冷泉帝に入内《じゅだい》するので、歴史的現実とはややズレています。しかもこれは『源氏物語』が制作された一条天皇の時代から見れば、過去に親子で伊勢に下った事例があるのに、物語中では前例のないことだと書かれているため、物語制作の時代より数十年さかのぼる時点に、作中世界が設定されていることがわかるのです。

そのほかにも史実を踏まえたとおぼしいことはいくつも見られます。冷泉帝の時代に催される絵合《えあわせ》は、天徳《てんとく》四（九六〇）年に催された天徳内裏歌合《てんとくだいりうたあわせ》が下敷きにされている様子で、作中の冷泉天皇が歴史上の村上天皇に准えられる一つの理由となっています。

また初音巻《はつねのまき》には、新年一月の中旬に催された男踏歌《おとことうか》の儀礼の場面もあります。これは新年のいわゆる小正月の頃に、舞を舞う貴族たちが、宮中から院、諸大臣家などをめぐる催しです。しかし九八三年以後は記録になく廃絶されたのだとすると、紫式部は自分の眼で見ていないはずなのです。

『紫式部日記』にあるように、一条天皇が「**この人は日本紀《にほんぎ》をこそ読みたるべけれ**」と、『源氏物語』が日本の歴史書を踏まえていると高く評価したのは、こうして過去の歴史上の事柄や催しを踏まえていることを感じ取ったからではないでしょうか。

『源氏物語』が醍醐・村上天皇の時代をモデルとして作られているという、いわゆる「**延喜天暦《えんぎてんりゃく》准拠説《じゅんきょせつ》**」は、室町時代の『源氏物語』の注釈書である『河海抄《かかいしょう》』などでも主張され、その後、今日の源氏物語研究に到るまで、基本的には認められているようです。

実際には延喜天暦の時代は天皇親政の時代ではなかったようですが、後の時代の人々からは「聖代《せいだい》」、天皇が世をよく治めた時代とみなされていました。後醍醐天皇も醍醐天皇の時代に理想的な治世を求めた一人であり、後醍醐天皇の記憶の新しい時代にこの『河海抄』が制作されたことは、注意しておいてもよいでしょう。物語の理解は、読者の時代意識に一定程度束縛されるものなのです。

三　宿世遠かりけり

——物語の軸となる課題

どの順番に書いたか

「若紫《わかむらさき》」という言葉が符牒《ふちょう》になって、『源氏物語』の作者が『紫式部日記』の筆者と同一人物であると判明するのだとして、その時点で『源氏物語』はどの程度書き進められ、人々に知られていたのか、この件は、幸か不幸か、全く判明していません。

そもそも『源氏物語』はどこからどのように書き進められたのか、気になりますね。

今日一般に、『源氏物語』の巻の中で、最初に書かれた巻として比較的説得力があるのは、桐壺《きりつぼのまき》巻か賢木巻《さかきのまき》か若紫《わかむらさきのまき》巻のいずれかでしょう。石山寺《いしやまでら》の伝承を信じて、須磨巻《すまのまき》の「今宵《こよひ》は十五夜なりけり」から書き始めたと信じる人は、たぶんほとんどいないです。

桐壺巻は、光源氏の誕生の前提となる両親の悲恋から語りますし、光源氏が臣下に下り、なおかつ天皇の父として准太上天皇《じゅんだいじょうてんのう》となるという、この物語の大きな骨組みを予感させる巻です。『源氏物語』の長編的な構造を予見させる大事な要素が詰まっていますし、そもそも最初の巻なのですから、桐壺巻から書き始めたと考えるのはごく自然です。

一方、帚木巻は、光源氏のお忍びの恋を物語る、いわゆる「隠《かく》ろへごと」の世界の発端です。『源氏物語』が帚木巻から書き始められたと考える著名な説としては、和辻哲郎《わつじてつろう》のものがあって、それによれば、そもそも『源氏物語』には長編化する原型として短編的な小さな物語があり、それらをもとに長編になったのだ、と考えるのです。この考え方からすれば、『源氏物語』は、短編から次第に成長していく過程で、長編的な構造を持つようになったのだということになります。

さてもう一つ、若紫巻は曲者《くせもの》です。なぜなら、若紫巻には、明石一族の最初の紹介、藤壺の姪に当たる少女の登場、藤壺との密通と藤壺の懐妊、といった、**光源氏の生涯を貫く三つの重大事件**の始まりの部分が含まれているからです。文体が比較的平易であるのに、内容からして侮《あなど》れない、それが若紫巻の抱える特徴です。

とりわけその一つには、明石一族の分不相応な野心があります。それは、**夢のお告げ**という人為を超えた力に支えられたものだったと、後に明らかになるのですが、その長い長いお話の始まりがあるのです。もう一つ、光源氏と藤壺との密会の果てに起きた藤壺懐妊は、やはり光源氏の夢に暗示されるものであり、明石一族と藤壺に関する二つの夢のお告げは、その後の物語の骨格に影響する重大な課題としてせり上がってくるのです。

こうして見ますと、どこから書き始められたかについては二つの考え方がある、ということになります。一つは桐壺巻や若紫巻など、その後の物語の長編的な展開を予感させるような重要な人間関係や予定調和的なお話の発端が見られる巻、それを『源氏物語』の起筆だと考える場合と、帚木巻のように、短編の読み切りのような話から書き始められたと考える場合と、大きく言って二つに分かれる、ということなのです。

〈紫の上系〉と〈玉鬘系〉という二分法

しかしだからといって帚木巻に、長編的な要素がないわけではありません。先に述べたように帚木巻の冒頭では、「雨夜の品定め」と呼ばれる男たちの女性談義があって、そこで、どんな女性が妻として理想的かが、具体的な経験を交えながらしばらく談義されています。

その談義は一面では、光源氏に中流貴族の女性との恋愛遍歴へと駆り立てるという意味で、いくつかの比較的短編的な恋のエピソードの発端となっています。しかし同時に、帚木巻の女性批評は、ただ単に帚木三帖の冒頭であるだけでなく、もっと長い射程で、光源氏の関わる多くの女性たちとの関係と響き合い、影を落としていきます。その意味では、単純に短編的だ、とは言えません。

するとこのように整理できるでしょうか。桐壺巻は光源氏が臣下に下った後、どのようにして帝の優れた子にふさわしい処遇を手に入れるか、やがて藤裏葉巻《ふじのうらばのまき》で准太上天皇《じゅんだいじょうてんのう》になるまでの長い射程の物語の進行を支えています。また若紫巻は、明石一族の噂、紫の上との出会い、藤壺との密会という重大な事件を含んでいて、光源氏の生涯にわたって影響を与えるような事件が目白押しになっているという意味では、やはり長編物語の発端になっています。しかし同時に、帚木巻もまた、理想の女性を求める光源氏の恋の発端として、充分に長編性を抱えているのです。

『源氏物語』の成立の順序を考える議論が盛んだった戦後間もない頃、光源氏の物語、特に藤裏葉までの物語を、二つに分ける考え方がありました。〈**紫**《むらさき》**の上**《うえ》**系**《けい》〉と〈**玉鬘**《たまかずら》**系**《けい》〉とも呼ばれました。

〈紫の上系〉とは、桐壺巻や若紫巻、紅葉賀《もみじのが》・花宴巻《はなのえんのまき》、葵・賢木巻と続いていく、**光源氏の表舞台の物語**です。これらの巻に登場する人物たちはおおむね長期にわたって光源氏と関わっていきます。一方、〈玉鬘系〉と呼ばれるのは、簡単に言えば主流の物語に対しては傍流の物語です。帚木・空蟬・夕顔巻などの帚木三帖と、そこに出てきた人たちの後日談である蓬生《よもぎう》・関屋巻《せきやのまき》や、夕顔巻で亡くなった夕顔の娘の後日談である玉鬘十帖の物語を指します。

〈玉鬘系〉の物語は時として、〈紫の上系〉の物語と時間的に同時並行になることもあります。つまり、**光源氏の表舞台の話の裏側**で、同じ頃こんな話があったんだよ、といった語り口です。そして〈玉鬘系〉の物語で登場した夕顔や玉鬘は、そのあとに続く〈紫の上系〉の物語である紅葉賀巻《もみじのがのまき》や梅枝巻《うめがえのまき》では、まるで何事もなかったように、ちっとも姿を現さないのです。

そのために、〈紫の上系〉が先に書かれて、〈玉鬘系〉が後から差しはさまれたのだという考え方も、たとえば武田宗俊《むねとし》という人などに提唱されましたが、今日ではその考え方の矛盾も指摘されています。成立の順序としては、今日はさほど支持されていないようにも思われますが、『源氏物語』の最初のほうの巻を、その性格からして二つに分けようとする考え方には、それなりに妥当な点もあるのです。ちなみに荻原規子《のりこ》による『源氏物語』の現代語訳は、この考え方に基づいて巻を配列し直した翻案です。

先に述べたように、帚木巻から書き始めた、という考え方は、和辻哲郎の説が有名です。帚木巻そのものというより、そこにある短い恋のエピソードは、もともと『源氏物語』以前に原型があったものだという考え方です。私はこの帚木巻の原型となる物語群のようなものを想定しつつ、桐壺巻から書かれたと考えます。短編的な原型があることと、長編的な桐壺巻や若紫巻が、今日見られるような『源氏物語』の始まりの巻として書かれたこととは、さほど矛盾しないはずだとも考えています。

予言に導かれて

さて、『源氏物語』はなかなか、あらすじがつかみにくい物語です。というより〈ゆかり〉の脈絡や、〈継母への憧れ〉の反復など、いくつものあらすじを発見できる物語です。その中の重要な一つに、**〈予言に導かれる物語〉**という脈絡もあります。

光源氏はまだ三歳の頃に母を亡くし、七歳で「読書始《ふみはじめ》」、初めて読書をする儀式をすると、その利発さ、美しさに人々は魅せられます。父の桐壺帝は、寵愛していた桐壺更衣の遺児である光源氏を東宮にできないかと何度も占いを受けさせます。

高麗《こま》の相人《そうにん》は右大弁《うだいべん》の子として連れられてきた少年の素姓に首をかしげながら、「国の親となりて、帝王の上《かみ》なき位《くらゐ》にのぼるべき相《さう》おはします人の、そなたにて見れば、乱れ憂《うれ》ふることやあらむ。朝廷《おほやけ》のかためとなりて、天《あめ》の下《した》を輔《たす》くる方《かた》にて見れば、またその相違《さうたが》ふべし」、すなわち、天皇となってこの上ない地位につく運命を担った人と見えるが、そうなると国が乱れることがある、一方で、朝廷の重鎮となって臣下として天下の補佐役になるかといえばそうでもない、と言う

のです。この予言は、やがて藤裏葉巻で、光源氏が准太上天皇になることで、見事に整合していきますが、それは後の話――。

予言を受けた桐壺帝は、光源氏に「源」の姓を与えて臣下《しんか》に下します。しかし、臣下の者として生き続けるだけでは、この予言は実現しません。桐壺巻が、この予言の直後に藤壺の入内を物語るのは、きわめて重要です。臣下に下された光源氏は、藤壺と密通し、不義の子が誕生することによって、天皇の父になるからです。

第二の予言ともいえる、若紫巻の夢占いは、光源氏の藤壺との密会ののちです。「おどろおどろしうさま異《こと》なる夢を見たまひて、合《あ》はする者を召《め》して問はせたまへば、及《およ》びなう思しもかけぬ筋《すぢ》のことを合はせけり。「その中に違《たが》ひ目《め》ありて、つつしませたまふべきことなむはべる」とされます。思いがけない異常な夢、それを占わせると、想像を超えたことを暗示され、途中で「違ひ目」があって謹慎なさることがある、と占うのです。この夢を見た時、藤壺は実は懐妊しており、光源氏も夢の内容からそれを察知します。しかし何度光源氏が問うても、答えはありませんでした。

こうした藤壺との数奇な縁と、それにまつわる謹慎を予言するかのような夢の後、不義の子は誕生します。そして桐壺帝が帝の位を譲り、さらに亡くなったのちに、光源氏は不義の子の東宮の将来を守るため、不義の子誕生の一連の脈絡を隠したまま、朧月夜との密会発覚を表向きの口実として須磨《すま》に下るのです。

明石の地から都に復帰した光源氏は、澪標巻で冷泉帝の即位ののち、明石の君との間に姫君が生まれた知らせを受けて、かつて、「御子三人、帝《みかど》、后《きさき》かならず並びて生《う》まれたまふべし。中の劣りは太政大臣《おほきおとど》にて位を極《きは》むべし」と、三人の子どもは、天皇と后、そして太政大臣になると予言されたことを思い出します。そして、「宿世《すくせ》遠かりけり」、自らは帝の位には縁遠かったのだという自覚を深めるのです。

宿世と諦念

この物語に生きる人々は、みな自らの「宿世《すくせ》」を自覚します。「宿世」とは、仏教上の意識で、**前世からの因縁**、の意味です。現世で起こったよいことと悪いことの因果は、前世から定まっており、現世における努力ではどうにもしようがない、という考え方です。

『源氏物語』においては、女君たちは、みなそれぞれに眼の前の異性と巡り合ったことを、「宿世」、やむを得ない運命、と自覚して諦《あきら》めます。方違えに訪れた光源氏と心ならずも関わってしまった空蝉も、自らの「宿世」の拙さとして、その関係を呑《の》み込もうとしています。藤壺に至っては、光源氏と密通し、不義の子まで産むわけで、数《すう》奇《き》な宿命、すなわち「宿世」としてしか、自分の現状を理解することはできません。

こうした女君たちの「宿世」と少し異なるのは、**明石一族**の場合です。若紫巻での噂話によれば、明石の君の父の入道《にゅうどう》は、明石の君に、高貴な人とでなければ縁づいてはいけないと言い、「もし我に後《おく》れて、その心ざし遂《と》げず、この思ひおきつる宿世《すくせ》違《たが》はば、海に入《い》りね」と常に「遺言《ゆいごん》」したと言います。自分に先に死なれて本来の志にかなった結婚ができなかったなら、入水して死んでしまえ、というのです。なかなか激しい父親ですね。

明石の君は父親の望む通りに、容易に男性の求愛にはなびかず、光源氏に巡り合った後でさえ気位高く振る舞います。身分違いながらも光源氏と関わって、父の入道を明石の地に残して女たちだけで都に戻り、娘の姫君を紫の上の養女にするために手放す耐え難い数奇な運命を生きて、その都度「宿世」として認識するのです。

このような宿命を背負う明石一族の特殊ないきさつは、若菜上《わかなのじょうかん》巻で明石の姫君が東宮の第一子を産んだ後に、明石の入道から届いた手紙によって明らかになります。

明石の入道は、明石の君が生まれる頃に、右手に須弥山《しゅみせん》を捧げ、山の左右から月日の光が差し出して、世を照らす夢に見て、自分は山の下の影に隠れて光はあたらず、山を広き海に浮かべて小さな舟で西を指して漕《こ》いでいく姿を見た、と言います。入道自身が俗世での繁栄を求めず、出家者としての生き方に徹するという、その犠牲と言わば差し替えに、娘たちによって起死回生の栄華が実現することを願ったというのです。

若菜下《わかなのげ》巻《かん》、今上《きんじょう》帝の即位の後には、明石の姫君が産んだ第一皇子が、東宮になります。光源氏らは住吉に、これまでの願ほどきの参詣をします。老いた明石の尼君も同道し、「目《め》ざましき女の宿世かな」と、人々は明石一族の数奇な栄華を妬《ねた》みつつも賞賛するのです。

こうした明石一族の夢の予言に導かれた数奇な「宿世」による栄達の物語は、光源氏の三つの予言に導かれた物語と一対になって、『源氏物語』の長編的な軸となっています。『源氏物語』は細やかな心理描写に優れた物語ですが、その一方で、見事なまでにがっちりとした構造を抱えた統合体でもあるのです。

やはり滅法おもしろい

——恋の残酷

嫉妬に顔をこわばらせる女

『源氏物語』は冒頭から、妬みと憎しみを語ります。何だか、おどろおどろしい——。

帝が執着したのは、世間が認める右大臣家の娘の弘徽殿女御《こきでんのにょうご》ではなく、父を亡くして後ろ楯の弱い、桐壺に住む更衣でした。桐壺更衣への帝の愛着が深まれば深まるほど、周囲の女御や更衣たちは桐壺更衣を目の敵《かたき》にします。特に桐壺更衣が第二皇子を産んだ後は、帝も野放図に愛情を注ぐのではなく、世間体を気にかけて節度ある振る舞いをし始めるものだから、周囲は第二皇子を皇太子に立てたいがための配慮ではないかと疑心暗鬼になり、かえって桐壺更衣へのいじめに拍車がかかります。

桐壺更衣は次第に心身を消耗し、病がちになります。**帝の寵愛はますます深くなるのですが、悪循環でしかありません。**病重くなった更衣は、帝の御前で歌を詠み、里に下がってまもなく息を引き取ったのでした。帝は亡くした更衣への追憶の中で時を過ごします。忘《わす》れ形見《がたみ》の第二皇子は、光り輝く美しい皇子でした。やがて桐壺帝は、更衣によく似た先帝の四《し》の宮《みや》を宮中に招いて寵愛し、更衣への執着も次第に遠のいていきます。この新しく父の後宮《こうきゅう》に入った藤壺には光源氏も憧れ、花につけ紅葉につけ、愛情を伝え、藤壺も憎からず思うのでした。

桐壺更衣と帝の物語に欠くことができないのは、敵役である弘徽殿女御の存在です。弘徽殿女御は、桐壺更衣を妬んで死に追いやる一人です。更衣の没後は、悲しみに暮れる桐壺帝をよそに、秋の風情をめでて、聞こえよがしに管絃の遊びに興じて過ごします。遺児の光源氏が成長するにつれ、その魅力に一時は心を許すものの、帝が藤壺を寵愛し始めると再び、光源氏をも目の敵にするようになります。

桐壺帝は、桐壺更衣によって心満たされ、その死を通して空虚になり、藤壺によってふたたび満たされるわけですが、その桐壺帝の心の形と反比例するように、弘徽殿女御の嫉妬は膨らんだりしぼんだりするのです。それは継子《ままこ》にあたる光源氏に対する愛憎とも連動しています。

愛情が反転して憎しみになる——弘徽殿女御の心の動きは、比較的誰にでもわかりやすいものではないでしょうか。もっともそれは、ただの女としての嫉妬という枠に収まるものではありません。弘徽殿女御は、右大臣家の娘です。帝の寵愛を受け、息子の第一皇子が東宮になることは、単に女として優位に立つというだけでなく、実家の繁栄のための大事な政治的な欲求です。しかし、その奥に時代を超えて変わらない人の、普遍的な愛憎が確かに潜んでいるのです。

『源氏物語』の最初のほうの物語には、夫に現れた第二の女を憎む妻が何人も出てきます。それは往々にして意地悪な継母《ままはは》でもあります。たとえば、頭中将がかりそめに関わった常夏《とこなつ》の女、のちの夕顔は、頭中将との間に「撫子《なでしこ》」、女の子をもうけながらも、頭中将の正妻の右大臣の四の君の圧力を受けて姿を隠します。光源氏が北山で見出す藤壺の姪に当たる少女、若紫も、実父の兵部卿宮の北の方にはよく思われていません。

第二の女や継子に対する妻たちの憎しみが、一見美しい物語の奥底にまがまがしく蠢《うごめ》いている、それが『源氏物語』の一つの姿です。

生霊になる女

嫉妬深い女、といえば、まず六条御息所を思い浮かべる人も多いのではないでしょうか。

光源氏が折に触れて立ち寄る通い所の一つに、六条に住む高貴な女性がいました。光源氏が熱烈に迫ったため女は応じたものの、身を許してしまうと光源氏はかえってつれなくなってしまうのです。その光源氏は、五条に住む乳母のもとに病気見舞いにでかけ、夕顔の花がまつわり付く隣の家の女に関心を抱き始め、互いに名も知らぬまま逢瀬《おうせ》を重ねるようになります。光源氏は女を「**なにがしの院**」に連れ出し、逢瀬を楽しむ夜中、物の怪が出現して女は頓死《とんし》してしまいます。物の怪は女のようですから、六条に住む女かとも疑われるところですが、はっきりとはわかりません。夕顔の四十九日の頃、光源氏は廃院に棲む霊が出現したのだと振り返っています。

以上が夕顔巻のくだりですが、実はこの時点ではまだこの人は、六条に住む高貴な女性だというだけで、「御息所《みやすどころ》」とは呼ばれていません。「御息所」とは天皇の妻妾《さいしょう》を呼ぶ言葉ですが、特に『源氏物語』の中では、女御の地位にはなれず、更衣だった女性で天皇の子どもを産んだ、たとえば光源氏の生母の桐壺更衣のような人や、東宮妃で子どもを産んだ人が「御息所」と呼ばれるのです。しかしこれが当時の実際の用いられ方だったかどうかは、定かではありません。

この物語の最初のほうには、「この人は突然出てきたけれど、どういう人なんだろう」「どんないきさつで、光源氏と巡り合ったんだろう」と、疑問に思わせる人たちがたくさん出てきます。『源氏物語』は基本的には光源氏の物語ですから、周辺の人々の詳細なプロフィールについて、全部丁寧に説明するわけではありません。光源氏の憧れの藤壺との関係も、初めての関係が書かれていないのではないかという議論もありますし、六条御息所との馴《な》れ初《そ》めも、物語には記されていません。これらを記した巻がかつてはあった、「**かがやく日《ひ》の宮《みや》**」の巻というのだ、しかし失われたのだ、とする説さえもあったくらいです。

ですが、すべての人物の来歴や関係を、最初から逐一物語に書くことなど、そもそも無理なのです。光源氏の物語としての一応の統一感をもって語り進めようとした際に、光源氏と六条御息所のこれまでの恋のいきさつは、さほど重要ではなかったのでしょう。つまりそれ自体が、この女性に対する物語の評価を暗示してもいるのです。
では夕顔巻で、夕顔を取り殺したのは、「六条御息所」なのでしょうか。まだ東宮の寵愛する妃だったという来歴が明らかにならない時点の「六条の女」は、のちに「六条御息所」と呼ばれる人の前身ではあっても、そのものではありませんから、少なくとも「六条御息所」ではありません。では「六条わたり」に住む女なのでしょうか。それも定かではありません。

物語の後の成り行きを知った読者にしてみれば、「ああ、あの葵の上に生霊《いきりょう》となって取り憑《つ》いた女が、夕顔にも悪さをしたのだ」と考えたくなるところです。それほどに、葵巻における葵の上を取り殺した六条御息所の生霊事件は鮮烈です。ですが、夕顔巻を初めて読んだ読者にとって、夕顔の死を「六条わたり」の女の仕業だと読むでしょうか。それはさほど自明なことではないでしょう。しかし、葵巻の六条御息所と葵の

上との確執や生霊事件を知っている読者には、夕顔巻もまた、その前兆であると読むのも自然なことでしょう。

物語をどのように読むかについては正解はありません。夕顔を取り殺した物の怪を、六条御息所と読むのも、廃院の怪と読むのも、どちらも間違いでなく両立可能です。そうしたしなやかな読み方を許すところに、『源氏物語』の豊饒《ほうじょう》さ、飽きることのない面白さがあるのでしょう。

さて、六条に住む女性が「御息所」と呼ばれるのは、桐壺帝が譲位して朱雀天皇の御代になった、葵巻に入ってからです。かつての東宮が寵愛した人で、娘が伊勢の斎宮になろうとしている、その母だというのです。

光源氏との関係に悩んで娘と共に伊勢に下ろうかと悩んでいたころ、賀茂祭《かものまつり》で新しく任についた賀茂の斎院の行列に、光源氏が護衛として付き添うというので、その晴れ姿を見ようとお忍びで出かけます。ところが、後からやってきた懐妊中の光源氏の正妻の葵の上一行に乱暴に牛車を押しのけられ、屈辱を味わいます。

悩みに悩んで正気を失った六条御息所は、時に自分が美しい女性の髪をつかんで引き回し、乱暴を働く夢を見ます。懐妊中の葵の上は不調に苦しみ、ついには臨終かと思われて、光源氏が来世でも再び逢えるからと慰めていたところ、葵の上は急に光源氏に恨み言を訴える、**その声は六条御息所そのものだった**のでした。光源氏がうとましくも思い、冷ややかだった葵の上との夫婦仲も融和しかけたその矢先、葵の上は夕霧を産んで間もなく急逝《きゅうせい》してしまいます。

六条御息所は、葵の上を嫉妬したから生霊になったのでしょうか。作中の人々は、葵の上に憑いた物の怪は、六条御息所の父の亡き大臣の霊ではないかとも噂します。物の怪が、家同士の対立の中で出現するといった事例が当時の漢文の記録類の中にも見られ、逆に、女同士の嫉妬による物の怪出現は話題になりません。ですがそれは、男性が家の記録として残す漢文で記される日記類の中には、女の嫉妬など取り上げるべき話題でなかっただけかもしれず、嫉妬心がなかったわけではないでしょう。

より高貴な人が、下賤《げせん》の者に嫉妬するのは品のないことで、身分低い側は高貴な相手に嫉妬したところで無力だった時代、**嫉妬はただの感情ではなく社会的身分と連動するもの**でした。葵の上没後、生霊になったがために自分は正妻になれないと自覚した六条御息所は、伊勢に下るのです。

「心の鬼」の歌

『紫式部集』に、次のような歌があります。

絵に、物《もの》の怪《け》のつきたる女のみにくきかたかきたる後《うしろ》に、鬼《おに》になりたるもとの妻《め》を、小法師《こぼふし》のしばりたるかたかきて、男は経読みて物の怪せめたるところを見て

亡き人にかごとをかけてわづらふもおのが心の鬼にやはあらぬ　（四四）

返し

ことわりや君が心の闇《やみ》なれば鬼の影とはしるく見ゆらむ　（四五）

これは絵を見て詠んだ歌です。この時代、屛風《びょうぶ》の絵などを題材に歌を詠むことが広く浸透していました。時には絵を俯瞰《ふかん》的に見て詠み、時には画中の人物に成り代わって歌を詠みました。屛風歌とも言われます。

ですが、このややおどろおどろしい絵は屏風絵ではなく、おそらくは物語絵でしょう。「絵に、物の怪が憑《つ》いた女の醜い姿を描いている後ろに、鬼になった元の妻を小さな法師が縛っている姿を描いて、それを夫の男が経を読んで物の怪を退散させようと責めている場面を見て」詠んだ歌なのです。

「亡くなった先妻にかこつけて、夫が物の怪を退散させるのに手こずっているのも、実は自分の心の鬼ではないだろうか」。それに対する返歌は、「もっともです、あなたの心が闇なので、ご自身の心の鬼の姿だとはっきり見えているのでしょう」といったやりとりです。返歌は女房のもの、紫式部の夫没後の作とされています。

物の怪という今日では信じられていない超自然的な現象を、そのままに信じるのではなく、「**心の鬼**」、自分自身の心の動きのせいだと捉える、そこには、現代人にも通じる現実主義的な発想が確かに垣間見えるのです。

「心の鬼」とは、「疑心暗鬼」あるいは「良心の呵責《かしゃく》」と訳されます。訳してしまうと何やら平板な印象ですが、「心」の内に「鬼」が住んでいると考えれば、そのまがまがしさが伝わるのではないでしょうか。「鬼」とは必ずしも角《つの》の生えた得体のしれない怪物というわけではなく、「もの」「もののけ」にも通じる、正体不明の未知の存在を広く指し示す言葉です。

『源氏物語』葵巻、六条御息所が葵の上に憑依《ひょうい》して、葵の上の口を通じて語り出す場面では、光源氏ただ一人が対峙《たいじ》しています。そのことをもって、六条御息所への光源氏の内心のやましさが、彼にその幻影を見せたのだと考える立場もないわけではありません。しかし通常、古代の人々にとっての物の怪は、向こう側からやってくるものと理解されていました。物の怪は他者の魂が執念をもって取り憑くもの、だからこそ、政争の果てに敗者の側が勝者の側に祟《たた》るのだと考えられているのでしょう。

これと同列に論じられるかどうか、朝顔巻末尾で、光源氏が藤壺を夢に見るあたりも、あるいは、夢を見る側の、光源氏の意識の反映と考える可能性もなくはありません。ですが一般的には古代における夢は、異界からのメッセージです。夢に現れる藤壺の意志の反映と捉えるのです。

だとすれば先の『紫式部集』の贈答、「心の鬼」と捉える歌は実に近代的です。『源氏物語』が今日読んでも十分に共感できるのは、こうした感性ゆえかもしれません。

笑いを誘う女たち

『源氏物語』って、ずいぶん重たい深刻な話ばかり、ってちょっと疲れていませんか、それではお口直しを少々……。

光源氏の周辺で笑い話といえば、**末摘花**《すえつむはな》、**源典侍**《げんのないしのすけ》、**近江の君**《おうみのきみ》の話でしょうか。

末摘花は、常陸宮《ひたちのみや》の姫君です。両親を亡くして父の遺した邸《やしき》に一人わび住まいをしている風情は、かつて左馬頭が理想だと語った「葎の門《むぐらのかど》」の女そのものです。光源氏も乳母子《めのとご》の大輔命婦《たいふのみょうぶ》から噂話に聞いて、たいへん関心を寄せます。求愛の文を贈りますが返事がありません。何度も何度も贈りますが返事がない……、これって光源氏がストーカーじゃないですか。しかも頭中将も光源氏に負けまいと求愛の手紙を贈るのです。

物語には全く書いていないけれども、その時の末摘花がどれだけ慌てふためいたか、そちらのほうを、新作の物語として書いてみたいくらいですよ。やがて頭中将に負けるまいと焦った光源氏が、末摘花と関係を結んだのち、それも時を経てから、尋常な容貌でなかったと知ることになるのですが、それはそれとして。

のちに、内大臣《ないだいじん》（もとの頭中将）が夢のお告げで知った落胤《らくいん》の娘を探し当てて引き取ったのが、近江の君です。都の優美な貴族的な教養を持ち合わせない近江の君は、実の親の内大臣のもとに来ながら結局笑いものにされてしまいます。行儀見習いに出された姉妹にあたる弘徽殿女御のもとで、まともに宮仕えができず、恥をさらしてしまうのです。それは、近江の君自身の恥というよりは、配慮なくそこに追いやった内大臣の器量不足でもあるのでしょう。内大臣のもう一人の落胤である玉鬘は、近江の君の処遇を耳にしながら、実父よりもむしろ光源氏に深い感謝を抱くようになるのです。

もう一人、源典侍もまた、笑いを誘う女の一人です。桐壺帝の後宮に仕える源典侍は六十歳も手前という私と同じくらいの御婆《おばば》ながら、若い光源氏を誘惑するというたいへん勇敢な女性です、うらやましい！　しかも光源氏と共寝をしている最中に頭中将に踏み込まれ、光源氏と頭中将とはじゃれ合って退散します。

老女が若い貴公子に求愛するというのは、『伊勢物語』六十三段にも見られるお話のパターンです。ですがこの老女、実は桐壺巻で桐壺帝に、先帝の四《し》の宮《みや》が亡くなった桐壺更衣に似ている、と耳に入れた典侍《ないしのすけ》ではないかと時に指摘される人でもあります。意外に登場期間は長く、葵巻の賀茂《かも》の斎院《さいいん》の御禊《ごけい》の折にも登場しますし、藤壺が亡くなった後の朝顔巻にも、わずかに姿を現すのです。思いのほか長い間、光源氏の生涯を見届けた人と言えるのではないでしょうか。

ところで、笑いの対象ではありませんが、この物語で鮮烈な印象を残すのは、**弘徽殿女御**です。光源氏の母の桐壺更衣を妬み、後に入内した藤壺を妬み、光源氏を憎み、実に人間らしいではありませんか。

息子の第一皇子が朱雀帝として即位し栄華を極めるはずのところ、いま一つその華々しい姿に物語の焦点があてられることはありません。妹の朧月夜が光源氏に心を寄せていると知っても、結婚には賛同せず尚侍《ないしのかみ》として出仕《しゅっし》させ、ついには朧月夜が朱雀帝の寵愛を受けながら光源氏と逢瀬を重ねていると知って、光源氏を都に居られなくさせてしまうのです。この嫉妬深さ、執念深さ、じつに人間的で素晴らしい女性ではないですか。

すこぶる華やかな光源氏絶頂期

――六条院の王権

紆余曲折のあげくついに

桐壺帝の御代《みよ》では持てはやされて時代の寵児だった光源氏は、桐壺帝が退位したのち、ことに桐壺院が亡くなったのちには、不遇をかこちます。長年憧れてきた藤壺は、桐壺院の一周忌ののち出家してしまい、失意のうちに自暴自棄になるように朝顔斎院に懸想《けそう》をし、さらには朧月夜との情事に溺れます。情事の現場を朧月夜と弘徽殿女御の父親の右大臣に見つかってしまい、都に居られなくなってしまいます。光源氏は不義の子の東宮の安泰を願って、自ら都を去って須磨に下ることになるのです。

須磨の地では、数人の親しい従者たちだけと暮らし、精進潔斎《しょうじんけっさい》をしていましたが、暴風雨に見舞われ、もはや命も落とさんばかりになったところ、桐壺院の亡霊が現れ、光源氏を励まします。光源氏が迎えの舟に乗って明石の地に移り住み、その地のもとの国守《こくしゅ》の娘である明石の君と結ばれます。しかし間もなく都に呼び戻され、明石の君を残して都に戻ります。光源氏は政界に復帰し、明石の君には一女が生まれるのでした。

その後の光源氏の栄華は、藤壺との不義の結果誕生した子である東宮が、やがて即位して冷泉帝となることによって、もたらされます。六条御息所の娘の斎宮は、退下《たいげ》、つまり斎宮を辞めたのち、母御息所の没後に光源氏の後援を得て入内して、冷泉帝の寵愛を受けます。

しかし、薄雲《うすぐも》巻《のまき》で藤壺が亡くなってしまうと、光源氏の不義を知る人はいなくなります。仮に光源氏の不義の子であることが事実であっても、不義の事実を知る人がいなくなれば、価値がありません。ですから藤壺の没後には、夜居《よい》の僧都《そうず》が冷泉帝に、それを伝えるためだけに登場します。

冷泉帝は事実を知って、過去の事例を調べ、光源氏に譲位を提案します。しかし、光源氏は固辞して、決して受諾しようとはしません。光源氏には、父桐壺帝が予言に導かれながら自分に与えた宿命に従おう、という意識があった、それが澪標《みおつくしのまき》巻の「宿世遠かりけり」という自覚だったのでしょう。

そののち光源氏は、二条院の邸《やしき》から、六条院へと住まいを移します。二条院は桐壺更衣から継承し、父の手によって整備され改めて下された邸でした。いっぽう六条院は、六条御息所のもとの邸と、おそらくは紫の上の祖母の邸跡とを吸収して、四つの町のそれぞれに春夏秋冬の植物を植えて造り直されます。春夏秋冬と東西南北の時空間を支配する、その象徴的な体現として、**四方四季の六条院**は造られたのです。

光源氏には、明石の姫君がいましたが、姫君は入内することがほぼ確実で、求婚者が集ってきたりはしません。ちょうどその頃、かつて光源氏と縁のあった夕顔の遺児、玉鬘が、乳母たちと共に下っていた筑紫国《つくしのくに》から上京してきます。夕顔の女房だった右《う》近《こん》が、長谷寺《はせでら》に参詣した際、玉鬘たち一行とたまたま出会ったのです。右近の仲介で光源氏に引き合わされた玉鬘を、光源氏は実の娘だという触れ込みで、もてはやします。ただ唯一、紫の上だけには、本当の娘でないことをそっと知らせるのです。

六条院には、玉鬘を目当てに多くの貴公子たちが集います。恋文を贈って求婚しては、垣間見《かいまみ》の機会を得ようと訪れます。光源氏の息子の夕霧にかこつけて遊びに集う若い貴公子たちの動きが、六条院全体を華やがせるのでした。そしてそれを煽《あお》るように演出していた光源氏自身が、自らミイラ取りがミイラになるように、恋に落ちていくのです。しかしやがて、鬚黒《ひげくろ》に玉鬘を奪い取られることで、光源氏は恋を失います。それはちょうど『古今集』において、恋一部から恋五部まで五つの巻を通して、恋の変転の歌を配列することを物語にしたかのような世界です。

玉鬘巻から真《ま》木柱《きばしら》巻《のまき》までの「**玉《たま》鬘《かずら》十帖《じゅうじょう》**」は、四方四季の

六条院の四季の町

戌亥《いぬい》の町 冬の町。松の木・菊の垣根・柞原《ははそはら》・深山木《みやまぎ》を植える。北側は御倉町。 明石の君・明石の尼君が住む。	**丑寅《うしとら》の町** 夏の町。呉竹・小高い木・卯《う》の花《はな》・花橘《はなたちばな》・撫子《なでしこ》・薔薇・くたになどを植える。馬場殿《うまばどの》をもうけ、競射《きょうしゃ》や競馬《くらべうま》を楽しむ。 花散里・夕霧・玉鬘が住む。
未申《ひつじさる》の町 秋の町。紅葉する木を植え、秋の野を作る。 六条御息所の邸跡。秋好中宮が住む。	**辰巳《たつみ》の町** 春の町。松・紅梅・桜・藤・山吹・つつじなどが植えられる。紫の上の祖母の邸跡を吸収したかも? 光源氏・紫の上・明石の姫君、のちに女三宮が住む。

六条院を舞台に、そこに集う男たちと光源氏自身の、玉鬘への恋とその喪失の物語です。それはあたかも『古今集』の四季の部と恋の部を物語に仕立てるような形、つまり、四方四季の時空間で、人々の豊かな恋の感情の開花を支える、王者の物語が花開くのです。

冷泉帝は実の父に対する孝行の形を思案し、藤裏葉巻で光源氏を准太上天皇、上皇に匹敵する位に処遇し、六条院に行幸《ぎょうこう》をします。六条院は王者の経営するにふさわしい時空間、それゆえにこそ光源氏は准太上天皇たり得たのです。

物語に対する評価

ところで先に掲げた、道長が彰子をからかう様子、「なぞの子《こ》もちか、つめたきに、かかるわざはさせたまふ」というところ、実は『源氏物語』蛍巻《ほたるのまき》で光源氏が「暑かはしき五月雨《さみだれ》の、髪の乱《みだ》るるも知らで書きたまふよ」と玉鬘をからかうところに、何となく似ている気がしませんか。

「冬の寒い中で、子持ちの女が、何だってこんなものに夢中におなりなのか」と言いながらも、道長が物語の制作や書写を支援する様子は、蛍巻で玉鬘に、「何だってこんな梅雨の蒸し暑いさなかに、髪を振り乱して物語を書き写しているのかね」などとからかいながらも、物語に夢中になる玉鬘を相手に物語談義を始める光源氏と、どこか似通っているようにも感じられるのです。

玉鬘というのは、頭中将と夕顔の間に生まれた娘です。しかし、頭中将の正妻の右大臣の四の君に意地悪をされた夕顔は、頭中将の前から姿を消してしまいます。五条の家に隠れ住んでいたところ、光源氏に関心を持たれ、情熱的な恋に落ちます。それもつかの間、八月中旬の月に誘われて、なにがしの院で二人が時を過ごす中で、夕顔は頓死してしまったのでした。夕顔の死を知らぬまま、乳母の一族に連れられて筑紫《つくし》の国《くに》で育った玉鬘は、やがて美しく成長します。肥後国《ひごのくに》の豪族に求婚されたのを疎《うと》ましく思い、何とか実父に再会したいと、乳母の一家に支えられて都に上ってきます。

一行が長谷寺に神頼みに行ったところ、かつて夕顔に仕えていた女房の右近と再会しました。右近は、夕顔の没後にそのまま光源氏に仕えていたのです。玉鬘は、今では内大臣になっている実父に会いたいと願うものの、右近に導かれて光源氏の庇護《ひご》を受けて暮らし始めます。世間には光源氏の実の娘だという触れ込みであり、光源氏も娘として扱う一方で、かつての**夕顔の面影を宿す玉鬘に女性としても心惹かれていく**のです。

さてその玉鬘、蛍巻で光源氏と物語について、対話をしています。光源氏に、「女はどうしてこんな嘘っぱちに騙されて、面白がるのかね」とからかわれた玉鬘は、「あなたのように日頃から嘘ばかりついている人は、物語には嘘ばかり書いてあると思っているかもしれないけれど、私なんか全部本当のことだと思っていましたわ」と応酬します。日頃、光源氏が色よい甘い言葉を並べて玉鬘の気持ちを摑もうとする態度への、当てつけでしょう。

こんな嘘ばかりの物語楽しい？
いっつも嘘ばっかついてるあなたにはわかんないでしょーね
フッ
源氏物語

すると光源氏は苦笑いし、ちょっとむくれた玉鬘をなだめるべく、物語を礼讃するのです。「日本紀などはただかたそばぞかし。これらにこそ道々しくくはしきことはあらめ」、歴史書には真実が書いてあると人は思うかもしれないけれど、真実はむしろ物語の中にこそあるのだ、というそのくだりは、や

や独り歩きして、紫式部の物語への期待や自負を象徴する文言として、よく知られています。

さて光源氏は、玉鬘には半ばからかいながら接しているのに対し、自分の実の娘である明石の姫君に読ませる物語は、非常に慎重に吟味しています。明石の姫君は、いま実母の明石の君から離れて、継母にあたる紫の上のもとで育てられますから、継母が継子をいじめる類いの物語は教育上よくないと、明石の姫君には読ませないようにするのです。こんな一種の〈教育パパ〉のような光源氏の一面はかえって、いつまでも若者のように玉鬘に懸想を仕掛ける姿と、好対照をなしているのです。

おさえられない恋心

さてその光源氏の子どもといえば、ほかに、葵の上との間に生まれた夕霧がいます。夕霧についての光源氏の態度も、なかなか面白いものです。

夕霧は時の権力者光源氏の息子ですから、成人すればすぐさまとんとん拍子に出世することができるはずです。しかしあえて光源氏は夕霧を大学寮《だいがくりょう》に入れて学問を学ばせ、学のある官僚として育てようとするのです。

それは、漢文の家に育った紫式部の作者としての理想なり理念なりといったものを一方で感じさせます。そうした学問を大事にする空気は、時代遅れの価値観だとも言われるところですが、道長の時代の現実の中にも十分息づいていたのかもしれず、だからこその彰子に対する新楽府の御進講だったのかもしれません。

さて野分巻《のわきのまき》、夕霧は紫の上の姿を垣間見て、心を取り乱し、憧れの気持ちを強く抱きます。しかし、そのまま紫の上のもとに忍び込んで不埒《ふらち》なことをしたりはしません。夕霧が紫の上との密通などという大それたことをしでかしてしまうと、光源氏の理想的な物語は大きく傷ついてしまうでしょうから、物語はさほどまがまがしいことには踏みこませないのです。夕霧が継母である紫の上に憧れて密通し、子をなせば、若き日の光源氏の所業を息子が反復することになりますが、『源氏物語』はそのような**単純な反復を好まない**のです。

その代わりに用意されたのが、光源氏の晩年の妻、それもまあぶっちゃけていえば、あまりできのよくない妻、女三宮の密通の物語なのです。

女三宮に憧れた、かつての頭中将の息子の柏木《かしわぎ》が、ついにその野望を実現して密通してしまう、という物語は、一面では、大臣家の息子の柏木の、皇女への野心として理解できます。柏木の父、かつての頭中将は、桐壺帝の姉妹にあたる大宮の子です。左大臣と大宮の間に、頭中将と葵の上が生まれたのです。藤原氏が皇女をめとることで、王統の血に接近していくこと、それが、この家の野心の形だったのです。

柏木は、朱雀院の娘の女二宮を妻にしていました。女二宮の母は一条御息所とあって、更衣の地位だった人で、女御ではありませんでした。柏木は、女二宮のその出自の低さに不満を捨てきれなかったようです。

柏木は、女三宮に憧れます。女三宮の母は、藤壺女御、かつて光源氏の憧れの人であった藤壺宮の異母妹にあたります。**柏木の女三宮への憧れは、かつての光源氏の藤壺への憧れをなぞる**ような印象です。

しかし、柏木は光源氏の息子の夕霧ではありません。光源氏の最愛の人である紫の上と夕霧が密通するといった、最も衝撃的な物語は周到に回避され、光源氏のいわばできの悪い妻である女三宮に柏木が憧れ、密通する形に差し替えられているのです。

こうした、本来あるべき物語が回避され、それの代償ともいうべき物語が描かれるというのが、『源氏物語』の骨格だとすれば、この物語の抱えている本質が明らかになるでしょう。つまり、光源氏や紫の上などの理想的な存在をあくまで傷つけないようにしながら、汚れ役を他の人物に担わせる、といった物語の方法が垣間見えるのです。

紫の上の唯一の欠点は嫉妬深いところだ、と光源氏は言っています。しかし、紫の上は自分より身分の低い明石の君には、余裕をもってのびのびと嫉妬するものの、自分より高貴な女三宮が光源氏のもとに入った後は、嫉妬心は表に見せません。そうした紫の上の、当時の貴族の女性の規範から逸脱せず、抑制的に制度のうちにからめとられた内心は、たとえば六条御息所のような汚れ役の嫉妬心や内心の惑乱によって代弁されるといった格好なのです。

この物語の人物たちは、互いに互いを補完し合う関係にある、とひとまず一応言っておきましょう。

三　すべての歯車が狂っていく
――憂愁の晩年

皇女の降嫁

しかし、光源氏の准太上天皇としての栄華は、新たな苦難を六条院にもたらします。光源氏が准太上天皇になったことで、それにふさわしい妻が求められる余地を生んだからです。

光源氏の最初の正妻は、葵の上だったのでしょう。左大臣と桐壺帝という両親が、正式に認めて、元服の夜に添臥《そいぶし》として入ったわけですから、これ以上正式な結婚はありません。しかしそれでも、葵の上にはなかなか子ができず、光源氏が二条院に囲っている女の存在を気にかけています。まだ紫の上と光源氏が男女の仲でないとは知らないのです。

もしこの時、二条院に住む紫の上と関係が進み、子どもが生まれていたら、どうなったのでしょうか。紫の上の子は、後に明石の姫君が紫の上に引き取られたように、葵の上に引き取られて育てられるのでしょうか。宇治十帖《うじじゅうじょう》で、今上《きんじょう》帝の第三皇子の匂宮《におうみや》は、夕霧の六の君と結婚しながらも、中の君との間の男子は、二条院で育つ模様です。紫の上とて親王の娘ですから、明石の君とは格が違います。やはり紫の上のもとで養育することが可能だったのではないでしょうか。

ですから、光源氏が紫の上と新枕をかわすのが葵の上の没後であるのは、よくできた話の運び方です。紫の上が成長するにしたがって、葵の上の存在が邪魔になり、だから物語の中で死んでしまうことになった、という部分もあるでしょう。その後、紫の上は、光源氏が須磨に下る際には、二条院を預けられ、荘園《しょうえん》の地券も預かって管理を任されていますし、お手付きの女房たちまで含めて、仕える人々もみな、紫の上付きになるのです。

さらに、明石の君が産んだ娘の姫君は、紫の上のもとで養育されます。いわゆる継子いじめなどとは無縁に紫の上は、明石の姫君の理想的な継母になり、その入内に際しては、三日間内裏で付き添い、退出の折には帝から輦車《てぐるま》の宣旨《せんじ》を与えられ、女御にも相当するような格式で退出したのでした。こうした次第からすれば、葵の上の没後から、藤裏葉巻までは、紫の上は光源氏の正妻だと見ても差し支えないでしょう。

しかし、若菜上巻に入って、光源氏四十歳の年、朱雀院のまだ幼いとも言える**女三宮が六条院に降嫁**してきます。朱雀院はあれこれ女三宮の相手を吟味しますが、帝や東宮に入内するのが本来望ましいがそれができないなら、臣下の者ではなく、准太上天皇である光源氏に、と考えるのです。

天皇か皇族で格式の高い相手が、皇女の結婚相手にはふさわしい、さもなければ独身のままがよいという考え方は、平安時代初期の理念でした。平安中期になると、次第に臣下との結婚、それも、時には許可を得ないままに関係を進めてでも、臣下の側が皇女を求めました。それは自家の娘を入内させるという形とは逆に、自家の血を皇統に近づけ、ミウチ的な関係になることで、政治の中枢に食い込もうとする野心の形だったのです。

臣下ではなく准太上天皇になった光源氏には、それにふさわしい格式の正妻を世間も求めた、ということでもありましょう。秋好中宮《あきこのむちゅうぐう》がゆるぎない冷泉帝や、明石の姫君が入内したばかりの東宮、そして雲居雁《くもいのかり》と結婚したばかりの夕霧に比べて誰よりも、光源氏の正妻の座は不確かで不安定に見えます。ここに、寄る辺ない紫の上の苦悩が始まるのです。

紫の上の苦悩

光源氏が朱雀院にとって、婿としてふさわしかっただけでなく、光源氏の側からしても、女三宮への興味は捨てきれないところがありました。

一つには紫の上同様、女三宮が**藤壺の姪だった**からです。女三宮の母が朱雀帝の時代に藤壺に住む女御だった、光源氏憧れの藤壺の妹だということは、若菜上巻になって初めて明らかにされます。これは、あとから過去を捏造《ねつぞう》した手合いのものです。物語が次第に長編化していく中で、過去の物語の隙間に新たな人物を設定していき、新しい物語の発端を創るのは、この物語の常套《じょうとう》手段なのです。

しかし、女三宮が藤壺の姪であるから、かつての憧れを忘れられないというだけではありません。女三宮は朱雀院に格別に大切にされている皇女です。現在の東宮、次代の帝とは母が違うとはいえ、最も重要なきょうだいなのです。女三宮の婿選びは、いわば現在の東宮即位後の政治体制に、最も優位に関与できるのは誰かという、**東宮即位後の勢力地図を決める争い**だったと言えましょう。

しかしその中で、犠牲になったのは紫の上でした。輦車《てぐるま》の宣旨まで受けて、光源氏の妻として栄誉ある処遇を受けた矢先に、より有力な、抗いようもない新たな妻が出現するという思いがけない事態が襲ってきます。しかも、これまで明石の君に嫉妬しつつも、身分低い相手として、内心では自らの優位を疑わないまま明石の姫君を養女として育ててきたことや、朝顔前斎院に求愛する光源氏に危機感を覚えながらも斎院側の拒否によってなんとか危機を逃れてこられたことなどが、むしろ奇跡的に幸運だっただけだと痛感させられるのです。

女三宮降嫁後の結婚三日目の夜、結婚当初の三日間は続けて通わなければならないという風習の中で、予想外に幼かった女三宮に失望しながらも光源氏は、訪問するしかありません。それを見送る紫の上は、

目《め》に近く移《うつ》ればかはる世の中を行く末とほくたのみけるかな

「眼の前で移り変わっていくあなたとの仲を、長く続くものと無邪気にあてにしていましたことよ」と古歌《こか》にまぜて、手習いのように書きます。光源氏はもっともだ、と手に取って、

命こそ絶ゆとも絶えめさだめなき世のつねならぬなかの契りを

「命は絶えるなら絶えるだろうけれど、この無常の世でも、普通ではないあなたとの格別な夫婦の仲は決して絶えることはありませんよ」、そう約束しつつも、女三宮のもとで夜を過ごす光源氏は、夢に紫の上を見て、夜明け方の鳥の声をまだかまだかと気がせくままに紫の上のもとに帰るのでした。

しかしそれでも女三宮の父の朱雀院は、すでに出家の身でありながら、紫の上に手紙を寄越して紫の上に女三宮を大切にするよう、いわば圧力をかけてきます。そしてまた、冷泉帝の譲位の後、今上帝の御代になると、女三宮はより格式高い二品《にほん》の宮として処遇され、次第に重々しさを増していきます。

その一方で、忍従の日々を送っていた明石の君は、娘の明石の女御のそば近くに侍して、母としてではないものの、「後見《うしろみ》」の女房として常に仕えるようになります。女御が今上帝の子を何人も産むたびごとに、明石一族の繁栄が盤石になっていく、その中で、子のない紫の上の孤独が次第に鮮明になっていくのです。

因果応報から逃れられない

女三宮が六条院に降嫁すると決まった後にも、憧れを捨てない貴公子がいました。柏木です。かつての頭中将の長男です。その母は右大臣の四の君ですから、弘徽殿女御の妹、朧月夜の姉にあたる人です。

柏木は女三宮の婿選びの際には、叔母の朧月夜を介して結婚を希望する意思を伝えてもいたのでした。その時点ではまだ官職も低く、希望はかないませんでしたが、いずれ光源氏が念願通り出家をしたなら、その暁《あかつき》には、とまで願っていたのです。

六条院の春、夕霧や柏木らが蹴鞠《けまり》に興じます。桜の中、貴公子たちが蹴鞠に興じる庭の様子を見ようと、邸の御簾《みす》の内から女たちがのぞいています。御簾《みす》を猫が跳ね上げ、中に立っている若い女性の姿が露わになってしまいます。柏木はその姿に釘付けになります。女三宮でした。光源氏にとっては幼稚な少女に見えた女三宮も、柏木には高貴な女宮です。遠くから噂を聞きつけて憧れていただけでなく、実際にその姿を見てさらに心惹かれた柏木は、女三宮への想いを募らせ、その飼い猫を、東宮を介してだますようにして手元に引き取ります。

やがて若菜下巻、光源氏の不義の子の冷泉帝が譲位します。冷泉帝の在位期間は十八年と、長期にわたる安定的な時代であり、それはひそかに、実父である光源氏の栄華の時代でもありました。光源氏は不義の子冷泉帝が、跡継ぎをもうけないまま譲位することを無念に感じます。

朱雀院の子である東宮が帝位につき、明石の姫君は女御となり、明石の女御が産んだ第一皇子は東宮となりました。明石の女御にはほかにも皇子や皇女がおり、末広がりに繁栄しています。一方で、腹違いとはいえ兄弟が帝になったことで、女三宮は二《に》品《ほん》の宮として処遇され、これまで以上に光源氏からも重々しく処遇されます。その中で、朱雀院は自身の五十の賀の折に、女三宮の琴《きん》の琴《こと》を聴きたいと光源氏に圧力をかけるのです。ちゃんと大切に処遇しているかを確かめたかったのでしょう。琴の琴、皇族に伝わる特別な楽器を、光源氏は気を入れて伝授し、その成果を披露させる**女楽**《おんながく》、女だけの音楽会を催しました。

女三宮の琴の琴、明石の女御の箏《そう》の琴《こと》、紫の上の和琴《わごん》、明石の君の琵琶《びわ》など、それぞれが楽器を担当して合奏します。紫の上の和琴は、他の楽器との調和を担うようで、ちょうど自分の感情を抑えて六条院の調和をはかる紫の上を象徴するかのような演奏でした。心労が重なったためか、その夜から紫の上は発病し、二条院に移ります。

光源氏が紫の上の看病にかまける中で、柏木は、光源氏が留守になった六条院に忍び入り、女三宮とついに関係してしまいます。その後、女三宮は柏木から贈られた手紙を光源氏に発見されたのでした。光源氏は若き日の自らの罪を思い起こし、父の桐壺帝ももしやすべてを知っていて、同じ思いをしていたのかという疑念にとらわれます。

女三宮は柏木の子を出産後、朱雀院の手で出家をし、光源氏を恐れて病に臥せっていた柏木も亡くなってしまいます。六条院のもとのあるじともいえる六条御息所の死霊が出現し、紫の上の病も女三宮の出家も、自らの仕業だと語るのでした。

柏木はさして愛してもいなかった妻の落葉宮《おちばのみや》の今後と、光源氏に許しを請う遺言を夕霧に託して亡くなります。夕霧は柏木の不義をどこか想像していました。またその一方柏木も、夕霧の紫の上へのひそかな思慕を観察していたのです。夕霧は柏木の没後、柏木の遺言に従って未亡人になった落葉宮を訪問しながら、柏木の遺した笛を預かります。夕霧が光源氏にその笛をどうするか尋ねると、光源氏はそれらしい口実をつらねながら、柏木の笛を召し上げる、その笛はやがて不義の子の薫の手にわたるのです。光源氏と違って真面目が取り柄の夕霧が、光源氏の秘密にギリギリまで近づく、その対話の様子もなかなかの見ものです。

成長していく息子たちの世代に、光源氏とてあくまで無事だというわけにはいきません。柏木には裏切られ、夕霧には追い詰められます。

藤壺との不義の関係、あるいは六条御息所から買った怨みなど、光源氏の栄華の背後に隠されていた負の部分が、大きく形を変えて襲ってくる、晩年の光源氏は、次から次へと災難が襲ってくるように見えます。しかしそれは因果応報の物語なのでしょうか。

光源氏は、父の桐壺帝は少なくとも存命中には知らなかったはずの、自らの妻の不義と不義の子誕生という秘密を知った上で、その不義の子を我が子として育てるほかありません。桐壺帝とは全く異なる苦悩を背負うという意味で、光源氏という主人公に課せられた生の形なのです。

「飽かず」と人生を振り返る

この物語では、重要な人物たちが、死の間際に自らの「**宿世**《すくせ》」を自覚する、といった思考回路が繰り返されます。

薄雲巻では、藤壺は亡くなる間際、「高き宿世、世の栄《さか》えも並ぶ人なく、心の中《うち》に飽《あ》かず思ふことも人にまさりける身」と考えます。自分は格別に優れた宿命のもとに生涯を過ごし、この世の栄華も格別で、内心「**飽**《あ》**かず**」、満足できずに思うことも、人一倍だったというのです。

藤壺は、先帝の四《し》の宮《みや》として生まれ、両親の亡きあと、桐壺帝の後宮に入って桐壺帝の寵愛を受けます。皇子を産み、自身は中宮に、皇子は東宮に立てられ、やがて帝位につきます。その世間的な経緯だけを見れば、格別に満たされた生涯のはずです。その生涯に傷があるとすれば、皇子が光源氏と密通してできた不義の子だったことでしょう。

「飽《あ》かず」とは「飽く」という動詞を打ち消したものです。「飽く」は満足する、という意味ですが、肯定形で使われることはきわめて少なく、「飽かず」の形で「満足できない」という意味で用いられるほうが圧倒的に多いのです。

藤壺が死の間際に「飽かず」、満足できないと感じたのであれば、それは桐壺帝を裏切ったことなのか、あるいは光源氏に心を開くことができなかったことなのか……、物語の読者はもちろん後者の解釈を選びたくなるところでしょう。

こうした藤壺の、自らの「宿世」を嘆き、「飽かず」の思いを抱く思考は、晩年の紫の上にも光源氏にも、共通して見られるものです。

若菜下巻、六条院で女楽、女だけの演奏会が催されたのち、光源氏は自身が格別の宿命を生きたのと同時に、悲しい思いも人一倍重ねてきたことを認めつつ、「あやしくもの思はしく、心に飽かずおぼゆること添ひたる身」と不思議に物思いにとらわれ、「飽かず」、心に満足できないことが身に備わっていることも格別だと言います。そして、あなたは親の家に暮らすように、「人にすぐれたりける宿世」、人より格別優れた宿命を生きている、と光源氏は紫の上に語るのです。紫の上はそれに応じて、「のたまふやうに、ものはかなき身には過ぎにたるよそのおぼえ」と自身の格別の運の高さを認めつつも、「心にたへぬもの嘆かしさのみうち添ふ」、内心に深い嘆きを抱えるというのです。

晩年になると、藤壺も光源氏も紫の上も、なぜ似たような人生の数奇な幸福を認めつつ、満たされない思いを嘆くという思考回路に陥るのでしょうか。**人はどんなふうに生きても「飽かず」、不満足な何かを残してしまうものだ**という、いわばこの物語の思想が、ここには垣間見えます。

光源氏は紫の上の没後の幻《まぼろしのまき》巻、「飽かず思ふべきことをさをさあるまじう、高き身には生まれながら、また人よりことに口惜しき契りにもありけるかな」と、不満足なことなどなさそうな高貴な身に生まれながら、残念な宿命も人一倍だった、と嘆きます。「契り」とは、ここでは「宿世」とほぼ同義で、前世からの因縁の意味でしょう。「世のはかなくうきを知らすべく、仏などのおきてたまへる身なるべし」、この世がいかにはかなくつらいかを知らせるために、仏などがお作りになった身の上だ、と慨嘆するのです。

「宇治十帖」という陰
——次世代の物語

光源氏没後の主人公

光源氏亡き後の物語では、なぜ光源氏の息子が主人公にならないのでしょうか。この疑問に長い間、私は答えられずにいました。

光源氏の息子の夕霧は、政治家としてはおそらくかなり有能で、「まめ」、実直さを兼ね備えた人物です。幼馴染《おさななじみ》の雲居雁と結婚後、仲のよい夫婦ながら、柏木の没後にはその未亡人の落葉宮に懸想をし、ついに我がものとします。しかしまたその後は二人のもとに月の半分ずつ通う律義さだといいますから、やはり**好色人としての資質を欠いていた**のかもしれません。

だからなのか、やや年齢も官職も高過ぎるからなのか、夕霧は光源氏没後の物語の主人公にはなりません。代わりに、**薫と匂宮**がその役を担います。

薫は、世間的には光源氏と女三宮の子ですが、実は柏木と女三宮の不義の子です。匂宮は今上帝と明石の中宮の第三皇子です。その二人が次代の物語の担い手として本当にふさわしいかどうか、疑問といえば疑問です。ことに、正編で光源氏が担った〈ゆかり〉の系譜、母桐壺更衣に似た人である藤壺、藤壺の姪の紫の上、同じく姪の女三宮に次々と心を移す物語に似た骨格を担うのは、光源氏の実の子ではなく、不義の子の薫なのです。薫は、宇治八宮《はちのみや》の娘たち、大君《おおいぎみ》、中の君、浮舟に次第に心を移していくからです。一応の物語の骨格は、薫を主人公として進んでいくように見えます。その薫は不義の子なのです。それでよいのでしょうか。

ではそもそも、宇治の人々とはどういった存在だっ

たのでしょうか。

宇治の物語の中核にいる八宮は、桐壺帝の第八皇子、光源氏の弟です。光源氏の不義の子、のちの冷泉帝が東宮だった頃、その廃太子《はいたいし》を目論んだ弘徽殿女御側が、東宮に立てようと画策して担ぎ上げた人物だった模様です。もっともその朱雀朝の時代の物語には、この人物は登場していません。光源氏没後の物語に到って、はじめてこの八宮は登場するのです。

八宮はいわば、光源氏の物語の負の部分、光源氏の栄華の背後で犠牲になった、おそらくは多くいたはずの政治的敗者の、典型的な一人なのです。**誰かの栄華の背後で不遇に落ちた人物に焦点を合わせるところから、光源氏没後の物語は始まっている**と言ってよいでしょう。

しかし、それにしてもなぜ薫が主人公なのでしょうか。薫は自らの出生の秘密に疑問を抱き、俗世に馴染まず、宇治で世捨て人のように隠棲《いんせい》する八宮をうらやんで、「法《のり》の友《とも》」として宇治に通うようになります。宇治には八宮の娘たちがおり、薫は次第に心惹かれていきますが、同時に、女房として身近に仕える弁の君が、柏木の旧い縁者で、薫の出生の秘密を知っていることにも気づきます。薫は、自らの出生の真相を知る弁の君の存在も気にかかり、宇治の人々への関心を捨てることができなくなります。

しかし一方で薫は単なる脱俗の人ではなく、やがて帝の女二宮《おんなにのみや》と結婚します。実は都では、人一倍に栄達しており、お手付きの女房もたくさんいる様子です。

宇治に通う薫は、一見、世俗への執着を持たない風情に振る舞いながら、その裏側で、むしろ世俗的な栄達への欲求を人一倍実現していく、その薫の俗物性こそが、光源氏没後の物語の主人公たるゆえんです。なぜなら、所詮は柏木の不義の子である薫は、女たちによって踏み越えられていく存在なのですから。

宇治の女君たちの彷徨

宇治八宮の娘たち、大君、中の君、浮舟は、いずれも薫や匂宮の欲望の対象となって、不本意に翻弄《ほんろう》される宿命を生かされます。

大君と中の君は、桐壺院の八宮とその北の方との間の娘です。八宮が東宮候補として擁立されたものの実現しなかった後、八宮の周辺からは人々が離れていきました。八宮は北の方と寄り添って、仲睦まじく暮らしていたものの、二番目の娘の中の君の出産後、北の方は亡くなってしまいます。以後は、八宮が男手一つで、二人の娘を育てたのでした。

八宮は、大君には琵琶《びわ》を、中の君には箏《そう》の琴《こと》を教えます。八宮不在の折に薫が垣間見たところでは、両者の楽器が逆にも見えるので、この場では逆だったのかどうか、議論のあるところです。いずれにしても、父親の庇護下でかろうじて貴族の教養を身につけて暮らしていた姉妹二人のもとに、薫が訪れます。

薫が宇治に暮らす、うらぶれた皇族の女性たちに心を寄せるのは、かつて光源氏が、紫の上や末摘花を庇護しようとしたことと似た動機だったかもしれません。葎《むぐら》の宿の女への恋慕という、優美な幻想もあったかもしれません。ともあれ八宮も、娘たちには、軽々しい誘いに乗って宇治の地を離れるなと言い含める一方で、薫には娘たちをよろしくと後のことを頼むのです。

しかし、大君は結局、薫と添うことはしません。八宮没後に大君は、自分が妹の中の君の後ろ楯《うしろだて》となることで、中の君を薫と添わせようとします。薫はその考えを察して、中の君に匂宮をめあわせることで大君の気持ちを自分に振り向けようとしますが、結局大君は自らが薫と男女の仲になるのを拒んだまま、病床に臥し、亡くなってしまいます。

大君はなぜ薫との関係を拒むのか、まずは、**結婚拒否の物語**の系譜上にあるからだとも言えましょう。『源氏物語』の中にも朝顔前斎院など、いくら光源氏が求愛しても応じない女君がいました。単なる思わせぶりというわけでもなく、朝顔も大君もいずれも親王の娘、その血脈の高貴さも、結婚を躊躇《ちゅうちょ》する原因の一つでしょう。

高貴な血を引く家、とりわけ皇族の女性たちにとって、男性と関係を結ぶことは、自分ひとりの問題ではなく、家の名誉にかかわる問題だったのです。結婚して順調にいけばよいものの、不本意な顛末《てんまつ》になれば家自体が不名誉なことになります。結局大君は、薫の求愛に応じないまま、枯れるように亡くなってしまいます。

中の君は、父の八宮と姉の大君との相次ぐ死を悲しみつつも、都へといざなう匂宮に従い、二条院に引き取られます。夕霧の娘の六の君と結婚した匂宮と、それでも二条院で暮らし続けるのです。劣位の妻でありながら夫との愛情に依存して生きるという意味では、紫の上の生き方を受け継いでいるかに見える中の君ですが、かろうじて男児を得たことで、より現実的に安泰な暮らしを手に入れていきます。

中の君は薫の支援に感謝しつつも、亡き大君の面影を見て自分に執着してくる薫に困惑します。自らの生活を安泰に保つため、薫には、**大君によく似た異母妹の浮舟**の存在を伝えます。そしてまんまと乗せられた薫は、大君に姿の似た浮舟に、関心を抱くようになるのです。

浮舟の放浪と自立

大君によく似ていると、中の君が薫に伝えた異母妹の浮舟は、母の中将《ちゅうじょう》の君《きみ》とともに、その結婚相手の常陸介《ひたちのすけ》のもとで育ちました。常陸《ひたち》の国で育った浮舟は、貴族らしい教養が充分に身についていません。琴などの楽器を嗜《たしな》まないのは、そのせいでしょう。その浮舟にとって唯一の気晴らしの方法は、手習いなど、古歌を書き、歌を詠むことでした。

薫は中の君に浮舟の存在を知らされて、関心を抱き始めます。今は出家した弁の尼は、薫と浮舟を取り持つように働きます。一方、浮舟の実母の中将の君は、浮舟に縁談を勧めていましたが、求婚者の左近少将《さこんのしょうしょう》は、浮舟が常陸介の実の娘でないと知って、心変わりし、実の娘である浮舟の妹に乗り換えてしまうのでした。

その経緯を不本意に思った中将の君は、浮舟を異母姉にあたる中の君のもとに預けます。しかし浮舟は、中の君のもとに不意に帰宅した匂宮に見つかって懸想されます。危うく難を逃れたものの、事態を知った中将の君は、娘の浮舟の存在が中の君の夫婦仲に水を差すことを恐れて、薫に預けることにしました。

薫は、浮舟に大君の面影を見出《みいだ》しながらも、心から愛情を傾けることもなく、浮舟を「形代《かたしろ》」と見なして宇治に据えて悠長《ゆうちょう》に構えています。ところが、浮舟の存在を嗅ぎつけた匂宮は、宇治を訪れ、薫を装って忍び入り、浮舟と通じてしまいます。浮舟は動揺しつつも、薫と違って情熱的な匂宮に急速に心惹かれていくのです。やがて事態は薫の察するところとなり、薫と匂宮との二人の間で悩んだ浮舟は、思い余って宇治川に入水《じゅすい》を試みます。

こうした浮舟の物語は、古くから各地に伝わる、複数の男性の求婚の板挟みになって死を選ぶ**菟原処女《うないおとめ》の伝承**を踏まえたものです。浮舟の物語には総じて、古歌や伝承をふんだんに踏まえて作られています。

浮舟は入水に失敗して木のもとに倒れているところを横川《よかわ》の僧都《そうず》の一行に助けられ、妹の尼の住む小野の地で暮らし始めます。妹尼の亡き娘の婿《むこ》の中将は浮舟に求愛しますが、浮舟は応じず、立ち寄った横川の僧都に懇願して出家してしまいます。のちに浮舟の消息を耳にした薫が便りを寄越しても、浮舟は応じないまま、物語は終わっていくのです。

こうした物語の顛末が、何となく不完全で、本当にこれが物語の最後であるのかどうか、疑問視する声もあります。出家後の浮舟の心のうちにあるのが、薫なのか匂宮なのか、あるいはどちらでもないのか、といった議論も尽きません。しかし文学は多様な解釈を許してこそ豊かさがあります。**それぞれの読者が自らの求める解釈をそれぞれに投影するのは、文学と向き合う最大の醍醐《だいご》味《み》です。**奇妙な厳格さで唯一の正解を求めることは、無粋《ぶすい》だとも言えましょう。

最後に浮舟が、薫の働きかけに応じなかったこと、それは、ようやく果たせた女の自立の形だったとも言えましょうか。光源氏との関係に呪縛されて、ついに望む出家が果たせなかった紫の上や、薫に心惹かれながら心のままに求愛に応じられなかった大君、そして、薫の支援を借りて匂宮との結婚生活を保とうとする中の君のやや打算的な処世、そうしたもろもろの女たちの生の不自由な形を、ようやく浮舟は、中流貴族の中で育ったがゆえのしたたかさと野性味で、すっくりと乗り越えたのです。

おわりに

『源氏物語』がどのように生まれたのか、その背後に見え隠れする社会や文化を、物語を通して透かして見ながら、再び物語に戻ってきました。『源氏物語』の作り手は、紫式部という個人であると同時に、その時代を生きた一人の女性であり、そこには紫式部を支える集団があり、時代の通念や様式がある、そうした平安中期の時代の要請に支えられた物語だということを炙《あぶ》り出してきた次第です。

とはいえ、あるいは物語を読む際に、その時代背景や成立事情、作者の顔を知ることは、かえって邪魔になるだけかもしれません。ただ物語の文章に魅了され、耽溺《たんでき》するのでも全く構わないからです。その意味で、本書では単純な意味での正解めいた平安時代の文学史や文化史を示すことは目指さなかったし、できなかったし、それでよいのだろうと思います。

さして多くの文献に恵まれないからこそ、わずかに残った当時の文献や、数百年後に書写された写本など、今日目にすることのできる、形あるものは実に貴重です。しかし遺っている文献が大切である一方で、その背後には失われてしまった膨大な文献の存在があったことに想像力を働かせる必要もあります。千年以上前の事柄を考えるに際して、今日遺っている文献の中に証拠がないからといって、当時実在しなかったことにはならないし、遺っているものは突出した氷山の一角に過ぎない、ということは忘れるべきではないはずです。

貴重な文献や歴史的遺物を大切に吟味《ぎんみ》し熟読しながら、しかしそのものだけを妄信《もうしん》するのでなく、その背後にあったはずの平安中期の言語や文化や社会の実態を、遺されたわずかな手掛かりからどこまで再構築していけるのか。そこには、答えのない世界に想像を馳《は》せる、壮大なロマンがあります。その答えのなさこそが、いつまでも飽きることのない魅力の源泉なのです。映像や動画のない平安時代の人々が、だからこそ、眼の前にいない人に想いを馳せながら、想像力や洞察力を培い、養ったことに、私たちは学ぶべきかもしれません。

一見正解めいた言説について、それだけが唯一の正解ではないことに気づくこと、表層の言葉の背後に見え隠れする何事かを感じ取ること、それは人や文化の成熟を意味するのではないでしょうか。

毎年この季節になると、恩師の鈴木日出男先生に新宿でケーキをご馳走になった十二年前の日を思い出します。「あの南瓜のケーキは美味しかったね」と、後に何度も仰っていました。一緒に食べた最後でした。三十五年前のやはり秋に、渋谷でイチゴのショートケーキをご馳走になったのが、二人で向き合った最初でした。天国でこの本を読んでくださいますように。

大和書房の三輪謙郎さんは、原稿を丁寧に読んでくれては、「〜ってどうだったんでしょうね」と言っては考えさせ、書かせるのがとっても上手な方でした。おかげさまで好き放題、のびのびと書かせていただきました。心から御礼申し上げます。

二〇二三年十月

高木和子

参考文献

本文・注釈・事典

池田亀鑑・岸上慎二・秋山虔校注『枕草子 紫式部日記』（岩波書店、日本古典文学大系、一九五八年）
萩谷朴『紫式部日記全注釈 上・下』（角川書店、一九七一年、七三年）
山本利達校注『紫式部日記 紫式部集』（新潮社、新潮日本古典集成、一九八〇年）
長谷川政春・今西祐一郎・伊藤博・吉岡曠校注『土佐日記 蜻蛉日記 紫式部日記 更級日記』（岩波書店、新日本古典文学大系、一九八九年）
藤岡忠美・中野幸一・犬養廉・石井文夫校注、訳『和泉式部日記 紫式部日記 更級日記 讃岐典侍日記』（小学館、新編日本古典文学全集、一九九四年）
阿部秋生・秋山虔・今井源衛・鈴木日出男校注、訳『源氏物語1〜6』（小学館、新編日本古典文学全集、一九九四〜九八年）
菊地靖彦・木村正中・伊牟田経久校注、訳『土佐日記 蜻蛉日記』（小学館、新編日本古典文学全集、一九九五年）
橘健二・加藤静子校注、訳『大鏡』（小学館、新編日本古典文学全集、一九九六年）
秋山虔・山中裕・池田尚隆・福長進校注、訳『栄花物語1〜3』（小学館、新編日本古典文学全集、一九九五〜九八年）
田中新一『紫式部集新注』（青簡舎、二〇〇八年）
笹川博司『紫式部集全釈』（風間書房、二〇一四年）
『角川古語大辞典 全五巻』（角川書店、一九八二〜九九年）

『日本国語大辞典 第二版 全十四巻』（小学館、二〇〇三年）
『国史大辞典 全十五巻』（吉川弘文館、一九七九～九七年）
角田文衞監修『平安時代史事典』（角川書店、一九九四年）
秋山虔・小町谷照彦編、須貝稔作図『源氏物語図典』（小学館、一九九七年）
小町谷照彦・倉田実編著『王朝文学文化歴史大事典』（笠間書院、二〇一一年）
大津透・池田尚隆編『藤原道長事典 御堂関白記からみる貴族社会』（思文閣出版、二〇一七年）

研究書

阿部秋生『光源氏論 発心と出家』（東京大学出版会、一九八九年）
伊井春樹『源氏物語の伝説』（昭和出版、一九七六年）
市川浩『〈身〉の構造 身体論を超えて』（青土社、一九八四年）
今井源衛『源氏物語の研究』（未來社、一九六二年）
今井上『源氏物語 表現の理路』（笠間書院、二〇〇八年）
今井久代『源氏物語構造論 作中人物の動態をめぐって』（風間書房、二〇〇一年）
今西祐一郎『源氏物語覚書』（岩波書店、一九九八年）
片岡利博『異文の愉悦 狭衣物語本文研究』（笠間書院、二〇一三年）
河添房江『源氏物語表現史 喩と王権の位相』（翰林書房、一九九八年）
工藤重矩『平安朝の結婚制度と文学』（風間書房、一九九四年）

栗原弘『平安時代の離婚の研究 古代から中世へ』（弘文堂、一九九九年）
小嶋菜温子『源氏物語の性と生誕 王朝文化史論』（立教大学出版会、二〇〇四年）
西郷信綱『古代人と夢』（平凡社選書、一九七二年）
清水好子『源氏物語の文体と方法』（東京大学出版会、一九八〇年）
鈴木日出男『古代和歌史論』（東京大学出版会、一九九〇年）
鈴木日出男『源氏物語虚構論』（東京大学出版会、二〇〇三年）
鈴木宏子『王朝和歌の想像力 古今集と源氏物語』（笠間書院、二〇一二年）
高木和子『源氏物語の思考』（風間書房、二〇〇二年）
高木和子『源氏物語再考 長編化の方法と物語の深化』（岩波書店、二〇一七年）
高田祐彦『源氏物語の文学史』（東京大学出版会、二〇〇三年）
田中貴子『〈悪女〉論』（紀伊國屋書店、一九九二年）
高橋亨『源氏物語の対位法』（東京大学出版会、一九八二年）
武田宗俊『源氏物語の研究』（岩波書店、一九五四年）
玉上琢彌『源氏物語研究 源氏物語評釈別巻一』（角川書店、一九六六年）
多屋頼俊『源氏物語の思想』（法蔵館、一九五二年）
張龍妹『源氏物語の救済』（風間書房、二〇〇〇年）
土方洋一『源氏物語のテクスト生成論』（笠間書院、二〇〇〇年）
日向一雅『源氏物語の主題「家」の遺志と宿世の物語の構造』（桜楓社、一九八三年）

福長進『歴史物語の創造』(笠間書院、二〇一一年)
藤井貞和『源氏物語の始原と現在』(三一書房、一九七二年)
藤井貞和『物語の結婚』(創樹社、一九八五年)
藤本勝義『源氏物語の〈物の怪〉文学と記録の狭間』(笠間書院、一九九四年)
藤原克己『菅原道真と平安朝漢文学』(東京大学出版会、二〇〇一年)
益田勝実『火山列島の思想』(筑摩書房、一九六八年)
増田繁夫『源氏物語と貴族社会』(吉川弘文館、二〇〇二年)
増田繁夫『平安貴族の結婚・愛情・性愛 多妻制社会の男と女』(青簡舎、二〇〇九年)
増田繁夫『評伝紫式部 世俗執着と出家願望』(和泉書院、二〇一四年)
三谷邦明・三田村雅子『源氏物語絵巻の謎を読み解く』(角川選書、一九九八年)
三田村雅子『記憶の中の源氏物語』(新潮社、二〇〇八年)
山本淳子『源氏物語の時代 一条天皇と后たちのものがたり』(朝日選書、二〇〇七年)
吉海直人『平安朝の乳母達『源氏物語』への階梯』(世界思想社、一九九五年)
吉野瑞恵『王朝文学の生成『源氏物語』の発想・「日記文学」の形態』(笠間書院、二〇一一年)
和辻哲郎「源氏物語について」(『和辻哲郎全集 第四巻』岩波書店、一九六二年)

高木和子（たかぎ・かずこ）
1964年生まれ。東京大学大学院博士課程修了、博士（文学）。東京大学大学院人文社会系研究科教授。平安時代の仮名文学、特に『源氏物語』が生まれるに到る文学史的な動態を探ること、そして『源氏物語』そのものの構造や表現を分析することを研究課題としている。『源氏物語の思考』（風間書房）で第五回紫式部学術賞受賞。
著書に『源氏物語再考』（岩波書店）、『源氏物語を読む』（岩波新書）、『源氏物語入門』（岩波ジュニア新書）、『平安文学でわかる恋の法則』（ちくまプリマー新書）など。

本作品は当文庫のための書き下ろしです。

だいわ文庫

源氏《げんじ》物語《ものがたり》の作者《さくしゃ》を知《し》っていますか

著者　高木《たかぎ》和子《かずこ》

二〇二三年一二月一五日第一刷発行

発行者　佐藤 靖
発行所　大和《だいわ》書房
東京都文京区関口一―三三―四 〒一一二―〇〇一四
電話 〇三―三二〇三―四五一一

フォーマットデザイン　鈴木成一デザイン室
本文デザイン　大原由衣
本文イラスト　高田真弓
本文図版　杉本千夏(Isshiki)
本文印刷　厚徳社
カバー印刷　山一印刷
製本　ナショナル製本

ISBN978-4-479-32077-7
乱丁本・落丁本はお取り替えいたします。
https://www.daiwashobo.co.jp